DREI
SACHSEN
FRANCO.
PFENNIGE

Klaus Walther

Der Sachsendreier-Mord

Kriminalroman

Das Neue Berlin

Freitag, 16. Juli

Alle Wege führten ins Leere. So schien es jedenfalls. Versuche, hinter der Postfachadresse eine Straße, ein Haus, einen lebendigen Menschen zu entdecken, verliefen zumeist ergebnislos. Das Antiquariat W. K. Buchstaub war freilich kein Phantomunternehmen, und hinter der Postfachanschrift verbarg sich kein Geisterhaus. Die spärlich erscheinenden, auf gelbem Bütten gedruckten Angebote trugen merkwürdige Titel wie »1037 Bücher für Magen, Küche und Keller« oder »Alte Weisen, neue Weisen: Bücher gegen das Reisen, für das Lesen über Reisen«. Wer aus diesen Prospekten etwas bestellte, bekam vielleicht die gewünschten Bücher, aber nie eine Absage, wenn ein Buch bereits verkauft war. Meist vergingen zwischen Bestellung und Lieferung ein, zwei Monate, dafür machten die Sendungen dem Gewerbe des Antiquars dann alle Ehre: alte, diverse Male verwendete Papiertüten, zerbeulte Schuhkartons, Schnürsenkel, Rechnungen auf den Rückseiten von Kalenderblättern. Alles war von dieser Welt und schien doch aus einem Roman von E. T. A. Hoffmann zu stammen. Es gab deshalb nicht wenige Kunden, die ebenso gespannt auf die Überraschungen der Verpackungsmaterialien warteten wie auf den Inhalt der Sendungen aus dem Antiquariat W. K. Buchstaub in Niederstein-Lustthal, wo Meister Buchstaub in dem Haus in der Weinkellergasse zwischen Bücherbergen und Weinkisten residierte.

Er war ein hochgewachsener Mann in den Fünfzigern, der von sich behauptete, dass seine besten Jahre hinter ihm lägen. Seine blauen Augen aber lächelten noch immer jungenhaft, wenn er eine Anekdote erzählte. Er war von jeher ein Lebenskünstler, wie er zu sagen pflegte. Und wer das Glück sucht, den besucht es eben auch – manchmal.

Und ein glänzender Erzähler war er, das wussten seine Freunde, mit denen er sich immer freitags um siebzehn Uhr zum Dämmerschoppen im »Goldenen Schwan« traf. Eine ausgesuchte Runde beriet hier wöchentlich über das Zeitgeschehen in Niederstein-Lustthal und Umgebung.

Auch samstags verließ Buchstaub oft das Haus. »Augen putzen« nannte er seine ganztägigen Wanderungen durch die Wälder und Wiesen des angrenzenden Gebirges. Ansonsten saß er in seinem Büchergewölbe. Sein Banker, der zum Stammtisch gehörte, wusste, dass Buchstaub diese Immobilie, nebst drei anderen respektablen Häusern, durch die Erbschaft einer Tante zugefallen war, die 1990 im Alter von siebenundachtzig Jahren dahingeschieden war. Ihr einziger Neffe Walter Kasper Buchstaub hatte mit diesem hübschen Vermögen nichts anderes zu tun, als seine Anstellung als erster Antiquar bei Max Mittler & Söhne aufzugeben, in jenes der drei Häuser zu ziehen, das in der Kleinstadt Niederstein-Lustthal stand, und dort Bücherberge und Weinkataloge anzuhäufen.

Er war ein großer Weinkenner und Weintrinker, der nunmehr in jedem Herbst ein paar Wochen auf einem Weingut im Burgund verbrachte, wo er sich mit dem Schlossherrn über burgundische Romanik unterhielt, um danach wieder in die Niederungen des antiquarischen Alltags herabzusteigen, also Kataloge zu planen,

Bücher zu prüfen und des Abends aus dem Regal seiner eigenen privaten Bestände einen Detektivroman zu ziehen.

Er besaß noch aus den Zeiten bei Max Mittler eine mehrtausendbändige Kriminalromansammlung. Und er hatte den Ehrgeiz, es mit diesen Leichenvätern und Mördermüttern im richtigen Leben aufzunehmen. Buchstaub war ein Romantiker, der an die Wahrheit der Märchen glaubte: Schließlich siegt das Gute doch. Hatte er nicht selbst ein Märchen erlebt? Vom kleinen Antiquar zum wohlhabenden Hausbesitzer?

Aber da Buchstaub nicht nur Märchen las, auch nicht nur solche, die im Gewand des Kriminalromans daherkamen, wusste er, dass die Welt zumeist schlecht war. Oder zumindest nicht so, wie sie nach seiner Meinung sein sollte. Als er am heutigen Mittag durch Kommissar Nöstler, der versehentlich an der falschen Haustür klingelte, aus seiner Arbeit gerissen worden war, hatte er erfahren, dass in der Weinkellergasse Nummer 67 ein Mord passiert war.

Freilich, ehe man der Frage nachgeht, wer denn der Mörder war, wird man das Personal der Geschichte vorstellen müssen sowie die Szenerie, in welcher sich die Dinge abspielen, und schließlich wird man jene andere Frage stellen: Warum erzählen wir dies? Dazu lassen wir Kommissar Maier zu Wort kommen, dem wir bald noch näher begegnen werden und der in der Stammtischrunde gelegentlich seine Gedanken zu Kriminalität und Kriminalliteratur zum Besten gab, dann nämlich, wenn Antiquar Buchstaub wieder einmal auf einen neuen Krimi verwies. Er wundere sich, sagte Maier, dass die Mehrzahl heutiger Krimiproduzenten ihre Geschichten im mafiösen Milieu der westlichen Gesellschaften ansiedelten. Dann hat Sigmund Freud das Sagen, und Sexualdelikte, Grausamkeiten und pathologische Mörder und Entführer füllen die Buchseiten. »Aber«, so fragte Maier sich und seine Stammtischbrüder an jenem Nachmittag, »haben wir nicht vielmehr mit den ganz simplen Morden aus Eifersucht oder Habgier zu tun und dem Mord im Affekt, der ja eigentlich ein Totschlag ist? Merkwürdigerweise spielen die in den vielgelobten Krimis kaum eine Rolle. Der Krimi hat doch vor allem die Rolle von Sozialanalysen übernommen. Verstehen Sie mich richtig, all das existiert«, sagte Maier, »aber es ist nur ein Teil der Welt.«

Buchstaub schüttelte den Kopf: »Lieber Maier, Literatur ist nicht gleich Wirklichkeit. Können Sie sich denn nicht erinnern, wie man in der DDR die Kriminalautoren ›lenken‹ wollte, weil es in der Wirklichkeit nicht so viele Morde wie in ihren Büchern gab? Einige Schreiber folgten solchen Anregungen. Ich erinnere mich, dass sich ein ganzer Kriminalroman mit der Aufklärung eines Kaninchendiebstahls befasste – also nur mit Langeweile aufwarten konnte. Im Krimi muss es doch wohl um Leben und Tod gehen, schließlich will man beschreiben, wie Leute ihre geheimen Sehnsüchte im Verbrechen ausleben. Der gewünschte Besitz von ›Weißen Wienern‹ oder ähnlichen Karnickelkönigen ist kein guter Aufhänger.«

»Ach«, sagte Maier, »das meine ich nicht. Ich weiß natürlich, dass Literatur nicht aus statistischen Erwägungen entsteht. Aber manchmal, man verzeihe mir diese Bemerkung, suche ich eben die simplen Morde, mit denen ich zu tun habe, auch im Kriminalroman. Und lassen Sie mich dies noch sagen, der Kriminalroman war und ist auch ein Spiel: ein literarisches Spiel um Tod und Leben.«

Aus solcherlei Erwägungen heraus erzählen wir auch die Geschichte der Frau Linsemann, die vom Leben zum Tode kam und damit Hauptkommissar Maier auf den Plan oder sagen wir besser »Tatort« rief.

Hauptkommissar Maier hatte eine Ostvergangenheit. Er war, wie man so sagte, kein Westimport. Wer käme schon aus eigenem Antrieb in ein provinzielles Kreisstädtchen nahe dem Erzgebirge? Nein, hier hatte er nach Abitur und Studium der Kriminologie, dreijährigem Dienst bei der Volksarmee und anschließendem Durchlauf in allen üblichen Abteilungen seine mäßige Karriere als Kriminalist gemacht: Zur Zeit der Wende war er sechsundvierzig Jahre alt und Hauptmann. Nach Prüfungen und Befragungen, bei denen ihm der Umstand zugute kam, dass er wegen einer öffentlich gewordenen Bemerkung über die bizarren Zeremonielle anlässlich eines Ministerbesuches aus der allmächtigen Partei geworfen worden war, nicht aber, dass er zeit seines Lebens ein ehrlicher Mann war, wurde er zum wohlbestallten Hauptkommissar.

Da stand er, einen Meter siebenundachtzig groß, ein Mannsbild mit ein wenig lichtem Haupthaar, und sah sich um. Er stand in dem halbdunklen kleinen Esszimmer der Wohnung im zweiten Stock der Weinkellergasse 67, aus dem die Leiche der Wohnungsinhaberin Ruth Linsemann gerade in einem grauen Kasten hinausgetragen worden war. Würgemerkmale am Hals, tot, vermutlich seit den späten gestrigen Abendstunden. Das würde Doktor Löser, auch er Mitglied der Stammtischrunde und Pathologe in der benachbarten Helios-Klinik, die früher einmal Bezirkskrankenhaus geheißen hatte, genauer sagen können. So hoffte jedenfalls Maier. Die Spurensicherer waren schon verschwunden samt seinem Assistenten Kommissar Nöstler.

Maier war ein Mann, der nicht auf die Möglichkeiten der modernen Kriminologie verzichtete, aber vor allem war er ein nachdenklicher Mann, der nach den Motiven eines Mörders suchte. Das gehört zwar von jeher zu den Aufgaben eines Ermittlers, aber bei Maier war es mehr als nur Pflicht. Kannte er die Dame Linsemann eigentlich? Er wusste, was alle wussten: Sie war die Witwe des einstmals gutbetuchten Prokuristen Fritz Linsemann, der ihr in den vierzig Ehejahren nicht mehr als den Erwerb von drei Kleidern gestattet und finanziert hatte. Gewendet und verändert, hatten diese das gesamte Eheleben bedeckt. Man besaß aus Familienherkunft das Haus in der Weinkellergasse Nummer 67, wo man im zweiten Stock eine der weitläufigen Wohnungen des Gründerzeitgebäudes bewohnte. Im Erdgeschoss hatte seit Urzeiten ein Fotograf sein Domizil, im ersten Stock gab es eine Wohnung, die von der Fotografenfamilie genutzt wurde. Daneben lagen Wohnung und Büro eines Versicherungsagenten. Neben Frau Linsemann, im zweiten Stock, lebte eine schwerhörige Witwe. Im dritten und letzten Stockwerk stand die Wohnung, die sich hier über die ganze Etage zog, seit zwei Monaten leer.

Fritz Linsemann war vor vier Jahren ganz plötzlich an einem Gehirnschlag gestorben, und seither lebte Ruth Linsemann allein in der Wohnung mit den Schätzen, die der gute Fritz ihr hinterlassen hatte. Er hatte sein Geld in Briefmarken gesteckt, in solche, die man nicht aus der Portokasse bezahlt. Man übertrieb nicht, wenn man sagte, Linsemann war ein europaweit bekannter Philatelist gewesen: Ganz Altdeutschland in exzellenten Exemplaren, eine vollständige Island-Sammlung samt Hopflug und anderen Raritäten und vieles mehr nannte er sein Eigen. Maier konnte sich an den freundlichen älteren Herrn erinnern, der sommers wie winters einen grauen Filzhut trug, den er bei der Begrüßung einer Dame mit elegantem Schwung zog. Alte Schule, uralte Schule, dachte Maier.

Die nun dahingemordete Witwe hatte er kürzlich einmal im Café Nordlicht gesehen. Da saß sie mit zwei anderen Frauen am Nachbartisch, und nur weil die drei an einem gewöhnlichen Nachmittag Champagner tranken, waren sie ihm aufgefallen.

Als er vor einer halben Stunde die Leiche gesehen hatte, die Augen vom Kriminaltechniker geschlossen, das Gesicht ein wenig wächsern, der Hals gerötet, da musste er an jene Begegnung im Café denken, wo sie munter schwadroniert hatte, ein Lachen im Gesicht, Lebensglück pur. Nun war sie tot.

Irgendwer hatte ihm erzählt, dass der plötzliche Reichtum der Linsemann wohl von den Briefmarken ihres verstorbenen Gatten herrührte. Ja, so war das oft, sinnierte er, das ganze Leben in ärmlichen Verhältnissen, und dann plötzlich unerwarteter Reichtum. Da begann das Leben mit sechzig oder dreiundsechzig. Aber war das nicht ein bisschen spät? Maier überlegte: Hatte bei ihm das Leben denn schon begonnen? Irgendwann war ihm seine Frau davongelaufen. Freilich, die Liebe zwischen ihnen war nie sehr groß gewesen. Ihre Heirat war wohl vor allem durch den Eindruck zustande gekommen: So machen's alle. Drei Jahre später war die Frau verschwunden, und Maier sagte sich ironisch: So machen's auch alle. Seither hielt er nach einem weiblichen Wesen Ausschau, mit dem er seinen Junggesellenhaushalt verschönen konnte, hatte dabei aber kein Glück.

Die Linsemann jedoch war keine alleinstehende Dame auf Männersuche, sondern eine betuchte Witwe gewesen. Und wenn man sie ermordete, dann würde das vermutlich doch mit ihrem Reichtum zu tun haben. Oder hatte es doch einen Liebhaber des Reichtums samt Dame gegeben und eine eifersüchtige Nebenbuhlerin? Man konnte nie wissen. Das Leben bot bekanntlich manche Überraschungen. Aber dass die Briefmarkensammlung der Ursprung des kriminellen Geschehens sein konnte, schien Maier naheliegend.

Er überlegte: War da nicht irgendetwas Besonderes mit einer Marke aus Sachsen gewesen? Er erinnerte sich, vor Jahren einmal im Lokalteil der Zeitung über die Sammlung Linsemann gelesen zu haben. Aber was? Es half nichts, Nöstler musste gleich die Leute vom hiesigen Philatelistenclub aufsuchen, die würden es sicher wissen.

Linsemann war nun also seit vier Jahren tot, und seither hatte die Witwe manches Sammlungsstück zu Geld gemacht. Sie kaufte ihre Kleidung in der hauptstädtischen Dependance eines französischen Kaufhauses. Zweimal im Jahr verreiste sie ein paar Einkaufstage lang. Nun würden die Franzosen vergeblich auf ihre Kundin aus Sachsen warten. Wohin hatte sie überhaupt die Briefmarken verkauft, die ihre Kleiderkasse füllten? Auch das musste recherchiert werden. Im Übrigen fand er das Wohnzimmer nicht besonders elegant eingerichtet. Eine Polstergarnitur aus DDR-Zeiten, vor dem Fenster ein runder Tisch mit vier Stühlen, und neben dem Kachelofen ersetzte ein großer grüner Schrank die übliche Vitrine. Diesen Schrank, neben dem Fernsehsessel, hatte Maier jetzt im Blickfeld. Ja, dort musste die Briefmarkensammlung zu finden sein.

Neben der Toten hatte ein Schlüsselbund gelegen, den ihm die Spurensucher nach Prüfung übergeben hatten. Ein kleiner Doppelbartschlüssel war der Sesamöffne-dich. Der Schrank öffnete seine Doppeltüren, und da hatte er sie vor sich, die berühmte Linsemann-Sammlung oder das, was die Witwe in den vergangenen vier Jahren davon übrig gelassen hatte. Wie es schien, war das noch eine ganze Menge, konstatierte Maier, als er die vier Regalböden gefüllt mit dunkelblauen Alben sah.

Er zog einen Band heraus. Auf dem Einband stand in geprägten Goldbuchstaben »Island-Flugpost«. Er blätterte ein bisschen: Briefe und Briefmarken mit Flugzeugen, gestempelt. Untertexte verwiesen auf die Stempel. Was verstand er schon davon? Er klappte das Album wieder zu und zog einen anderen Band heraus, »Deutschland 1933 bis 1945, gestempelt«. Hitler immer mit der großen Uniformmütze, Hitler hier, Hitler dort und dazwischen das Großdeutsche Reich. Ein regelrechtes Geschichtsbuch, wenn man es zu lesen verstand. Aber das war nicht sein Problem. Sollte er die zwanzig oder dreißig Bände allesamt durchblättern, um feststellen zu können, ob etwas fehlte? Und könnte er daraus schließen, dass jemand der Witwe Linsemann nicht gönnte, dass sie die Erträge dieser Sammlung in einen Kleiderladen schleppte? Hatte da einer an diesen Erträgen partizipieren wollen, oder war ein pathologischer Sammler als Mörder zu vermuten?

Maier hatte erst kürzlich ein Buch gelesen, das ihm Buchstaub in die Hand gedrückt hatte. Es berichtete von einem Pfarrer, der ein ganzes Dutzend Leute auf unschöne Art vom Leben zum Tode beförderte, um sich in den Besitz ihrer Bücher zu bringen.

Vielleicht sollte er Buchstaub fragen, ob es in Niederstein-Lustthal fanatische Sammler gab.

Der Kommissar machte sich ein paar Notizen. Wie es schien, war ein Kenner am Werk gewesen. Wenn überhaupt: alles wohlgeordnet, kein Vandalismus. Und noch wusste er nicht, ob etwas fehlte.

»Es gibt viel zu tun«, sagte er leise vor sich hin, »packen wir's an.« Furchtbar, diese geistigen Schädigungen durch die Television. In unserem Hinterkopf sitzen sie, die Versatzstücke der Fernsehwerbung. Er schaute auf die Uhr, es war dreiviertel fünf, Freitagnachmittag. Stammtischzeit. Er schloss die Tür, drückte das Siegel in den Lack und stapfte die Weinkellergasse hinauf zum Ratskeller. Dort saßen bereits drei ältere Herren, die in ein Gespräch über das Mordereignis vertieft waren.

Kommissar Maier trat auf die Minute genau siebzehn Uhr in das kleine Gastzimmer des »Goldenen Schwans«, wo er seine Stammtischbrüder versammelt sah. Er ließ sich auf das alte Ledersofa fallen, das auf ausdrücklichen Wunsch der Stammtischrunde die Renovierung überstanden hatte, die dem Lokal nach der Wende eine neobarocke Ausstrahlung bescherte. Die Wende war eben eine Wende: Alles musste nun nach Gelsenkirchen-Barock aussehen. So nannte es jedenfalls sein Freund Buchstaub. Das Äußere war wichtig, nicht die Küche. Das Essen war nicht unbedingt besser geworden, kostete jedoch beträchtlich mehr. Maier winkte dem Wirt, der schon ein großes Weizenbier brachte, wie Maier es immer zu sich nahm, ehe er zum Wein überging. Der Konsum des Weizenbiers wurde von zweien seiner Stammtischbrüder mit höchstem Misstrauen gesehen. Buchstaub behauptete sogar, Weizenbier sei der Versuch – pardon, der vergebliche Versuch – des bajuwarischen Stammes, den Intelligenzquotienten seiner Bergbewohner zu verbessern. Wenn Maier auch wenig Sympathien für die Sachsen hegte, die mit Gamsbarthüten und Trachtenjackerln durch die Mittelgebirgsräume zogen, Weizenbier, fand er, war eine ordentliche Erfindung der südlichen Bergbewohner. Und darin stimmte ihm Doktor Löser zu, der ebenfalls ein Weizenbier vor sich stehen hatte oder den Rest, der nach seinen ersten durstigen Schlucken noch im Glas war.

Buchstaub, der Antiquar, war ein ziemlich dünner Mann, dem man nicht ansah, dass er täglich eine halbe Flasche Rotwein konsumierte; Doktor Löser dagegen schleppte schon seit geraumer Zeit ein kleines Bierbäuchlein mit sich herum. Seine große Tochter nannte ihn denn auch Doktor Krombacher. Eben dieser Biermarke fühlte er sich besonders verbunden.

Bankdirektor Raupner, ein schlanker Vierziger mit blankpolierter Glatze, trank weder Bier noch Wein. Er genoss einen Earl Grey Tea, wie er überhaupt das Englische liebte. Wie bei Bankern üblich, trug er meist dunkle Nadelstreifenanzüge. »Ihnen fehlt nur die schwarze Melone«, sagte Buchstaub einmal, »dann sind Sie very old english.« Raupner kam aus westlichen Gefilden und hatte die hiesige Filiale der Kreuzbank übernommen, die auch die Konten der anwesenden Stammtischbrüder führte. Er kannte sie also alle besser als sie sich selbst, wie er gelegentlich zu sagen pflegte.

Der Vierte in der Runde war der Schuldirektor und Entomologe Altner, der ein kleines Pils trank. Altner war in Entomologenkreisen berühmt, wie Buchstaub wusste. Er hatte vor Jahren ein Werk über Sachsens Schmetterlinge herausgegeben, das seinen wissenschaftlichen Ruhm begründete und ihm seierzeit die Leibniz-Medaille der Akademie der Wissenschaften eintrug. Aber davon hatte nur Buchstaub Kenntnis, der übrigen Menschheit der Kleinstadt galten Leibniz-Medaille und Entomologie als böhmische Dörfer.

Die Herren waren bereits mitten im Gespräch. Doktor Löser wiegelte ab, als man ihn nach der pathologischen Untersuchung fragte. »Liebe Freunde«, sagte er, »erst mal muss ich mir die alte Dame ansehen, und da will ich heute Nacht eine Sonderschicht fahren, wie man das früher, in der DDR, nannte. Vorher kann ich gar nichts zum Besten geben. Eigentlich ist das sowieso nicht mein Bier. Normalerweise muss das der gerichtsmedizinische Dienst machen. Doch der einzige Pathologe dort ist zur Zeit im Urlaub auf Mallorca, und da habe ich eben zugesagt, den Ersatzmann zu spielen.«

»Nun, auf die genaue Todesursache kommt es wohl noch gar nicht so sehr an«, meinte Meister Buchstaub, »entscheidend ist doch erst mal, dass wir ein Motiv haben.«

»Aha«, sagte Maier, der sich gerade auf seinem Sofastammplatz niedergelassen hatte. »Die Herren wollen mich wieder mal arbeitslos machen. Die Runde der Detektive tagt.«

»Keineswegs«, meinte Buchstaub, »aber Morde sind in unserer kleinen Stadt glücklicherweise nicht so häufig wie Parkvergehen, und wenn man dann noch dazu ein unmittelbarer Nachbar ist, denkt man sich eben seinen Teil.«

»Haben Sie denn, lieber Buchstaub, in der Nacht etwas Verdächtiges bemerkt?«, fragte Maier. »Geräusche, Schreie?«

»Natürlich nicht, sonst hätte ich längst meiner Pflicht Genüge getan und wäre in ihr Amt gekommen. Glücklicherweise schlafe ich nachts ziemlich gut, selbst wenn ich am späten Abend meiner Lust am Krimi gefrönt habe. Oder vielleicht schlafe ich deshalb gut, weil ich noch keine Leiche bin.« Buchstaub lächelte ein wenig.

»Suchen wir doch mal die Fakten zusammen. Nur die Fakten zählen, das ist wie in der Naturwissenschaft«, meinte der Entomologe Altner und schob seine Nickelbrille auf die Stirn. »Wenn ich richtig gehört habe, ist also eine unbescholtene Frau, die mutmaßlich in kein Mafianetz verstrickt war, in der Nacht vom Donnerstag zum Freitag erdrosselt worden. Über weitere Fakten können nur Sie Auskunft geben, Kommissar. Fehlte etwas in der Wohnung? Gab es Hinweise auf einen Streit oder einen Kampf?«

»Moment mal, meine Herren, wir sind doch hier nicht bei der Mordkommission, und ich werde mich hüten, die Fakten, die ich kenne, hier zu verbreiten. Darüber können wir reden, wenn der Fall aufgeklärt ist. Vom Dienstgeheimnis ganz abgesehen: Erst mal müssen wir mehr Fakten haben.« Maier nahm einen Schluck Weizenbier und wischte sich den Schaum von den Lippen. »Und jetzt sind Ihre Kenntnisse gefragt: Wer ist der Chef der hiesigen Philatelisten?«

»Aha, daher weht der Wind«, sagte Buchstaub, »die blaue Mauritius fehlt, wer hat sie genommen?«

»Nein«, sagte Maier, »ich weiß nicht, ob etwas fehlt. Um das herauszufinden, muss ich erst einmal wissen, was überhaupt da gewesen ist. Das kann mir nur ein Experte sagen.«

»Dem Manne kann geholfen werden«, sagte Altner, »der Chef der Philatelisten ist Friseurmeister Oettel, schon seit Jahrzehnten.«

»Und nun«, sagte Maier, »wollen wir uns den schönen Dingen des Freitagnachmittags widmen: Wie sind die Aussichten vom FC Erzgebirge, am Sonntag gegen die bayerischen Löwen? Dazu hören wir nun die Spielvorschau unseres Experten Doktor Löser.«

Löser war ein leidenschaftlicher Fußballanhänger. Noch im vergangenen Jahr hatte er selbst in der Mannschaft der Alten Herren von Niederstein-Lustthal mitgespielt, aber nach einer leichten Herzattacke musste er das Vergnügen aufgeben. Jetzt kommentierte er das

Geschehen in den oberen Spielklassen und galt darin bei seinen Stammtischbrüdern als Experte.

Der Nachmittag, der in das abendliche Steakessen überging, nahm seinen gewohnten Verlauf.

Samstag, der 17. Juli

Noch lag samstägliche Ruhe über Niederstein-Lustthal. Die Beamten, die ihre Domizile wochentags in den Morgenstunden verließen, um in die benachbarte Großstadt Kembach zu fahren, lagen tief schlafend in ihren Betten. Die Händler in der Weinkellergasse öffneten gähnend die Jalousien ihrer Geschäfte. Ein großer schwarzer Fleischerhund lümmelte vor dem Eingang von Blütners Elektrogeschäft, und Herr Blütner wunderte sich, dass keine Kunden kamen. Als er den Hund endlich bemerkte, traute er sich nicht, ihn davonzujagen.

Clochemerle, pflegte Antiquar Buchstaub zu sagen, wenn er seine Heimatstadt charakterisierte. Gab es auch keine Kämpfe um eine öffentliche Bedürfnisanstalt, so leuchtete die Provinz doch aus vielen Winkeln. Niederstein-Lustthal, am Rande des Erzgebirges gelegen, gehörte zu den kleinen Städten, die kaum einer kannte. Es gab hier seit zwei Jahrzehnten Strumpfindustrie, und es existierte eine Fabrik für Fleisch- und Wurstwaren. Es gab die Erinnerung an einen Schriftsteller, dessen Indianerbücher seit Generationen gelesen wurden. Gelegentlich ereignete sich ein Einbruch, und einmal hatte ein gehörnter Ehemann den Geliebten seiner Frau zum Fenster hinausgeworfen, zum Glück aus einem Fenster im Erdgeschoss. Ladendiebstähle von Jugendlichen gehörten ebenso zur neuen Zeit wie dilettantische Versuche, die örtlichen Zweigstellen der

Sparkasse zu überfallen. Das Dezernat für Gewaltverbrechen der Kreispolizei, dem Hauptkommissar Maier vorstand, hatte trotzdem zu tun: Im Affekt erschlug ein Mann seine Frau, weil diese vergessen hatte, Limburger Käse aus der Kaufhalle mitzubringen. Auf dem Waldweg zur Heidershöhe wurde eine junge Frau vergewaltigt. So etwas hatte es auch vor Jahrzehnten schon gegeben. Aber ein Mord an einer alten Frau? Maier konnte sich nicht erinnern, dass er jemals einem solchen Fall hatte nachgehen müssen.

Zunächst hatte sich Hauptkommissar Maier mit Oberstaatsanwalt Beil, den sie im Amt Hackebeil nannten, ins Benehmen gesetzt. Der hatte eine Staatsanwältin mit der Leitung der Ermittlungen beauftragt, die wiederum würde sich nun mit Maier über die ersten Schritte der Ermittlung verständigen. War das Arbeitstempo im Polizeiamt sonst nicht gerade den Geschwindigkeiten eines Formel-1-Rennens vergleichbar, so hatte man sich diesmal schon am Freitagabend telefonisch verabredet. Und Maier war deshalb in die Stadt gefahren.

Als er an diesem schönen Samstagmorgen den Friseursalon von Meister Oettel betrat, kam ihm der kleine rundliche Mann mit trippelnden Schritten entgegen. Oettel trug stets eine Fliege zum blütenweißen Oberhemd. »Das muss sein«, pflegte er zu sagen. »Ein Friseur gehört zur Modebranche.« Der Salon sah aus, wie ein Friseursalon heutzutage auszusehen hat, so nämlich, wie sich Friseure ein Studio vorstellen. Oettel nannte das Unternehmen auch »Hairstyling-Studio«. Doch musste er diesen Titel unter dem historischen »Friseursalon Oettel«, wie es in Leuchtschrift an der Hausfront stand, verstecken. Da ließ sein Ehegespons keine Neuerung zu. Und Oettel konnte es aus Briefmarkengründen nicht auf einen Ehekrieg ankommen lassen, es blieb beim »Friseursalon«, was die Kunden wohl auch so wollten.

Maier kam nicht zu Wort neben dem kleinen Meister, wie er sich gern nennen ließ. »Lupus in Fibula, ich habe mir gedacht, dass Sie kommen werden, denn unser leider zu früh verstorbener Freund Linsemann war ja ein bedeutender Philatelist. Natürlich«, er senkte seine Stimme, »weiß ich auch, dass seine Witwe mit dem Vermächtnis unseres Sammlerfreundes nicht sehr pietätvoll umgegangen ist. Aber kommen Sie doch in mein Büro, da können wir ungestört reden.«

Kommissar Maier musste ein wenig lächeln, denn der gute Oettel war bekannt für seine etwas lädierten Zitate. Nun wieselte er vornweg durch den Salon, sodass sich der Kommissar kaum einen Blick auf die beiden hübschen Friseusen leisten konnte, die von Handtüchern umhüllte Damenköpfe in Waschbecken drückten. Solche Behandlung könnte mir auch wohltun, dachte Maier. Aber da war er schon in einem kleinen Büro, das freilich nicht die Zunft der Figaros erkennen ließ. Eher ähnelte es einer Filiale des Deutschen Postmuseums, das Oettel vor etlichen Jahren einmal in Berlin besichtigt hatte. An den Wänden große Plakate: Debria-Briefmarkenausstellung, WIPA, eine Ausstellung und eine Abbildung des Katalogs der Firma Zumstein. Mehrere Briefkuverts, unter Glas gerahmt, und an der Türwand eine Serie von Diplomen und Preisurkunden, allesamt ausgestellt für Hartmut Oettel. Wohlgefällig verfolgte dieser die Blicke seines Besuchers, während er ihm einen Platz anbot. Nachdem sich der Kommissar gesetzt hatte, fragte er: »Wieso haben Sie gewusst, dass ich bei Ihnen anklopfen würde?«

Oettel legte seinen Kopf ein wenig zurück, verdrehte die Augen und meinte: »Nun, Herr Inspektor, ich kann doch eins und eins zusammenzählen oder, wie wir Lateiner sagen, halb getan ist ganz gewonnen.«

Maier glaubte sich zu erinnern, dass dieses Zitat aus dem Horaz stammte, aber irgendwie anders lautete, ja, es fiel ihm ein: »Halb getan hat, wer begonnen hat«, doch konzentrierte er sich schnell wieder auf Meister Oettels Rede.

»Eine Witwe wurde ermordet, die über eine große Briefmarkensammlung verfügte, und Oettel ist dieserorts die erste Adresse, um etwas über Briefmarken zu erfahren.«

Maier versuchte aus seinem Ledersessel, der auf die Bürotür ausgerichtet stand, doch noch einen Blick auf die Friseusen zu werfen. Aber Oettel schloss die Tür, und Maier korrigierte den kleinen Meister: »Also, zunächst mal Hauptkommissar, nicht Inspektor. Wir sind hier nicht im Kriminalroman. Und jetzt gleich die Frage: Was könnte denn ein Täter in der Sammlung der Witwe gesucht haben?«

»Das ist eine gute Frage«, sagte Oettel, »und ich kann Ihnen eine gute Antwort geben. Aber da muss ich ein bisschen ausholen. Linsemann war einer der letzten Generalsammler, das heißt, er sammelte alle klassischen Markengebiete: Altdeutschland, Deutschland und Kolonien, Europa. Das gibt es heute fast nicht mehr, denn die europäischen Markengebiete sind in ihren Emissionen mittlerweile zu umfangreich geworden. Die Marken Altdeutschlands sind zwar allesamt erreichbar, aber preislich in den letzten Jahrzehnten enorm gestiegen. Auch für Nichtsammler sind sie als Wertanlagen interessant. Ich könnte Ihnen die Wertsteigerung an vielen Beispielen zeigen. Was nun Linsemann betrifft, so besaß er besonders wertvolle Sammlungen von Island und Frankreich, aber sein Lieblingskind war Altdeutschland.« Oettel unterbrach seine Ausführungen und fragte: »Darf ich Ihnen einen Kaffee anbieten? Entschuldigen Sie bitte, aber damit Sie die Sache verstehen, muss ich so weit ausholen. Die Philatelie ist ein Hobby, aber eines mit wissenschaftlichem Hintergrund.«

Maier nickte, und Oettel entschwand für ein paar Minuten. Mit zwei dicken Büchern in der Hand kam der Friseurmeister schließlich zurück. Hinter ihm schwebte eine hübsche schwarzhaarige Person mit zwei Tassen Kaffee herein.

»Für den Herrn Hauptkommissar, hier«, sagte Oettel. Die Schwarze schaute neugierig auf den Herrn Hauptkommissar, während der dachte, mit der Dame würde ich gern des Öfteren Kaffee trinken. Aber da hatte Oettel schon wieder das Wort ergriffen. Er winkte die Friseuse, die dem Herrn Hauptkommissar noch einen freundlichen Blick zuwarf, mit einer Handbewegung aus dem Raum und sprach: »Um unser Gespräch fortzusetzen, also, Herr Hauptkommissar, ich weiß nicht, wie weit Sie sich in der Geschichte der Postwertzeichen auskennen. Unter Altdeutschland versteht man jedenfalls das Sammelgebiet jener deutschen Staaten, die vor der Reichsgründung 1871 eigene Briefmarken herausgaben. Dazu gehören auch das Postgebiet Thurn und Taxis und der Norddeutsche Postbezirk. Um ihnen ein Beispiel zu geben, Sachsen, wo wir uns ja befinden, gab seine erste Briefmarke am 26. Juni 1850 heraus. Diese erste Emission war der berühmte Sachsendreier, in der korrekten Bezeichnung ›Sachsen, drei Pfennig rot‹.«

Der Hauptkommissar, der Schlimmes ahnte, würde er jetzt nicht in den Vortrag eingreifen, fragte schnell: »Hatte Linsemann denn diesen Sachsendreier?« Davon, dass es diese Marke gab, hatte er schon gehört.

»Selbstverständlich gab es den Sachsendreier in seiner Sammlung. Und nicht nur einmal. Linsemann besaß einen Sechserstreifen, eine höchst seltene Frankatur, da man den Sachsendreier nur zum Versand von Drucksachen verwendete. Vielleicht neben dem Eibenstocker Bogen eine der ganz großen Raritäten.«

»Und ist er auch heute noch in seiner Sammlung, oder hat die Witwe ihn verkauft?«

»Aha«, seufzte Oettel. »Sie haben von den Transaktionen der Witwe gehört? Nun ja, ob die Marken verkauft wurden oder ob sie sich noch in der Sammlung befinden, kann ich nicht sagen. Ich habe die Witwe in pietätvollem Abstand zum Tode ihres Mannes einmal gefragt, ob sie mir diesen Sechserstreifen verkaufen würde, und bot ihr eine beträchtliche Summe dafür. Doch sie ließ sich nicht darauf ein, schüttelte nur mit dem Kopf. Nein, sagte sie, diese Marken möchte ich nicht verkaufen.«

»Haben Sie ihr ein Angebot mit einem konkreten Preis gemacht?«, fragte Maier.

Oettel zögerte ein bisschen, schaute Maier an und sagte dann: »Ich hatte ihr vierzigtausend DM angeboten. Das ist kein Kleingeld, aber es entspricht dem Wert dieser Marken. Sie wollte nicht an mich verkaufen, und auch später habe ich diesen Streifen nie in den Katalogen der einschlägigen Auktionen gesehen.«

Donnerwetter, dachte Maier, was man mit Lockenwickeln und Haareschneiden doch verdienen kann!

In diesem Moment kam die Schwarzhaarige wieder in den Raum und fragte, ob sie nachschenken solle, verbunden mit einem Lächeln für den Hauptkommissar. Oettel ließ keine den Kaffee betreffende Antwort zu. Er war jetzt ganz in seinem Element: ein Experte, der der Polizei Auskunft gab. Hauptkommissar Maier, der damit rechnete, dass ihm ein weiterer Vortrag bevorstünde, der aber für den Fall kaum ergiebig sein würde, erhob sich, um sich zu verabschieden: »Also, Herr Oettel, ich danke Ihnen erst einmal. Das war sehr aufschlussreich für mich.«

Und Oettel, nun wieder ganz der Salonbesitzer, antwortete: »Gern zu Diensten, Herr Hauptkommissar.«

Das Haus, in dem die Polizeidirektion Niederstein-Lustthal ihren Sitz hatte, konnte seine gründerzeitliche Herkunft nicht verbergen. Gebaut worden war es einst als Villa eines Strumpffabrikanten, wie Maier einmal in einer Bauakte gelesen hatte. Dank Denkmalschutz waren die Stuckdecken ebenso erhalten geblieben wie die wuchtigen Holztreppen, die hinauf in den zweiten Stock führten. Den Einbau eines Lifts hatten die Denkmalschützer verboten und damit für die morgendliche Gymnastik der Mitarbeiter des Dezernats für Gewaltverbrechen gesorgt.

An diesem Morgen war Nöstler, Maiers Stellvertreter, der mit gleichbleibender Genauigkeit seine Dienstaufgaben erfüllte, kurz vor neun Uhr ins Haus gekommen. Auf seinem Schreibtisch gab es kein Gebirge von Aktendeckeln und Notizen wie bei seinem Vorgesetzten, sondern jeden Morgen nur ein blütenweißes Blatt, auf dem die Tagesaufgaben mit spitzem Bleistift notiert waren. Samstags gab es eigentlich kein Blatt, denn da saß Nöstler in seinem Garten und widmete sich den Rosenstöcken. Oder er las Adenauers Memoiren, vielleicht, weil der auch Rosenzüchter gewesen war. Doch gestern Abend hatte Maier ihm eine Mail geschickt, dass er sich heute neun Uhr im Büro einfinden solle. Hier fand Nöstler eine Mail vor, die besagte, ihr dritter Mann, Kommissar Melzer, ließe sich entschuldigen. Wegen eines schlimmen Zahnleidens müsse er einen Zahnarzt aufsuchen.

Vielleicht war es besser, wenn Melzer nicht dabei war, dem es gelang, so jedenfalls sah es Nöstler, jede Ermittlung zu Fall zu bringen. Das Einzige, was er beherrschte, laut Nöstler, sei die Zubereitung von Kaffee.

Der Kommissar saß in dem Raum mit den beiden großen Flügelfenstern auf den Park hinaus und wartete. Weder Hauptkommissar Maier noch der Leiter des Labors, Kriminaloberkommissar Mauser, erschienen. Nur Nöstler saß einsam auf seinem Stuhl, bis das Telefon klingelte und die Stimme Maiers ihn an den Tatort rief. Nöstler schüttelte den Kopf, er konnte die Zeitplanung seines Chefs nicht so recht nachvollziehen, nahm seinen Bleistift, schrieb auf das Blatt »9.12 Uhr Abgang in das Haus Weinkellergasse 67« und machte sich auf den Weg.

Von ihrem Amtssitz bis in die Weinkellergasse waren es etwa zweihundert Meter. Nöstler überlegte, weshalb der Chef eine weitere Tatortbesichtigung angesetzt haben mochte. Nach wenigen Minuten klingelte er unten an der Tür der Weinkellergasse. Maier erschien und brummte: »Warum kommen Sie nicht herein? Die Tür ist offen.«

Nöstler wollte zu einer längeren Antwort ansetzen, doch Maier war schon in die obere Etage verschwunden. Als Nöstler in den Flur trat, sah er auf der Garderobe ein halbes Dutzend Damenhüte liegen. An der einen Flurwand hing eine gerahmte Fotografie, die drei Männer zeigte, die sich über einen Tisch beugten, auf dem sich wohl Briefmarken oder etwas Ähnliches befanden, das war auf der Fotografie nicht genau zu erkennen.

Maier fragte: »Wer sind diese Leute auf dem Bild? Sie leben ja schon ewige Zeiten in diesem Nest, Sie müssten sie doch kennen. Ich erkenn nur Oettel«

Nöstler sah sich das Foto nochmals an und meinte dann: »Der Eine ist der verstorbene Linsemann, der

Zweite ist natürlich Friseur Oettel, aber der Dritte ist mir unbekannt.«

»Hm«, brummte Maier, »aber der Friseur wird ja wissen, mit wem er da abgelichtet wurde. Ich muss Oettel mal das Bild zeigen.«

»Ja«, sagte Nöstler, »ich werde nachfragen.«

»Nein, nein, das mache ich selbst«, sagte Maier und dachte an die schwarzhaarige Friseuse.

»Vielleicht sollten wir die Räume systematisch durchsuchen. Oder wurde das schon gemacht?«, fragte Nöstler.

»Weiß ich das?«, entgegnete Maier, »Mauser hatte das alles in der Hand. Aber Sie haben recht, gucken wir uns nochmals um.«

Die erste Tür im Flur führte ins Bad. Die Badewanne war ebenso alt wie das Waschbecken, aber alles war blitzsauber. Sie stöberten ein bisschen in einem kleinen Spiegelschränkchen. »Nichts von Belang«, entschied Maier. Rasierklingen, wohl noch vom längst verstorbenen Hausherrn, ein paar Medikamente und Schlaftabletten. Die Sorte kannte der Hauptkommissar. Dann traten sie ins Schlafzimmer: Ein riesiger Schrank voller Damenkleidung und Wäsche. An der Wand ein Ölbild, das eine Alpenregion zeigte. Auf dem Nachttisch der Witwe Linsemann zwei Bücher von Rosamunde Pilcher. »Literarisch gebildet ist die gute Frau nicht gerade«, bemerkte Maier, »pardon, war sie nicht gerade.« Der Hauptkommissar blätterte in den Bänden. Wenn nun in Kriminalromanen an solchen Stellen manchmal ein Zettel mit einer geheimnisvollen Telefonnummer gefunden wird, so gab es auch hier einen Unterschied zwischen Leben und Literatur. Witwe Linsemann hatte die Rechnung eines Fußpflegeunternehmens als Lesezeichen genutzt.

»Also«, sagte Nöstler, »ich denke, der Schlüssel zu

dem Ganzen liegt in der Briefmarkensammlung, wenn es kein simpler Totschlag im Affekt war. Und danach sieht es nicht aus.«

Maier ging vor ihm in den Wohnraum, wo auf dem Parkettfußboden die Kreidestriche zu sehen waren, die die Lage der Leiche skizzierten. Erneut öffnete er mit dem kleinen Schlüsselbund den Schrank, der auf vier Regalböden Briefmarkenalben zeigte: die Sammlung Linsemann.

»Haben Sie irgendwelche Dinge gefunden, die für uns von Interesse sein könnten?«, wandte sich Maier an seinen Stellvertreter.

Der schüttelte nur den Kopf: »Hier war alles pikobello sauber. Kein Stäubchen, kein Papierschnipsel, kein Fußabdruck ...«

»Auch kein Fingerabdrücke?«, fragte Maier.

»Ich habe mit Mauser gesprochen, der die Räume untersucht hat, es gab welche, aber die waren von der Witwe Linsemann. Alles andere war verwischt.«

»Nun«, sagte Maier, »es wäre zu schön gewesen. Also bisher: Täter unbekannt. Pardon, wissen wir eigentlich, ob es einen Täter gibt?«

»Der vorläufige Bericht der Gerichtsmedizin liegt auf ihrem Schreibtisch«, sagte Nöstler.

»Und?«, fragte Maier.

»Er kam in einem verschlossenen Kuvert, ich habe ihn nicht geöffnet.«

Maier schüttelte den Kopf. Wie Melzer auch war Nöstler ein Amtsmensch, wie er im Buche stand, und so musste Maier sich gedulden, bis sie zurück im Büro waren. Einstweilen standen sie vor dem geöffneten Briefmarkenschrank, und Maier wiederholte die Handgriffe des gestrigen Tages. Er nahm einige der dicken Alben heraus und blätterte in den Seiten, in denen, fein säuberlich eingeklebt oder hinter Zellophanstreifen gesteckt, die Marken verwahrt waren. Schließlich sagte er zu Nöstler: »Der Friseur hat von einer Marke aus Sachsen geredet. Suchen Sie doch mal nach einem Album mit Sachsen-Marken.«

Nöstler begann systematisch die Alben aus dem Schrank zu nehmen und wieder zurückzustellen. Nach einer Weile sagte er: »Hier, Herr Hauptkommissar, hier steht ›Sachsen‹ auf dem Einband.«

Maier nahm ihm das Album aus der Hand und blätterte es durch. Da fand sich erst einmal ein Zwischenblatt mit der Aufschrift: Vorphilatelie Sachsen. Was soll das denn sein, überlegte Maier, um dann zu schlussfolgern: Wir müssen uns kundiger machen. Wir wissen noch viel zu wenig von dieser ganzen Philatelie.

»Nöstler, Sie verschwinden jetzt mal in die Bibliothek, oder noch besser zu Buchstaub, und beschaffen uns ein paar Bücher über das Briefmarkensammeln.« Er blätterte weiter in dem Band auf der Suche nach der von Oettel beschriebenen großen Seltenheit der Sammlung, dieser Marke Nummer eins von Sachsen, dem Sachsendreier. Wo er hätte sein müssen, stieß er auf zwei leere Zellophanstreifen. Auf der nächsten Seite gab es ein Briefstück, das eine ziegelrote Marke zeigte, ein Sachsendreier, jedoch mit der Unterschrift: Schröderscher Lichtdruck. »Ich denke doch«, überlegte Maier, »dass es einen Lichtdruck zu Zeiten der Ausgabe dieser Marke noch nicht gegeben hat. Also ist das eine Fälschung. Nöstler, wir tappen im Dunkeln. Warum sind Sie noch nicht unterwegs?«

Nöstler fragte: »Treffen wir uns im Büro?«

»Dachten Sie, wir haben heute frei?«

Nöstler entfernte sich, und Maier hörte, wie die Flurtür klappte. Er schaute sich noch einmal im Zimmer um.

Neben dem Büfett hingen eine Reihe von Fotos, wie es schien Verwandtenbilder: Zwei Babys, vielleicht Zwillinge, auf dem obligatorischen Bärenfell, und Familien unter dem Weihnachtsbaum. Er stellte den Sachsen-Band in den Schrank zurück, doch er entschied sich gleich darauf anders, nahm ihn wieder heraus und wickelte ihn in eine Zeitung aus dem Stapel, der neben dem Sessel lag. Darauf versiegelte er Schrank und Wohnungstür und trat auf die Weinkellergasse, von wo er den Friseursalon Oettel ansteuerte.

Es gibt doch merkwürdige Dinge, die wir kaum zur Kenntnis nehmen, philosophierte Maier. Da gibt es Kriege, Armut und Hunger, und täglich explodieren irgendwo Bomben. Glaubt man den Klimaforschern, so taumelt die Erde am Abgrund, und in unserem reichen Europa sitzen Abend für Abend Tausende von Männern vor ihren Briefmarkenalben. Warum sammelt der Mensch eigentlich? Ist das ein Relikt aus seiner Zeit als Jäger und Sammler? Nein, so einfach ist das nicht, dachte Maier. Eher schaffen sich die Sammler eine eigene Welt, in die sie sich aus der unbefriedigenden Wirklichkeit zurückziehen. So könnte es sein – oder auch anders. Eine verrückte Welt.

Maier musste sich beeilen, er hatte sich gegen Mittag mit dem Staatsanwalt, richtiger, der Staatsanwältin, verabredet, die den Fall von Hackebeil zugewiesen bekommen hatte. Sie wollten sich ganz unkonventionell im Café Nordlicht treffen, sie wolle, so hatte sie gesagt, noch einige Einkäufe machen, da müsse man doch nicht den ganzen Berg hinauf ins Gerichtsgebäude, wenn die Sache auch bei einem Espresso erledigt werden könne.

Im Café Nordlicht herrschte vormittägliche Leere, als Maier eintraf.

Die Gymnasiasten, die hier sonst über dringende Schularbeiten gebeugt saßen, hatten samstags frei, und das übrige Volk lag entweder noch im Bett oder war mit Einkäufen beschäftigt.

Die Staatsanwältin saß bereits an einem Zweiertisch und las eine überregionale Tageszeitung, was in der Kleinstadt eher die Ausnahme war. Man las zumeist eines der Boulevardblätter oder die Regionalzeitung. Als Maier Doktor Löser einmal darauf aufmerksam gemacht hatte, dass es ihm nicht schaden würde, eine ordentliche Tageszeitung zu lesen, meinte der nur: »Zu dick.«

Staatsanwältin Uhlig war eine Dame in den besten Jahren, wie man sagt, wenn man das heraufziehende Alter nicht genau benennen will. An diesem Tag trug sie ein helles Kostüm, lächelte freundlich und legte ihre Zeitung zur Seite, als Maier ein wenig gehetzt und unter Entschuldigungen an ihrem Tisch ankam.

»Setzen Sie sich, lieber Maier, Sie sind ja ganz außer Atem. Wir brauchen Sie doch noch.«

Maier lächelte verbindlich und erzählte der Staatsanwältin, was er bisher herausgefunden hatte. »Wir werden die Ergebnisse der Kriminaltechnik am Montag auf dem Tisch haben«, schloss er seinen Bericht, »aber im Grunde wird uns das nicht viel weiterbringen. Tod durch Strangulation, das steht fest, und bisher haben wir weder ein Motiv noch einen Täter. Aber eine Richtung deutet sich an.«

Die Staatsanwältin hatte aufmerksam zugehört. Nun legte sie ihren Kaffeelöffel zur Seite und sprach: »Der Fachmann sind Sie, Kollege Maier, und Sie wissen ja so gut wie ich, dass man den offensichtlichen Spuren nicht immer trauen kann. Wir werden am Montag also den schriftlichen Kram erledigen. In der Zwischenzeit liegt alles in Ihrer Hand. Übrigens, noch eine ganz andere

Frage: Ich habe gehört, dass das alte Waldgasthaus in der Nähe Ihrer Ranch aufgegeben werden soll. Könnte man sich das als Wochenendhaus zulegen? Oder mit Umbau vielleicht auch als Dauerdomizil?«

Maier lachte. »Schön wäre es ja, Sie gleich in der Nähe zu haben, da brauchten wir nicht mehr ins Amt zu gehen. Doch das Haus kann ich Ihnen guten Gewissens nur empfehlen, wenn sie eine mittlere Erbschaft gemacht haben. Der Noch-Besitzer hat alles ziemlich verkommen lassen. Aber ich will Sie nicht davon abbringen, vielleicht muss man die Sache einfach nur mit etwas Geduld angehen. Soll ich Ihnen mal die Umgebung zeigen? Den Besitzer finden Sie ja dann im Telefonbuch.«

»Ja, da lassen Sie uns mal einen Lokaltermin vereinbaren«, sagte die Staatsanwältin, und dann vereinbarten sie erst einmal einen Linsemann-Termin für Montag.

Nöstler klingelte an der Tür, über der in Antiqua-Schrift stand: Kasper Buchstaub, Antiquariat. An der Tür gab es ein Schild: Besuche nur nach telefonischer Vereinbarung, Tel. 419999. Neben der Tür befand sich ein schmales Ladenfenster, das von innen mit Plakaten beklebt war, die auf Antiquariatsmessen in Leipzig, Köln oder Hamburg verwiesen. Endlich flammte ein Licht im Laden auf, und jemand stolperte schimpfend auf die Tür zu, die sich nun öffnete.

»Besuche nur nach ...«, sagte der Mann, der im Schlafrock herausguckte. Als er seinen Besucher jedoch erkannte, trat er zur Seite und sagte: »Ach, ich habe Sie erst gar nicht erkannt, Herr Nöstler, treten Sie nur ein, treten Sie ein.«

Der Kommissar kannte Buchstaub von gelegentlichen Gesprächen, die sich ergeben hatten, als er seinen Chef dringlich vom Stammtisch hatte abrufen müssen oder von irgendwelchen gesellschaftlichen Anlässen. In Buchstaubs Antiquariat war Nöstler noch nie gewesen, und so staunte er über die Bücherberge, die sich überall stapelten. Auf dem Boden standen kunstvoll geschichtete Büchertürme, und auch die Regale waren vollgestopft. Er folgte dem Antiquar auf einem schmalen Weg durch die Büchergebirge in ein Hinterzimmer, das im Gegensatz zum Chaos des Ladenraums ein geradezu gemütliches Aussehen hatte. »Ambiente« hätte Maier gesagt. Ein großes dreiflügeliges Fenster brachte Licht in das Zimmer und öffnete den Blick auf ein Gartenstück mit Blumen, Gräsern, Büschen und Bäumen. An der einen Wand stand ein Regal, in dem sich schöne, alte Lederbände fanden. Nöstler las ein paar Namen auf den Buchrücken: Gotthelf, Klopstock, Freytag. Ihm sagte das nichts. Neben dem Fenster stand ein großer Tisch mit einem Blumenstrauß sowie Zeitungen und Zeitschriften darauf. Außerdem gab es zwei dicke alte Ledersessel. Im Hintergrund des Zimmers stand ein Schreibtisch, den eine grüne Bankerlampe und ein kolossaler Globus zierten. Vor allem aber gab es in Griffweite des Fenstertisches ein kleines Regal, aus dem Flaschenhälse guckten. Daneben standen eine dickbauchige Kanne und ein paar Tassen. Auf dem Flaschenregal saß ein mächtiger weißer Angorakater, der seine bernsteingelben Augen auf Nöstler richtete.

»Nehmen Sie Platz, Herr Nöstler. Es ist uns ein Vergnügen, einen Mitarbeiter aus Maiers Compagnie hier zu sehen. Mit uns meine ich mich und meinen Kater Cicero. Was kann ich für Sie tun? Vielleicht ein Gläschen Chevrey-Chambertin? Das ist ein burgundischer Rotwein, der sich ausgezeichnet als Aperitif eignet. Na ja, für einen Aperitif ist es noch ein bisschen früh, aber für einen Burgunder ist es eigentlich nie zu früh.«

»Nein, nein«, sagte Nöstler, »niemals Alkohol im Dienst.«

»Aber das ist doch ein Kulturgenuss. Das fällt doch nicht unter Alkohol«, erwiderte Buchstaub, der sich bereits ein Glas zurechtgestellt hatte. »Oder lieber einen Earl Grey, direkt aus England bezogen? Muss da ja jährlich einmal hin, um Senf und Tee zu kaufen. Kennen Sie Coleman's Mustard?«, fragte Buchstaub.

Nöstler schüttelte den Kopf.

»Also auch keinen Tee?«

»Nein, ich kenne nur den Mustang nicht, von dem Sie gerade sprachen. Eine Tasse Tee gern, danke, bitte.«

Buchstaub schenkte Tee aus dem Thermoskrug ein, der hinter ihm auf einem Regal stand, und stellte Sahne und Zucker dazu. Sich selbst genehmigte er aus einer verstaubten Flasche ein Gläschen Portwein, ein Magen-Tonikum, wie er erklärte. Burgunder trinke er am liebsten am Kamin oder in Gesellschaft.

Kater Cicero saß still und stumm.

»Und was ist Ihr Begehr?«

Nöstler verwies auf seinen Chef und auf den Todesfall der Witwe Linsemann. Und auf die Möglichkeit, dass die Briefmarkensammlung des verstorbenen Linsemann in dem Mordfall eine Rolle spiele.

»Raubmord«, sinnierte Buchstaub.

»Wir ermitteln in alle Richtungen«, sagte Nöstler, und Buchstaub setzte hinzu: »Wie das so schön heißt.«

»Jedenfalls würden wir uns gern ein wenig kundig machen, was die Briefmarkensammlung angeht, und Hauptkommissar Maier lässt fragen, ob Sie uns da mit Literatur weiterhelfen können.«

»Da haben Sie Glück, mein Lieber. Erst kürzlich habe ich einen wunderbaren Bestand von zirka fünfhundert Bänden philatelistischer Literatur angekauft.«

»Um Himmels willen«, rief Nöstler, »fünfhundert Bände! Wir dachten eher an drei, vier Bücher.«

»Nun ja, das macht die Sache nicht leichter. Was soll ich Ihnen da empfehlen? Also, ich suche ein paar Sachen heraus, die vielleicht als Auskunftei gut geeignet sind. Zunächst wäre da Frank Arnaus Lexikon der Philatelie, das fällt mir zuerst ein, außerdem Kohls Briefmarkenhandbuch und vielleicht auch Ewald Müller-Marks ›Altdeutschland unter der Lupe‹. Schließlich sollten Sie sich auch einmal einen Michel anschauen.«

»Ist das der deutsche Michel?« fragte Nöstler.

»Beinahe, beinahe. Das ist der Europa-Katalog von Michel. Mit dem deutschen Michel und seiner Zipfelmütze hat er nichts zu tun. Oder doch? Vielleicht sind diese Briefmarkensammler ja alle so was wie deutsche Michel?« Kater Cicero schüttelte seinen buschigen Kopf. »Also nicht, meinst du«, Buchstaub lächelte seinem Katzentier zu. »Vielleicht sind sie auch eher ein Zeichen dafür, dass unsere Welt noch ein paar intakte Gegenden hat.«

»Was kostet denn der Kram? Sie wissen ja, die öffentliche Hand ist arm.«

»Selbstverständlich bekommen Sie die Bücher leihweise, wobei ich um äußerst pflegliche Behandlung bitten muss«, meinte Buchstaub und goss sich ein weiteres Glas Portwein ein. »Wer«, überlegte er laut, »könnte die alte Witwe denn ermordet haben? Eifersucht schließen wir mal aus, dieses beliebteste aller Mordmotive.«

»Warum ausschließen? Auch alte Damen haben Liebhaber, und seien es Liebhaber von Briefmarken«, meinte Nöstler.

»Sie sind ja richtig witzig, Herr Kommissar. Gut, gehen wir mal davon aus, dass die Witwe Linsemann einen Liebhaber hatte. Das wäre Motiv Nummer eins. Rache, auch ein Mordmotiv.«

»Rache für Ereignisse, die schon Jahrzehnte zurückliegen«, meinte Nöstler.

»Das können wir nicht ausschließen, was wissen wir denn, was alles schon Jahrzehnte zurückliegt. Motiv Nummer drei«, dozierte Buchstaub. »Habgier. Habgier ist gut. Die Dame hatte ja einigen Besitz in Briefmarken, wenn auch, wie es scheint, nicht so viel von den kleinen gezähnten Dingern fehlt. Gezähnt oder geschnitten.«

»Was soll das heißen, gezähnt oder geschnitten?«

»Das soll heißen, Briefmarken können gezähnt oder geschnitten sein. Beispielsweise ist der berühmte Sachsendreier eine Marke, deren Ränder geschnitten sind. Bis zur Nummer dreizehn sind die frühen Sachsen-Marken allesamt geschnitten, erst ab Nummer vierzehn gibt es gezähnte Sachsen-Marken. Und das war's dann auch bald wieder, denn Sachsen hat im altdeutschen Bereich nur neunzehn Briefmarken zu bieten. Mit dem Beitritt Sachsens zum Norddeutschen Postbezirk wurden ab dem 1. Januar 1868 nur noch dessen Marken verwendet«, so Buchstaub.

»Wieso, lieber Buchstaub, wieso haben Sie solche Kenntnisse?«

»In früher Jugend hatte ich einmal die Absicht, mir durch den Handel mit Briefmarken eine Existenz aufzubauen. Es gab da einen Grundstock aus großelterlichen Nachlässen, Großvater Buchstaub hatte sächsische Nummernstempel gesammelt.«

»Meine Güte«, Nöstler schüttelte den Kopf, »das ist ja eine Wissenschaft.«

»Ja, da haben Sie recht, die Philatelie ist zwar ein Hobby, aber durchaus eins mit wissenschaftlichem Hintergrund: Postgeschichte, Papierkenntnisse und so weiter. Wer davon nichts weiß, der ist in diesem Feld fehl am Platz«, sagte Buchstaub. »Ein Warenlager mit fünfhundert Notebooks auszuräumen, das ist keine besondere Kunst. Aber aus einem Haufen alter Briefmarken die wertvollen Stücke herauszufinden, das kann man wahrhaftig als Kunst bezeichnen, auch wenn man sich im Kriminellen bewegt.«

»Also mir schwirrt der Kopf von diesem Kolleg«, seufzte Nöstler. »Wenn Sie mir jetzt die Bücher geben würden? Dann wollen wir mal sehen, ob wir den Mörder finden, gezähnt oder geschnitten.«

Während sich Nöstler mit seinem Bücherpaket auf den Weg machte, saß Hauptkommissar Maier schon wieder im kleinen Chefbüro des Friseurmeisters Oettel und überlegte, wie er diesen aus dem Raum schicken könnte, um ein paar Worte mit der schwarzhaarigen Friseuse wechseln zu können.

»Sagen Sie mal, Herr Oettel, was ist ein Schröderscher Lichtdruck?«

»Donnerwetter«, sagte der Meister, »Sie wissen ja direkt Bescheid. Ein Schröderscher Lichtdruck ist eine Fälschung der Sachsen Nummer eins von Martin Schröder aus Leipzig. Es ist nicht leicht, diese Fälschung zu erkennen, denn der originale Sachsendreier wurde im Buchdruck hergestellt. Übrigens, ein weiterer Fälscher namens Fournier fälschte den Sachsendreier nach dem Vorbild des Schröderschen Lichtdrucks, sodass es bei dieser Marke eine Fälschung nach einer Fälschung gibt. Aber wie kommen Sie denn zum Problem Schröderscher Lichtdruck?«

Maier wusste nicht, ob er dem Friseurmeister die Wahrheit sagen sollte, und so sagte er: »Nachdem Sie mir die Geschichte von dem Sachsendreier erzählt haben, habe ich mal ein bisschen nachgelesen. Ich würde ja gern einmal einen Sachsendreier sehen.«

»Den Wunsch kann ich Ihnen erfüllen«, meinte Oettel. »Ich muss nur schnell nach oben in die Wohnung und mein Album mit dem Sachsendreier holen.«

»Sehr schön«, sagte Maier, der in dieser Zeit mit der Friseuse ins Gespräch zu kommen hoffte. Tatsächlich erschien wenige Augenblicke nachdem Meister Oettel den Raum verlassen hatte die Schwarzhaarige und fragte ihn mit einem Lächeln: »Darf ich nachschenken, Herr Kommissar?«

»Ja«, sagte Maier, »aber nicht jetzt, sondern heute Abend. Da würde ich Sie nämlich gerne in die ›Goldene Rose‹ einladen.«

Die Friseuse, die einen solchen Vorstoß wohl schon erwartet hatte, antwortete lächelnd: »Warum nicht? Wo wollen wir uns treffen?«

»Vielleicht auf dem kleinen Parkplatz an der Post«, schlug Maier vor, »neunzehn Uhr?«

»Gut, bis heute Abend«, sagte die Friseuse und verschwand in dem Moment, als Meister Oettel mit einem dicken Album wieder in der Tür erschien.

»Also, sehen Sie«, sagte Oettel und schlug das Album auf, »das ist ein Sachsendreier, ein echter.«

Maier inspizierte die blassrote Marke und fragte: »Und warum ist die so teuer?«

»Das ist ganz einfach: Es gibt nur ein paar Exemplare von ihr, denn kurz nach ihrem Erscheinen wurde sie wieder aus dem Verkehr gezogen. Hätten Sie gern genaue Zahlenangaben?«, fragte Oettel.

»Um Himmels willen«, stöhnte Maier und angesichts der verblüfften Miene des Friseurmeisters, dem die Expertenrolle entglitt, fügte er schnell hinzu: »Das will ich Ihnen nicht zumuten.« Was tatsächlich hieß, das will ich mir nicht zumuten. Schnell fügte er noch hinzu: »Haben Sie diesen Sechserstreifen mal gesehen?«

»Selbstverständlich«, bestätigte Oettel, »Linsemann hat ihn doch mehrfach auf Ausstellungen gezeigt. Ein solcher Streifen ist ein Unikat. Den gibt es nicht noch einmal. Überhaupt gibt es nicht allzu viele Exemplare dieser Marke. Aber darüber haben wir ja schon gesprochen.«

»Wie gesagt, ich bin erstaunt: Das Ganze ist wahrhaftig eine Wissenschaft«, sagte Maier. »Aber welchen Nutzen hat sie denn, diese Wissenschaft?«

»Ja«, sagte Oettel, »das ist eine gute Frage. Welchen Nutzen hat sie? Möglicherweise fördert sie Eigenschaften wie historisches Bewusstsein und Genauigkeit. Nicht zuletzt dient sie jedenfalls dem Vergnügen.«

»Nun, ich lasse Sie mal mit der Vergnügungs-Wissenschaft allein und begebe mich in mein Amt zurück. Ach«, sagte er während er zur Tür ging, »wer sammelt in der Stadt eigentlich noch Sachsen-Marken?«

»Niemand«, antwortete Oettel, »da bin ich der Einzige. Nun ja, es gibt schon noch ein, zwei Sammler, die sich ein wenig mit Altdeutschland beschäftigen, aber richtige Sachsen-Sammler? Vielleicht könnte man Paul Schneider dazuzählen, aber sonst niemanden.«

Damit verabschiedete sich Maier. Als er durch den Salon ging, machte sich die schwarzhaarige Friseuse gerade an einem Wuschelkopf zu schaffen. Sie lächelte ein wenig in den Spiegel. Maier lächelte zurück.

Als Maier die Treppe des Gründerstilhauses hinaufgestiegen war, musste er ein paar Mal tief Luft holen. Ich könnte etwas mehr Bewegung gebrauchen, dachte er und öffnete die Tür zu seinem Dezernatsbereich.

Seine beiden Mitarbeiter saßen tief über ihre Schreibtische gebeugt. Nöstler hatte einen Stapel dicker Bücher um sich versammelt, und Melzer schrieb wie immer in eine Kladde.

»Nun, meine Herren«, eröffnete Maier, nachdem er sich niedergelassen hatte, »dann wollen wir das Puzzle mal zusammensetzen. Der Bericht von Doktor Löser ist wie immer mit allerlei lateinischen Wörtern gewürzt. Der Mensch kann es nicht lassen, uns sein Kleines Latinum vorzuführen. Die Quintessenz des Schriftstücks ist die: Frau Linsemann wurde von hinten mit einer Schnur erdrosselt. Kein Draht, keine Kette, es muss eine Schnur gewesen sein. Sie trug ja eine dünne Schnurkette, wenn man das so sagen kann, die dürfte das Mordwerkzeug gewesen sein. Vermutliche Todeszeit ist zwanzig Uhr. Was ergibt sich daraus nun für uns? Wir müssen in der Nachbarschaft des Hauses fragen, ob jemand einen Besucher gesehen hat. Und wir müssen in Erfahrung bringen, mit wem die Witwe verkehrte. Buchstaub dürfte eine gute Quelle sein. Nöstler, Sie sollten nochmals mit ihm reden.«

Maier fuhr fort: »Melzer, Sie versuchen im Haus und in der Umgebung etwas über den Lebenswandel der guten Linsemann zu erfahren, damit wir uns nicht allein im Feld der Briefmarken bewegen. Fragen Sie nach Freunden, Bekannten, Gewohnheiten und so weiter. Und, Nöstler, vielleicht erkunden Sie auch noch, wer ein Briefmarkenmensch namens Schneider ist, der soll auch ein Sachsen-Sammler sein.«

Als seine beiden Mitarbeiter gegangen waren, schenkte sich Maier eine Tasse Kaffee ein und notierte auf einen der beliebten Zettel, die er regelmäßig verlegte: Tathergang, Motiv, Mörder. Hinter die beiden letzten Worte setzte er ein großes Fragezeichen.

Nun war es aber an der Zeit, auf die Ranch hinauszufahren, wenn er für sein Rendezvous mit der Friseuse wieder rechtzeitig in der Stadt sein wollte.

Er wohnte seit längerer Zeit ein paar Kilometer außerhalb der Stadt, in einem Haus, das einmal einem Freiherrn als Jagdhaus gedient hatte. Zu DDR-Zeiten hatte die LPG dort einen forstwirtschaftlichen Stützpunkt. Als nach der Wende die Erben des Freiherrn das Haus zurückbekommen hatten, hatten sie es renovieren lassen und einen neuen Mieter oder Käufer gesucht. Die Lage war wunderbar: ganz im Freien, am Waldrand und ohne Nachbarn, aber eben dadurch für Familien mit Kindern nicht akzeptabel. So stand das Haus fast zwei Jahre leer, bis Maier bei einem Geburtstagsessen neben dem Makler zu sitzen kam, der ihm sein Leid klagte. Maier, der das Haus von außen kannte, stach der Hafer, und er vereinbarte einen Besichtigungstermin. Große Räume, große Fenster, Terrasse, so etwas hatte er sich schon immer gewünscht. Zweihunderttausend DM hatte er natürlich nicht, aber er konnte das von den Eltern ererbte Stadthaus in Kembach in Zahlung geben, und so wurde das Landhaus erschwinglich. Er kaufte und bereute es nicht. Zwar musste er eine kleine Schneefräse erwerben, um auch im Winter die Landstraße zu erreichen, im Sommer war das Grundstück jedoch für ihn ein unbezahlbares Stück Süden: ein Sonntagnachmittag auf der Sonnenterrasse, und die Welt war in Ordnung. Nur an manchen Abenden war es ihm zu einsam hier draußen am Schatzenstein. Stand nicht schon in der Bibel: Der Mensch ist nicht dazu geschaffen, allein zu sein. Oder es stand irgendwo anders. Jedenfalls war es richtig. Und so suchte er nach einem zweiten Menschen, der mit ihm die Einsamkeit vertreiben sollte.

Pünktlich neunzehn Uhr stand er am Marktplatz. Zwei Minuten später bog die schwarzhaarige Friseuse um die Ecke. »Noch eine Tasse Kaffee?«, begrüßte sie ihn lächelnd.

»Wenn es denn sein muss«, antwortete er.

Nöstler hielt es für gut, nochmals Meister Buchstaub aufzusuchen. Schließlich war der nicht nur der unmittelbare Nachbar der Linsemann, sondern kam sich, dank seiner ausgedehnten Kriminalromanlektüre, selbst ein bisschen wie ein Detektiv vor. Immerhin, den furchtbaren Mord an der alten Lehrerin Schirmer vor ein oder zwei Jahren hatte er aufgeklärt. Oder zumindest den entscheidenden Hinweis auf einen Kunden geliefert, der sich bei ihm ein Buch über Diamanten bestellt hatte. Also klingelte Nöstler wieder an der Ladentür – an der Haustür gab es keine Klingel – und hörte bald darauf Poltern und Schimpfen, bevor sich die Tür öffnete. Der bekannte Halbsatz mit der Bitte um telefonische Vereinbarung blieb diesmal aus. Buchstaub begrüßte seinen Besucher mit der Bemerkung: »Nun in der Abendstunde wollen Sie wohl doch noch meinen Burgunder probieren?«

Nöstler lachte und trat ein. Er folgte dem Antiquar in das Wohn- und Arbeitszimmer. Der Angorakater saß noch immer oder schon wieder auf dem Regal, aus dem die Flaschenhälse guckten.

»Wacht er über Ihre Schätze?«, fragte Nöstler.

Buchstaub lachte. »So kann man es auch sehen.« Dann griff er nach einer dickbauchigen Flasche: »Das ist der Chevrey-Chambertin 2001, über den wir heute Morgen sprachen.« Der Korken machte plopp, und ungefragt goss Buchstaub in zwei große runde Gläser ein wenig Wein, schnupperte an Korken, Flasche und dem Wein und prostete Nöstler abschließend zu: »Gut. Zum Wohl, Herr Kommissar!«

Der musste wohl oder übel ein Schlückchen nehmen, das ihm freilich mundete, auch wenn er kein Weinkenner war.

»Aber deshalb bin ich gar nicht wiedergekommen«, sagte er, nachdem er das Glas abgestellt hatte. »Sie wissen ja, Herr Buchstaub, man muss sich ein wenig umhören, und da bin ich nun nochmals auf Ihre Hilfe angewiesen. Wer kam zu der Witwe? Wie lebte sie so?«

Buchstaub nahm einen Schluck, bevor er antwortete: »Ja, wie lebte sie? Ein Buch jedenfalls habe ich ihr nie verkauft. Sehr oft habe ich sie nicht gesehen. Was darauf hindeutet, dass sie stundenlang vor dem Fernseher gesessen oder mit ein, zwei anderen Damen im Café Nordlicht getagt haben könnte, wo sie sich am Klatsch der Stadt und Kaffee und Cognac labten. Das immerhin konnte ich gelegentlich beobachten, wenn ich dort ein Stück Mohnkuchen kaufte.«

»Wer waren denn die beiden Damen?«, wollte Nöstler wissen.

»Die eine war Frau Müller, Arztwitwe und in früheren Jahren Handarbeitslehrerin hier in Lustthal. Aber die andere? Ich weiß es nicht. Aber da können Sie ja die Müllerin fragen, die wird Ihnen bestimmt weiterhelfen.«

»Und Besucher im Haus?«, fragte Nöstler.

»Gelegentlich kam ein Herr mit einem kleinen braunen Diplomatenkoffer. Ich vermute, das war ein Einkäufer einer Briefmarkenauktion. Sein Auto hatte eine Kölner Nummer, und im Kofferraum sah ich einmal ein Briefmarkenalbum liegen. Aber sonst? Na, die beiden Damen kamen auch gelegentlich, aber eher selten. Und an ihrem Todestag war wohl auch Friseur Oettel bei ihr«, sagte Buchstaub. »Ja, das muss vorgestern Abend gewesen sein, als ich ihm in der Weinkellergasse begegnete, ehe er an der Nummer 67 klingelte. Etwas merkwürdig war freilich, dass er so tat, als würde er mich nicht kennen. Aber vielleicht hat er mich auch nur nicht richtig gesehen, denn ich schleppte einen ordentlichen Packen Bücherpakete zum Auto.«

»Was?«, horchte Nöstler auf. »Oettel war hier?«

Das war ja eine Bombe! Er musste gleich Maier über das Handy anrufen.

Das tat er auch, nachdem er höflich seinen Burgunder ausgetrunken hatte und hinaus auf die Weinkellergasse getreten war. Bei Maier jedoch meldete sich nur die Mailbox, und so entschloss er sich, heimische Gefilde aufzusuchen. Immerhin war es Samstagabend gegen neunzehn Uhr. Er hatte seiner Familie für morgen einen Ausflug an die Talsperre Kriebstein versprochen. Da daran aber nicht mehr zu denken war, musste er heute Abend aus seiner DVD-Sammlung ein Äquivalent bieten. Vielleicht einen Klassiker von Jacques Tati, den guckte die ganze Familie immer wieder gern.

Währenddessen saß Hauptkommissar Maier in der »Goldenen Rose« und neben ihm die Dame aus Oettels Friseursalon, deren Namen er nun auch kannte. Sie hieß Ulla Fischer und war seit sechs Jahren geschieden. Er erfuhr eine dieser Geschichten, die er aus eigener Erfahrung kannte. Jung gefreit hat nie gereut. Das war so ein Spruch, der in ruhigen Zeitläufen durchaus seine Richtigkeit haben konnte. In den wechselvollen Jahren jedoch, die sie durchlebten, gab es mit der frühen Bindung sehr oft ein Problem. Und das ging, wie man bei Brecht nachlesen konnte, aufs Allgemeine zurück: Die Verhältnisse, sie sind nicht so. Ulla Fischers Mann, ein Agraringenieur, verlor nach der Wende seine Stelle in der großen LPG, die sich nun in eine mittlere Genossenschaft und etliche Einzelbauern spaltete. Einen Ingenieur brauchte man nicht mehr. Er versuchte es in West und Süd, in Nord und Ost, und endlich fand er eine Stelle in einem Gemüsebaubetrieb an der holländischen Grenze. Sonntag Abend Abfahrt, und wenn es gut ging, Freitag Abend Rückkehr. Das hielt man drei, vier Jahre aus. Ein Umzug wurde oft erwogen, aber Ullas Eltern waren alt und brauchten Hilfe. Eines Tages kam der Mann nicht mehr jede Woche, sondern nur noch jede zweite, und eines Tages beichtete er, dass er mit einer Holländerin zusammen sei. Ulla hatte seit längerer Zeit so etwas geahnt. Scheidung also. Kein Ende mit Schrecken, sie gingen friedlich auseinander. Sie blieb allein. Und nun saß sie hier. Durchaus nicht auf Männersuche, sondern einfach aus dem Wunsch heraus, dem oft so tristen Alltag einmal zu entgehen. Sie erzählte ihre Geschichte, weil Maier ein Mann war, der zuhören konnte. Und Maier dachte, wie gut sich doch diese Ulla auf seiner Terrasse ausnehmen würde, und beließ es erst mal bei dem Gedanken, wie wunderbar es sich mit ihr über Gott und die Welt reden ließ. Sie las Bücher und hatte eigentlich Bibliothekarin werden wollen. Aber ihre Frau Mama, eine Schulfreundin von Meister Oettel, war glücklich, als dieser ihr eine Lehrstelle angeboten hatte. So kam das Mädchen Ulla ins Friseurgeschäft, ohne freilich ihre Liebe zu den Büchern aufzugeben. Und da sie beide gern Fallada und Feuchtwanger lasen und auch Joseph Conrad, den ja nun nicht jeder kannte, wurde es ein rundum schöner Abend. Sie trank zwei Schoppen Weißwein und war wohl ein ganz klein wenig beschwipst. Er blieb bei seinem Mineralwasser und dem Kaffee, und um die Mitternachtsstunde ging man auseinander. Zum Abschied fragte er: »Darf auch ich Ihnen gelegentlich eine Tasse Kaffee einschenken?«

Sie lächelte: »Wenn er nicht zu stark ist.«

Dann trennten sie sich. Vielleicht hat sie mir tatsächlich ein wenig länger in die Augen geguckt, dachte Maier, der seinen Peugeot über die alte Waldstraße fuhr, nachdem er die Friseuse an der Neubausiedlung abgesetzt hatte. Als er zu Hause die Mailbox seines Handys abhörte, erreichte ihn die Nachricht Nöstlers, dass dieser eine wichtige Mitteilung für ihn habe. Maier war heute freilich so mild gestimmt, dass er Nöstler nicht aus dem Schlaf riss.

Zu dieser späten Abendstunde, die Uhr ging auf Mitternacht, saß Meister Oettel noch immer im Sammelzimmer, wie er den kleinen Anbau nannte, in dem sich seine Briefmarkenwelt befand. Seine Frau war längst ins Bett gegangen. Sie kannte diese nächtlichen Stunden, wenn der kleine Meister, wie er liebevoll von ihr wie von seinen Friseusen genannt wurde – er war nur einen Meter vierundsechzig groß –, vor seinen Alben saß. Oettel war froh, wenn er einmal nicht mehr mit seinem Ehegespons den Klatsch von Niederstein-Lustthal zu erörtern hatte. Sein Friseursalon war in dieser Hinsicht ohnehin Umschlagplatz Nummer eins. So blätterte er bereits einige Zeit in den Auktionskatalogen, die ihm fast wöchentlich ins Haus flatterten.

Es gab in Deutschland weit über zweihundert Briefmarkenauktionen, nicht gerechnet die Eintagsfliegen und Auktionen, die von den Sammlerclubs veranstaltet wurden. Allein die professionellen Unternehmen brachten es auf diese Anzahl. Sie verschickten ein- bis zweimal im Jahr Kataloge, oftmals auf Hochglanzpapier gedruckt, die von A wie Altdeutschland bis Z wie Zululand Einzelmarken, Ländersammlungen, Motivexpositionen und Sammlernachlässe zum Kauf anboten, also alles, was auf diesem Feld existierte. Oettel wusste nicht, wie viele Millionen Euro dabei jährlich umgesetzt wurden, aber etliche Hundert mussten es sein, denn die Auktionsunternehmen existierten, und, wie er es von Firmen wusste, deren Besitzer er persönlich kannte, sie existierten nicht schlecht. Wenn man Auktionen im Berliner Nobelhotel Adlon durchführen konnte, dann hatte man Umsätze, die solche Einmietung ermöglichten.

Seine Aufmerksamkeit galt an diesem Abend jedoch nur den Abteilungen Sachsen, die er schon bei Eingang der Kataloge besichtigt hatte. Manchmal kamen drei, vier Kataloge in einer Woche, und schließlich hatte er im Geschäft alle Hände voll zu tun. Da konnte es schon sein, dass er etwas übersehen hatte. Hoffentlich nicht den berühmten Streifen, den Linsemann einst besaß. Aber auf etlichen Auktionen gab es Einzelstücke der roten Sachsen Nummer eins mit einem Ausrufwert von zweitausend Euro für leicht reparierte Marken und bis zu fünfzehntausend Euro für sogenannte Kabinettstücke. Oettel wusste, dass Linsemann neben dem Streifen auch noch zwei Einzelstücke besessen hatte, eine davon nicht gerade erste Qualität, aber immerhin eine Marke der Ausgabe c, also braunrot, und damit seltener als die ziegel- und kirschroten Marken. Außerdem hatte er noch eine Marke auf einem Briefstück mit dem Nummernstempel fünfzig besessen. Das war einst die Nummer des hiesigen Postamtes. Um diese Marke hatte ihn Oettel immer beneidet. Nun ja, so dachte er, vielleicht hatte die Witwe Linsemann diese Marken irgendwann zur Auktion gegeben, aber eigentlich stand ja ihm diese Briefmarke zu. Hatte nicht er den guten Linsemann über die schweren Nachkriegsjahre gebracht, und nun sollte er von den Schätzen nichts bekommen? Ob die alte Linsemann an ihm vorbei die Marken auf die Auktion gegeben hatte? Er blätterte nochmals in allen neueren Katalogen, sollte alles umsonst gewesen sein? So ging er ins Bett und legte sich neben sein schnarchendes Eheweib. Angesichts des jahrzehntelangen Streits, wer denn nun der Schnarcher in ihrer Bettgemeinschaft war, hatte er dieses Getöne schon immer mal auf Tonband aufnehmen wollen. Aber heute hatte er keine Lust, den Schnarch-Detektiv zu spielen. Er schloss die Augen und schlief bald tief und fest.

Sonntag, 18. Juli

»Kurt, Telefon, dringend. Ein Kommissar ist am Apparat.«

Oettel schwang die dünnen behaarten Beine aus dem Bett und rannte zum Apparat.

»Ja, hier Oettel«, meldete er sich.

Maiers Stimme schallte ihm, keineswegs allzu freundlich, entgegen: »Herr Oettel, kann ich sie heute Morgen noch einmal sprechen?«

»Wenn es sein muss«, sagte er, »in einer halben Stunde, hier in meiner Wohnung.« Er flitzte ins Bad, und es dauerte nicht lange, bis es unten an der Haustür klingelte. Maier bemerkte den Duft des Rasierwassers, ehe er wahrnahm, dass der kleine Friseurmeister noch im Bademantel war.

Wo übrigens hatte er diesen Duft schon einmal gerochen? Bei Nöstler? Bei Buchstaub? Er wusste es nicht.

»Guten Morgen, Herr Hauptkommissar. Was verschafft mir die Ehre Ihres sonntäglichen Besuches?« Oettel blickte den Kommissar erwartungsvoll an.

Der erwiderte zunächst nur: »Darf ich reinkommen?«

Oettel schlug sich mit der Hand an die Stirn: »Aber selbstverständlich! Entschuldigen Sie bitte, mir fehlt mein Morgenkaffee. An dem dürfen Sie gleich teilhaben.« Er führte den Kommissar über eine geschwungene Treppe ins Obergeschoss des Geschäftshauses.

»Das Haus hat mein Vater gebaut«, erzählte Oettel. »Wir sind eine alteingesessene Familie, aber das wissen Sie ja. Wenn ich es recht sehe, hatte Ihre Familie ihren Stammsitz im benachbarten Kembach, und Sie haben sich aufs Land verzogen.« Maier hatte wenig Lust, über seine Familie zu sprechen. Er folgte dem Friseurmeister über einen langen Flur in ein Zimmer, das auf der einen Seite von einer Bücherwand bedeckt war, die bis hoch an die Decke reichte. Auf der anderen Seite standen drei Schränke, die dem Sammlungsschrank Linsemanns ähnelten.

»Ja, mein Lieber, hier sind Sie im Zentrum der Sammlung Oettel. Rechts«, Oettel wies mit der Hand auf die Bücherregale, »die Fachliteratur. Manches Seltene ist darunter, das mir unser Freund Buchstaub schon abluchsen wollte. Und links«, er öffnete einen der drei Schränke, »sind sie, die Objekte unserer Neigung.« Er lächelte zufrieden, als der Kommissar über die Rücken der blauen und roten Alben strich.

»Oder sind es die Objekte Ihrer Begierde?«, fragte Maier.

»So kann man es auch nennen. Aber Sie sind doch wohl nicht gekommen, um mit mir über die Philosophie des Sammelns zu reden, wenn das auch zweifellos ein interessantes Thema ist. Kürzlich hörte ich den Vortrag eines Menschen, der eine Abhandlung über das Sammeln von Büchern geschrieben hat. Der meinte, die Sammelleidenschaft, oder sagen wir die Sammellust, würde aus einem Verlust herrühren. Also tiefenpsychologisch durchaus bedenkenswert. Und das trifft nun auch auf Briefmarken zu.«

Ehe Oettel die Psychologie des Sammelns ausführlicher darstellen konnte, unterbrach ihn Maier und sagte: »Nun, ich bin nicht zu so früher Morgenstunde gekommen, um mit Ihnen zu philosophieren. Ich habe nur eine Frage: Wo waren Sie Donnerstag Abend?«

»Aha, daher weht der Wind. Was ist mein Alibi?« Oettel lachte unbefangen. »Bin ich ein Verdächtiger?«

Maier erwiderte, jedes Wort betonend: »Jeder, bei dem man sich ein Motiv vorstellen kann, ist verdächtig. Und Sie haben mir selbst erzählt, dass Sie gerne den Sechserstreifen des Sachsendreiers haben wollten.«

»Das ist richtig«, sagte Oettel, »also, mit dem Rasiermesser in die Weinkellergasse und – ritzeratz – der alten Dame den Hals durchgeschnitten.« Noch immer lächelte er ganz unschuldig.

»Herr Oettel«, sagte Hauptkommissar Maier, »das ist keine scherzhafte Angelegenheit. Ich frage sie nochmals: Wo waren Sie Donnerstag Abend?«

Das Lächeln wich aus Oettels Gesicht: »Donnerstag Abend? Warten Sie mal, da muss ich überlegen. Ach ja, bis sechs Uhr war ich in meinem Geschäft, das können die Angestellten bezeugen. Dann bin ich gleich ins Auto, um mich in Stallberg mit den Vorsitzenden der Briefmarkenvereine aus den Nachbarstädten zu treffen. Gegen achtzehn Uhr dreißig traf ich dort auf dem Marktplatz, als ich aus dem Auto stieg, meinen Freund Kassner, den großen Luftpostsammler aus Münchberg. Wir redeten ein paar Worte und gingen dann hinüber in den Ratskeller, wo nach und nach die anderen Mitglieder des Ausstellungskomitees eintrafen. Denn das war der Grund unseres Treffens dort, nicht die ausgezeichneten Schnitzel des Ratskellers, sondern die Vorbereitung der siebenten Südsächsischen Briefmarkenausstellung. Einschließlich Schnitzelessen und allerlei Präliminarien dauerte das Unternehmen bis gegen zweiundzwanzig Uhr dreißig. Während dieser Zeit habe ich den Ratskeller nicht verlassen. Das heißt, einmal und für gut fünf Minuten schon, da ich nach einem Bierchen meist Harndrang verspüre. Dann fuhr ich nach Hause, und ach, beinahe hätte ich es vergessen, ich nahm unseren Kassierer mit, der auch hier in Niederstein-Lustthal wohnt. So war ich also gegen dreiundzwanzig Uhr zu Hause. Danach lag ich im Bett, wie Ihnen meine Frau leider nicht bestätigen kann, denn sie schlief schon tief und fest, als ich ins Schlafzimmer kam. Das ist mein Zeitplan von Donnerstag Abend.«

Oettel schaute den Kommissar erwartungsvoll an. Der sagte eine Weile gar nichts. Doktor Löser hatte in seinem Bericht versichert, dass der Tod in den frühen Abendstunden eingetreten war, also zwischen neunzehn und zweiundzwanzig Uhr. Was hatte es also mit der Aussage von Buchstaub auf sich, der den Friseur gegen zwanzig Uhr in der Weinkellergasse gesehen haben wollte?

»Sind Sie sicher, dass Sie mir den Ablauf des Donnerstagabends geschildert haben, Herr Oettel?«, fragte Maier.

»Da bin ich ganz sicher. Am Freitagabend haben wir nämlich ein kleines Essen mit unseren drei Friseusen veranstaltet. Hier in unserer Wohnung. Die Nachfeier des Geburtstages meiner Frau.«

Das kann man nachprüfen, dachte Maier und sagte laut: »Die Anschrift Ihres Freundes, wie hieß doch gleich der Luftpostsammler?«

»Kassner«, warf Oettel dazwischen.

»Also geben Sie mir bitte die Adresse ihrer Freundes Kassner.«

»Selbstverständlich, ich schreibe sie Ihnen samt Telefonnummer auf«, sagte Oettel. Der Kaffee, den Frau Oettel schon vor einer Weile ins Zimmer gebracht hatte, stand unangerührt auf dem Tisch. Weder der Friseur noch Maier hatten einen Schluck genommen.

Hauptkommissar Maier wusste nicht, was er von der Aussage Oettels halten sollte: Wer log, oder wer irrte sich? Oettel oder Buchstaub? Maier nahm sich vor, selber noch einmal mit dem Antiquar zu reden.

»Nun ja«, sagte er, »nichts ist einfach im Leben.« So sprach er mehr zu sich selbst als zu dem kleinen Friseurmeister. Mit der Bitte um Verständnis, dringende Ermittlungen und so weiter, verabschiedete er sich, stieg die geschwungene Eichentreppe hinunter und stand an diesem schönen Sonntagmorgen reichlich verwirrt auf der Straße. Auf zu Buchstaub, dachte er, aber er wusste wohl, dass sein Stammtischfreund ein Spätaufsteher war. So entschloss er sich, entgegen seinen sonstigen Gewohnheiten, einen Frühschoppen im »Goldenen Schwan« zu nehmen, vielleicht sogar einen kleinen Imbiss. Was sollte er dazu eigens wieder auf die Ranch fahren?

Maier hielt sich für einen erfahrenen Kriminalisten. Es war nicht das erste Mal, dass eine Ermittlung anfänglich zu solchen Widersprüchen führte wie im Fall Linsemann. Aber er war, wie gesagt, auch ein Mann, der sich nicht nur um Alibis und Indizien kümmerte. Ihn interessierte die Psyche der beteiligten Figuren. Oettel als Mörder? Der kleine Gernegroß mit der Lockenwelle auf dem Hinterkopf und der Todesschnur in der Hand? Maier schüttelte den Kopf. Nein, das konnte nicht sein. Aber einfach übergehen konnte man die Realitäten auch nicht. Buchstaub hatte den Friseur gesehen. Und Buchstaub war kein Spinner, auch wenn er viele Kriminalromane gelesen hatte und sich gern wie ein Privatdetektiv gebärdete. Maier kannte den Antiquar schon lange. Der war im Gegensatz zu ihm ein Junggeselle aus Überzeugung: Wieso sollte er die paar Jahrzehnte, die ihm auf diesem Planeten gegeben waren, an der Seite einer anderen Person verbringen? Gelegentlich hatte er sein Bett mit einer jüngeren Buchhändlerin geteilt, die auch bei Max Mittler gearbeitet hatte. Aber dann war diese Dame in das Ensemble – oder den Harem – von Max Mittler dem Jüngeren eingetreten. Seitdem beließ Buchstaub es bei Zufallsbekanntschaften. Er meinte sogar, dass es für einen Bücherleser mehr Gelegenheiten gebe, sich Damen zu nähern, da ein beträchtlicher Teil der holden Weiblichkeit sich zur Lektüre hingezogen fühlt und darüber auch zu den Berufsgruppen, die mit Büchern zu tun haben. Sah man also von einigen Junggesellenschrullen ab, war Buchstaub ein angenehmer Kerl, der die Gesellschaft Gleichgesinnter nicht verschmähte. Konnte sich Maier so geirrt haben?

Maier betrat die Gaststube des »Goldenen Schwans«. Nur eine Familie mit Kindern wartete auf den Mittagstisch. Frühschoppen fiel an einem so schönen warmen Septembersonntag selbst für die obligatorischen Schluckspechte aus. Er redete ein paar Worte mit dem Wirt, der sich natürlich erkundigte, ob der Mörder der Witwe schon gefasst sei.

Maier schüttelte den Kopf: »No comment«, und widmete sich seinem bayrischen Weizenbier. Das war schon eine verrückte Sache. Oettel hier, Oettel da, wie in Figaros Hochzeit. Ob er den Wirt ein wenig ausfragen sollte? Er winkte dem kleinen dicken Mann, der hier schon seit Jahrzehnten hinter der Theke stand, einstmals als Leiter der HO-Gaststätte und nun als Besitzer des Etablissements. »Sagen Sie mal«, eröffnete der Hauptkommissar das Gespräch, »war die verblichene Linsemann eigentlich auch Gast in Ihrem Haus?«

»Selbstverständlich. Fast jeden Sonntag kam sie zum Essen, gelegentlich auch mit ein oder zwei Freundinnen. Die eine Dame kenne ich seit Langem, es ist die Witwe von Dr. Müller. Die andere muss wohl am Theater in Kembach gewesen sein. Man belauscht seine Gäste zwar nicht, aber manchmal hört man ja doch ein Wort.«

Maier lauschte mit Interesse. Witwe Doktor Müller, das war eine Adresse, die man aufsuchen musste. »Und kommen die Briefmarkensammler auch manchmal hierher?«

»Selten«, sagte der Wirt. »Die stecken ihr Geld eher in die Briefmarken. Friseur Oettel kommt manchmal auf einen Dämmerschoppen. Wann war das nur, dass er zuletzt hier war? Jetzt erinnere ich mich, ja, es war an eben dem Abend, als die Witwe Linsemann das Zeitliche segnete. Da guckte er zur Tür herein. Ich hatte gerade in der Küche zu tun, und als ich in den Gastraum kam, war er schon wieder verschwunden.«

»Friseur Oettel?«, fragte Maier noch einmal.

»Ja, Friseurmeister Oettel.«

»Nun ja«, sagte Maier, was in schwierigen Situationen seine Lieblingswendung war. »Vielleicht musste er zu seinen Briefmarken.«

Dann schwatzten sie noch ein wenig über die letzte Stammtischrunde. Wie Doktor Löser für das Spiel der Auer gegen die bayrischen Löwen ein Fiasko vorhergesagt hatte und es dann auch ein Fiasko geworden war. Vier zu null. Ein Jammer, ein Unglück für die erzgebirgische Fußballgemeinde. Maier zahlte und stand auf. Nein, er wollte kein Mittagessen. Es war an der Zeit, Meister Buchstaub aufzusuchen.

Die Weinkellergasse war so etwas wie die Geschäftsstraße von Niederstein-Lustthal. Maier nahm sich wieder einmal vor, im Stadtarchiv nach dem Ursprung des Straßennamens zu forschen. Hier gab es weder Weinberge noch Weinkeller. Die Stadt war eine Gründung aus der Zeit der Strumpfindustrie, und nur die Verleger, die jedoch zumeist im benachbarten Waldenburg saßen, waren dem Weingenuss nicht abgeneigt. Die Straße hatte nach der Wende eine farbenfrohe Restaurierung erfahren. Wo noch vor einem Jahrzehnt der Putz von den Wänden gebröckelt war, kamen jetzt die Gründerzeitfassaden in neuem Glanz zur Wirkung. Man musste ja etwas tun, damit die Leute in die Kleinstadt zum Einkaufen kamen. Das Auge kauft mit, wie sein Mitarbeiter Nöstler sagte, wenn er auf die bunten Fassadenfarben verwies. Ach ja, und hier über dem Elektrogeschäft wohnte ja auch die Witwe Müller. Aber ob er sie an einem Sonntagmittag aufsuchen sollte? Nach kurzem Zögern ging Maier am Haus vorbei und stand schon bald vor Buchstaubs Büchergewölbe, vor jenen verklebten Fenstern, die so gar nicht zu den übrigen gepflegten Läden passten. Er klingelte, und es dauerte nicht lange, bis ihm der Stammtischfreund die Tür öffnete.

»Vielleicht sollten wir die Mordkommission hierher verlegen«, meinte Buchstaub lachend und bat den Hauptkommissar herein. »Ich wollte gerade in Ricardos Pizza-Shop gehen. Wollen wir da nicht zusammen Rigatoni mit Lachs und Zucchini essen? Die macht er ganz ausgezeichnet.«

»Warum nicht? Zuerst aber will ich Ihnen ein, zwei Fragen stellen, die ich nicht so gerne in der Öffentlichkeit erörtere.« Er setzte sich in den alten Ledersessel, sodass er den Kater im Blickfeld hatte, der den Kopf ein wenig nach vorn beugte, um den seltenen Besucher aus seinen bernsteingelben Augen zu betrachten.

»Einen Aperitif?«, fragte Buchstaub.

Maier schüttelte den Kopf: »Wir wollen doch lieber zum Essen einen Barbaresco oder einen Chianti trinken. Sagen Sie mal, Buchstaub, haben Sie an dem Abend, als die Witwe ermordet wurde, tatsächlich Friseurmeister Oettel durch die Weinkellergasse kommen sehen?«

»Lieber Maier, ich weiß, was ich gesehen habe. Als ich von der Post kam und gerade meine Tür aufschließen wollte, sah ich, wie drüben am Nachbarhaus Friseur Oettel auf den Klingelknopf drückte. Ich weiß nicht, ob er meinen Gruß nicht gehört hat oder ob er mich nicht sehen wollte. Jedenfalls stand er dort, während ich in meine Behausung ging. Hätte ich gewusst, dass gleich ein Mord geschieht, ich wäre natürlich hinter der Tür stehengeblieben. Wie spät war das denn? Nun, es muss so gegen zwanzig Uhr gewesen sein. Zwanzig Uhr dreißig ist die letzte Leerung des Briefkastens am Postamt, und da hat man dann manchmal das Glück, dass der Brief am nächsten Tag schon bei seinem Empfänger ist. Aber das ist tatsächlich eine Frage des Glücks, die Post ist auch nicht mehr das, was sie einmal war. Oettel, dem ich vor längerer Zeit einmal im Postamt begegnete, schimpfte damals über den Kulturverlust beim Abstempeln der Briefe. Ort, Tag und Zeit sind auf dem Stempelabdruck nicht mehr zu lesen, nur noch die anonyme Inschrift ›Briefzentrum‹. Ein Glück, dass die Post an den Sammlern interessiert ist, meinte Oettel, sonst hätte man auch die Briefmarken längst abgeschafft. Oettel, und daran habe ich ihn letztens am Nachbarhaus auch erkannt, trägt immer diesen Beinahe-Jägermantel, ein Stück aus der sich anbiedernden bayrischen Trachtenwelt. Der Mantel war freilich so lang, dass er fast auf den Bergschuhen des kleinen Mannes auflag, die der stilgerecht selbst in unserem Städtchen trägt. Aber warten Sie, Maier, irgendetwas ist mir aufgefallen. Ich weiß gerade nicht mehr, was, aber es wird mir sicher wieder einfallen.« Buchstaub nahm einen Schluck des Portweins, den er sich eingeschenkt hatte, doch auch der vermochte die Gedächtnisleistung des Antiquars nicht zu verbessern. »Aber sosehr wir bei einem Kriminalfall auf das Detail achten« – Buchstaub sagte tatsächlich ›wir‹ –, »man soll nicht übertreiben. Ich bin nicht Dr. Watson, und Sie sind nicht Sherlock Holmes.« Kater Cicero schüttelte missbilligend sein Haupt, und Buchstaub erklärte das Gespräch in seinem Arbeitszimmer für beendet: »Jetzt gehen wir aber zu Ricardo, ich habe Hunger.«

Die beiden Männer verließen das Antiquariat und gingen in Richtung des italienischen Restaurants, das sich in der Nähe der neuen Sparkasse angesiedelt hatte.

Währenddessen saßen Nöstler und Melzer in ihrem Büro im Polizeiamt von Niederstein-Lustthal. Melzer schrieb noch immer am Protokoll der kriminaltechnischen Untersuchung von Wohnung und Leiche. Er hatte es in drei Vormittagsstunden auf immerhin siebzehn Zeilen gebracht. Etliche Zettel und Notizen lagen noch vor ihm.

Melzer war seit Langem im Polizeidienst und hatte sich immer durch eine merkwürdige Unauffälligkeit ausgezeichnet. Obwohl er zu DDR-Zeiten als Leutnant Mitglied der Staatspartei war, konnte sich niemand erinnern, ihn in einer der häufigen Parteiversammlungen und Sitzungen auch nur einmal reden gehört zu haben. Melzer hatte sich damals höchstens zur Qualität des Kantinenessens geäußert und dabei auf Vokabeln wie »ungenießbar« und »essbar« beschränkt. Er war, wie man wusste, verheiratet und hatte zwei Kinder. Auch über diese Ehe gab es keine Berichte. Es war wohl die rechte Frau an seiner Seite, denn bei irgendeiner Gelegenheit hatte sie einmal zu Nöstler gesagt: »Ach, er ist ganz glücklich, zu Hause ein stiller Mensch sein zu dürfen, wo er im

Amt so viel reden muss.« Nöstler hatte diese Mitteilung kommentarlos entgegengenommen.

Dabei war Melzer durchaus kein Dummkopf. Er blickte fast immer gleichbleibend streng, zumindest fanden das seine Kollegen. Maier hatte einmal zu ihm gesagt: »Sie hätten Richter werden sollen. Die Angeklagten hätten Angst vor Ihnen.« Da hatte Melzer ein wenig gelächelt. Und, wie gesagt, dumm war er nicht. Seine Stärke war, Kleinigkeiten zu beachten, die andere gar nicht bemerkten. Auch in diesem Fall hatte er so seine Gedanken, die er gelegentlich vortragen würde. Nun saßen sie hier und warteten auf ihren Chef, der mittlerweile bei Ricardo Rigatoni mit Lachs und Zucchini samt einem Meißner Müller-Thurgau genoss. Für dreizehn Uhr hatte er sie per E-Mail ins Amt gerufen.

Nöstler saß vor seinem Schreibtisch, die Füße auf demselben. Das durfte er nur, wenn der Chef nicht da war, denn der hielt auf Umgangsformen. Er las eine Sonntagszeitung, hinter der sich laut Werbung des Blattes immer ein kluger Kopf befindet, und war der Meinung, dass dies in seinem Falle durchaus zutraf. Natürlich fand sich ihr Mordfall nicht in diesem Blatt. Nur eine Boulevardzeitung hatte am Samstag darüber gerätselt, warum denn die arme, alte Frau umgebracht worden war. Zum Glück kein Wort über Briefmarken oder einen Sachsendreier. Der Reporter hatte wohl keinen allzu großen Rechercheaufwand betrieben.

Nöstler las gerade den Bericht über ein hauptstädtisches Theaterereignis, bei dem man Goethes Faust als Geschichte aus einem Obdachlosenasyl zur Aufführung gebracht hatte: Mephisto als Heimleiter und Faust als Obdachloser. Der Kritiker lobte die Interpretation über den grünen Klee. Nöstler fand das modische Regietheater zum Kotzen, wie er es gelegentlich ganz direkt ausdrückte. Er hatte ein Abonnement am Theater in Kembach, weil seine Frau darauf gedrungen hatte, auf diese Weise dem Mief der Kleinstadt ein wenig zu entkommen. Nun, sagte Nöstler, erleben wir einmal monatlich den Mief der Großstadt. Er wurde in seinen Reflexionen über das Kunstleben der Gegenwart durch Maier gestört, der mit lächelndem Gesicht eintrat, als hätte er soeben den Mörder gefasst. Schnell angelte Nöstler seine langen Beine von der Tischplatte, und Maier tat, als hätte er nichts bemerkt.

»Soll ich euch etwas verraten«, sagte Maier, »ich weiß gar nichts mehr.« Nöstler hob den Kopf, als habe jemand chinesisch gesprochen. Melzer legte den Stift zur Seite, schaute Maier mit seinen hellen blauen Augen an und überlegte, ob er ihm seine Gedanken nicht doch mitteilen sollte, auch auf die Gefahr hin, dass Nöstler eine ironische Bemerkung machen könnte.

»Also«, sagte Maier, »wir hatten ja die Hoffnung, dass unser Briefmarkenkönig Oettel der Mörder sein könnte. Sein Motiv: Er wollte den Sechserstreifen des Sachsendreiers schon lange, und die Witwe hat ihm das Objekt seiner Begierde nicht verkauft. Es wäre nicht der erste Mord aus Sammlerleidenschaft. Und Buchstaub hat Oettel an jenem Abend an der Haustür der Witwe Linsemann gesehen, das jedenfalls behauptet er. Doch Meister Oettel kann nachweisen, dass er sich zu eben der Zeit mit seinen Briefmarkenfreunden in der Nachbarstadt befunden hat. Und da wir, trotz Harry Potter und ähnlicher Gesellen, davon ausgehen, dass hierzulande alles noch mit einigermaßen rechten Dingen zugeht, hat Buchstaub wohl ein Phantom gesehen.«

»Oder einen Doppelgänger«, sagte Nöstler, und wie auf Stichwort klingelte Hauptkommissar Maiers Handy. Der sagte, nach einem Blick aufs Display, »Buchstaub«, und meldete sich. Daraufhin nickte er und sagte: »Ja, ja, das könnte es sein.« Anschließend dankte er dem Stammtischfreund und wand sich seinen Kollegen zu: »Eine höchst interessante Neuigkeit: Oettel hat einen Zwillingsbruder, der als Lehrer und – hört, hört – Briefmarkensammler in Kembach lebt. Warum hat eigentlich niemand davon gewusst? Oder haben wir nur nicht danach gefragt? Wie auch immer, es gibt also diesen Zwilling.« Und später sollte er erfahren, daß Oettel zwei mit Oettel eins schon seit ewigen Zeiten wegen einer Erbschaftssache entzweit war.

Melzer öffnete den Mund, beließ es dann aber bei dieser stummen Reaktion auf die Enthüllung des Chefs.

»Nun, Nöstler, ein Telefonbuch her, wir wollen mal sehen, wo wir Oettel Nummer zwei auftreiben.«

Schnell fanden sie die Telefonnummer.

»Nein«, sagte Maier, »da rufen wir nicht an. Wir fahren hin. Melzer, Sie halten hier die Stellung. Wir sind hoffentlich bald mit einem Verdächtigen zurück.«

»Soll ich im Untersuchungsgefängnis schon mal eine Einlieferung ankündigen?«, fragte Melzer.

»Natürlich nicht, noch haben wir den Vogel ja nicht.«

Oettel zwei wohnte laut Angaben des Telefonbuchs im Yorkgebiet, also nicht allzu weit von Niederstein entfernt. Maier ließ sich von Nöstler chauffieren, der nicht gern mit Maier fuhr. Maier selbst war ein schlechter Autofahrer, der, wie alle miserablen Chauffeure, sehr stolz auf seine Fähigkeiten war. Auf den Straßen war heute wenig Betrieb, die Menschheit hatte ihren Garten- oder Wandertag. An den Feldwegen, die die Hauptstraße säumten, standen etliche Autos. Man sah die jungen Alten auf den Wegen mit ihren Nordic-Walking-Stöcken herumhampeln.

»Eine glänzende Geschäftsidee«, meinte Maier, »wenn auch völlig sinnlos, dieses Gehopse mit den Stöcken.«

Nöstler schaute ihn an: »Meinen Sie wirklich, Chef?«

»Aber Nöstler, sind Sie denn auch schon Leser der Deutschen Apotheken-Zeitung?«

Nöstler schwieg, und sie kurvten in die Stadt hinein. Schließlich brach Maier das Schweigen: »Sagen Sie mal, Nöstler, warum heißt denn dieses Neubaugebiet Yorkgebiet? Hat das mit dem englischen York zu tun oder mit dem Helden der Befreiungskriege? Aber der ist, wenn ich mich recht entsinne, in dieser Gegend doch nie vorbeigekommen.«

»Nun, in der Friedrich-Engels-Straße wohnte der bärtige Revoluzzer ja auch nie«, sagte Nöstler. »Straßen und Wohngebiete werden nun mal aus anderen Erwägungen heraus benannt und immer wieder umbenannt. Bei meinem Onkel im Dorf gab es zu DDR-Zeiten den Neubauernweg, weil dort einige frische Bäuerlein durch die Bodenreform ihre Grundstücke bekamen. Nun, seit der Wende, heißt der Weg Rittergutsweg, weil der alte Graf sein Rittergut zurückkaufen konnte. Das wäre doch ein Thema für eine Dissertation: Straßennamen im Wandel der Zeiten. Nur die Weinkellergasse ist nie umbenannt worden. Wein ist eben ziemlich unpolitisch.«

Mittlerweile waren sie im Yorkgebiet angekommen und fanden auch schnell die Hausnummer.

»Ja, Oettel«, erklang eine weibliche Stimme, nachdem sie den Rufknopf betätigt hatten.

»Maier, Kriminalpolizei Niederstein-Lustthal, wir haben ein paar Fragen. Können wir raufkommen?«

Es kam keine Antwort, aber der Türöffner summte, und sie nahmen den Fahrstuhl nach oben. Dort, im siebenten Stock, stand eine Flurtür offen, und eine Frau schaute die beiden Männer fragend an. Sie trug eine knappe Jeanshose und ein weißes T-Shirt. Maiers Schätzung zufolge befand sie sich in den Vierzigern, aber er wusste, bei Frauen konnte man sich da ganz schnell um ein halbes Jahrzehnt nach oben oder unten vertun. Die großen grünen Augen unter ihrem blonden Lockenkopf schauten neugierig und ein wenig misstrauisch. Sie blieb zunächst still und schien auf eine Erklärung zu warten.

Maier zog seinen Dienstausweis aus der Tasche, der von ihr gedreht und gewendet wurde. Schließlich fragte sie Nöstler: »Und Sie?«

Der zückte ebenfalls seinen Ausweis. Daraufhin wurden sie ins Wohnzimmer gebeten, das aussah, als sei es einem Einrichtungskatalog für Neubauten zu DDR-Zeiten entsprungen: Eine Schrankwand, eine Sesselgarnitur, in der Ecke ein Tisch und vier Stühle und in die Schrankwand eingelassen natürlich ein Fernseher. Aber auch etliche Bücher, die Nöstler aus der Entfernung begutachtete: eine Dickens-Ausgabe in vielen Bänden und ein in der nicht mehr allzu jüngsten Vergangenheit beliebtes und viel gelesenes Sexualwerk eines gewissen Herrn Schnabl. Das kannte Nöstler. Dickens und Schnabl, hübsche Mischung, dachte er.

Frau Oettel blieb neben der Tür stehen.

»Wir würden gern Ihren Mann sprechen«, sagte Maier. »Ist er nicht hier?«

»Nein, ist er nicht«, antwortete sie kurz angebunden.

»Können Sie mir sagen, wo er ist?«

»Ja, das kann ich«, sagte sie. »Er ist in Amerika, wenn Sie es genau wissen wollen, in einer Kleinstadt bei Philadelphia, Millersville. Dort bereitet er den Schüleraustausch fürs Carl-Schurz-Gymnasium vor. Er ist stellvertretender Schulleiter.«

Carl Schurz, das war doch ein Deutsch-Amerikaner oder so etwas Ähnliches, dachte Nöstler. Und Maier fragte: »Seit wann ist er denn dort? Wann kommt er zurück?«

»Vergangene Woche, am Montagabend, ist er geflogen. Nächsten Dienstag wird er wieder hier sein. Was wollen Sie denn von ihm?«, fragte Frau Oettel.

Maier erklärte: »Wir recherchieren in einem Mordfall, und ein Zeuge behauptet, er hätte Ihren Mann am Donnerstag in Niederstein-Lustthal gesehen. Aber er muss sich wohl geirrt haben.«

»Ja«, sagte Frau Oettel, »er muss sich tatsächlich geirrt haben.« Zum ersten Mal lächelte sie ein wenig.

»Ist Ihr Mann Briefmarkensammler?«, fragte Nöstler jetzt.

»Das war er mal, aber er hat es längst aufgegeben. Sein Beruf ist sein Hobby«, sagte sie. Es schien, als sei sie mit dem jetzigen Hobby ihres Mannes nicht so recht zufrieden. »Dann entschuldigen Sie bitte, dass wir ihre sonntägliche Ruhe gestört haben«, sagte Maier, und die beiden Kriminalisten gingen zur Tür, wo sich Maier noch mal umdrehte und fragte: »Kann noch jemand bestätigen, dass Ihr Mann in Amerika ist?«

Frau Oettel nannte den Namen des Schulleiters.

Maier hatte noch eine letzte Frage: »Ist ihr Mann der Zwillingsbruder von Friseur Oettel in Niederstein-Lustthal?«

Sie nickte: Ja, so ist es.

Als die beiden Kriminalisten wieder im Auto saßen, meinte Nöstler: »Flop! Also dieser Buchstaub liest wohl doch zu viele Kriminalromane. Nun sollten Zwillinge seinen Verdacht retten. Aber weder Oettel eins noch Oettel zwei können wir guten Gewissens auf der Liste unserer Verdächtigen belassen. Vielleicht gibt es noch einen Oettel drei?«

Maier wies ihn zurecht: »Nöstler, lassen Sie die Witze. Wir sind im Dienst.«

Dann fuhren sie zurück in ihr Gründerzeitamt, wo Melzer noch immer mit gespitztem Bleistift saß. Als sie ihm die Sache erzählten, sagte er: »Wenn der Oettel in den USA ist, dann kann er nicht hier gewesen sein.«

»Danke, lieber Melzer, das war eine grundlegende Erkenntnis«, sagte Maier und schüttelte den Kopf.

»Was nun?«, fragte Nöstler nach einer Weile. »Oettel eins in der Nachbarstadt, Oettel zwei in Amerika. Vielleicht gibt es doch einen Oettel drei? Und vielleicht heißt dieser nicht mal Oettel.«

»Wollten wir nicht mit der Witwe Müller reden?«, fragte Nöstler. »Ich denke, wir müssen das Umfeld der Linsemann systematisch durchkämmen.«

»Das ist richtig«, meinte Maier, »und da werden wir gleich mal die Aufgaben verteilen: Nöstler, Sie lassen sich von Meister Oettel eine Liste der Personen erstellen, die eine engere Beziehung zu dem alten Linsemann gehabt haben. Melzer, Sie klappern die umliegenden Häuser ab und erkundigen sich, ob jemand etwas gesehen oder gehört hat. Und ich will mir die Witwe Müller vorknöpfen, vorher aber nochmals mit Doktor Löser reden. Das ist doch der richtige Ausflug für einen Sonntagnachmittag. Und morgen, liebe Kollegen, treffen wir uns vormittags um elf Uhr. Es sei denn, jemand hat etwas Besonderes herausgefunden in Sachen Oettel drei.« Die Bezeichnung des potenziellen Mörders als Oettel drei gefiel ihm. Er schloss die Beratung, ging mit Nöstler die Treppe hinab und sagte: »Es wäre natürlich zu einfach gewesen, wenn der Oettel-Zwilling der Mörder gewesen wäre.«

»Wie in einem schlechten Kriminalroman«, erwiderte Nöstler.

»Das Leben, lieber Nöstler, ist ein schlechter Kriminalroman«, sagte Maier philosophisch. Worauf er in sein Auto stieg, um Doktor Löser aufzusuchen. Ein solcher Besuch war mehr Neigung als Pflicht, er schwätzte gern ein Stündchen mit den beiden Doktoren.

Löser wohnte außerhalb der Stadt in einem kleinen Dorf, wo seine Frau eine Praxis für Allgemeinmedizin hatte.

Als sie vor dreißig Jahren hierhergekommen waren, war das Haus, das an der Praxis hing, ein ganz wesentlicher Faktor für die Entscheidung, sich dort niederzulassen. Immerhin hatten sie vorher fast ein Jahrzehnt in einem der »Arbeiterschließfächer« gewohnt, wie Löser sein ehemaliges Domizil in einem Neubau nannte: zweieinhalb Zimmer mit zwei kleinen Töchtern im vierten Stock, ohne Fahrstuhl. Da war seiner Frau die Praxis des verstorbenen Sanitätsrates Kupfer in dem Dörfchen Niederau angeboten worden, das tausendsechshundert Einwohner zählte und zusätzlich über ein ziemlich großes Einzugsfeld verfügte. Als man ihnen das Angebot machte, hatten sie sich das Haus angeschaut: Im Erdgeschoss die Praxis, im ersten Stock eine große Wohnung mit zwei Schlafzimmern – eine wahre Zimmerflucht, wie Doktor Löser die zusammenhängenden Wohnräume nannte – und nach hinten ein kleiner Garten, versteckt zwischen alten Büschen und Bäumen, sodass man sich des Sonntags unbesehen sonnen konnte. Genauso fand Maier die beiden Lösers auch vor. Die Ärztin las irgendein Buntes Blatt, der Doktor hatte einen Rätselblock auf den Knien, er war ein begeisterter Kreuzworträtselfreund.

»Sagen Sie, Maier«, begrüßte er den Kriminalisten, »ein sibirischer Fluss mit zwei Buchstaben?«

»Ob, lieber Doktor, Ob! Da war ich vor etlichen Jahren mal.«

»Umso besser. Vielleicht gibt es ja noch andere Suchwörter, bei denen mir Ihre Weltenbummelei zugutekommt. Aber setzen Sie sich doch erst mal.« Er zog einen Gartenstuhl heran und meinte: »Was verschafft mir die Ehre Ihres Besuches?«

»Nun, Sie werden sich denken können, dass ich nicht in Sachen Kreuzworträtsel des Sonntags aufs flache Land komme.«

Maier bekam ungefragt eine Kaffeetasse vorgesetzt, worauf sich die Dame Löser weiter ihrer Zeitschrift widmete und Maier den Doktor fragte: »Verzeihen Sie die dumme Frage, Doktor, aber könnte die Linsemann sich auch selbst entleibt haben? Ich weiß, dass dies vielleicht eine sehr dumme Frage ist, aber es gibt Dinge zwischen Himmel und Erde, Sie wissen schon ...«

»Nun, vieles ist möglich, aber wie sie die Kette zugezogen haben will, um dann auf den Rücken zu fallen, das ist schwer zu sagen. Dazu würde es mehrerer Wunder bedürfen. Nein, Maier, die Frau Linsemann ist von jemand anderem vom Leben zum Tod befördert worden.«

»Was heißt ›jemand anderer‹, Mann oder Frau?«

»Jemand anderer heißt Mann oder Frau, beides wäre möglich. Da spielt ja auch die Überraschung eine Rolle. Und wegen der Kraft? Die Kette kann durchaus auch von einer Frau zugezogen worden sein.«

»Also kann der Mörder auch eine Mörderin gewesen sein?«, folgerte Maier.

»Sicher, der Mörder kann auch eine Mörderin gewesen sein. Wie weit sind Sie denn mit Ihren Ermittlungen bisher vorangekommen?«, fragte Löser.

»Nun, wir ermitteln in alle Richtungen«, äußerte der Hauptkommissar diplomatisch und ausweichend.

»Eine merkwürdige Sache«, meinte der Doktor, »zumeist kommt der Mörder doch aus dem direkten Umfeld, wenn es um irgendeine Räuberei geht. Aber Sie wissen ja nicht einmal, ob der berühmte Sachsendreier nicht schon längst verkauft war. Vielleicht liegt der Hund ganz woanders begraben?«

»Es wird uns nichts anderes übrig bleiben, lieber Doktor, als das komplette Umfeld der Witwe zu überprüfen.«

»Und Sie dürfen mir noch einen Fluss mit vier Buchstaben in Sibirien nennen, ehe Sie gehen.«

»Das wissen Sie nicht? Da war ich auch schon. Lena, wenn der Anfangsbuchstabe ein ›L‹ ist, wie ich gerade sehe.« Damit verabschiedete er sich von den beiden Ärzten, die sich wieder ihrem wohlverdienten Sommeridyll widmeten.

Nöstler hatte sich mittlerweile auf dem Balkon seiner Eigentumswohnung niedergelassen. Seine Frau kramte in der Küche, und er besah sich das Mitgliederverzeichnis des Philatelistenvereins Niederstein-Lustthal, das er von Oettel geholt hatte. Neunzehn Namen, darunter ein Doktor, den Nöstler kannte. Ein alter Hausarzt in der Unterstadt. Siebzehn Männer und zwei Frauen. Hier war die Emanzipation noch nicht angekommen und vielleicht würde sie das auch niemals. Oettel hatte den Namen Sammelgebiete hinzugefügt. »Deutsche Besetzung im Osten« gab es da, und »Deutschland auf Ersttagsbriefen«. Einer sammelte Motive »Alte Eisenbahnen« und ein anderer »Vatikan«. Vielleicht ein Katholik. Nöstler war evangelisch und auch zu DDR-Zeiten Kirchenmitglied gewesen. Er war es vor allem seiner Mutter wegen geblieben, die ihn gebeten hatte, dic Kirche nicht zu verlassen. Ein richtiger Kirchgänger aber war und wurde er nicht. Er las weiter in dem Verzeichnis: Oettel und ein gewisser Paul Schneider wurden als Altdeutschlandsammler aufgeführt. Man musste also mal mit Schneider reden. Aber das musste nicht am heutigen Sonntag sein. Genüsslich trank er seinen Kaffee, schaute in das weite Land, das sich seinen Blicken darbot, und überließ sich wieder einmal den philosophischen Neigungen, die er mit seinem Chef teilte. Warum häuften Leute Besitz, Geld, Briefmarken, Münzen an? Warum begingen sie deshalb Morde? Auch ein großer Briefmarkensammler mit einem Dutzend Sachsendreier hatte doch kein längeres Leben als ein kleiner Kriminalkommissar. Wie seine Mutter früher immer gesagt hatte, wenn von irgendwelchen Raffkes die Rede war: Mehr als essen und trinken kann keiner. Ja, dachte Nöstler, die einen essen Kaviar und die anderen Heringe. Die einen trinken Burgunder, wie der gute Buchstaub, und die anderen eben nur Wernesgrüner wie unsereins. Das sind eben doch Preisunterschiede. Dann kehrte er zum Linsemann-Mord zurück: Alles sah so aus, als ob ein berühmter Sachsendreier aus Sammlersucht oder Habgier entwendet worden war, und das schien ihm fast zu offensichtlich. Doch gab es die überraschenden Wendungen nicht nur in Kriminalromanen? Lief es in der Wirklichkeit meist nicht recht einfach? Ob er noch mal mit Buchstaub reden sollte? Er ging ins Wohnzimmer und wählte die Nummer des Antiquars. Niemand meldete sich.

Der Antiquar saß nämlich bei der Witwe Müller, die für ihre Selma-Lagerlöf-Sammlung bei ihm gelegentlich ein Buch erwarb. Buchstaub vermutete eine gewisse Verwandtschaft zwischen dem schwedischen Schluckspecht, denn das war die berühmte Schriftstellerin zweifellos gewesen, und Witwe Müller. Aber das war eine bloße Vermutung. Er hatte vor langer Zeit mal ein Buch der Lagerlöf gelesen: »Gösta Berling«. Er fand es nicht schlecht, wenn auch ein wenig altbacken. Es hatte ihn nicht zu weiteren Lektüreexkursen verlockt. Kürzlich war ihm eine schwedische Ausgabe von »Herrn Arnes Schatz«, ein weitgehend unbekanntes Buch der Lagerlöf, ins Haus gekommen, mit einem schönen Autogramm der Schriftstellerin versehen, dem deutschen Legationsrat Möller gewidmet. Das hatte er der Müllerin längst anbieten wollen, aber wie so oft war manches dazwischengekommen, nicht zuletzt der Linsemann-Mord. Der hatte ihn nun wieder auf die Idee gebracht, mit dem Buch einen Besuch bei der Freundin der Ermordeten zu machen. Die Witwe Müller wohnte nicht weit von Buchstaubs Domizil entfernt, sodass er darauf verzichtet hatte, sich telefonisch anzumelden. Als er geklingelt hatte, war ihm sogleich aufgetan worden.

»Herr Buchstaub«, hatte ihn die Witwe an der Flurtür begrüßt, »was verschafft mir die Ehre?«

»Nun«, sagte Buchstaub, »es ist, wie sie sich denken können, etwas für Ihre Bibliothek. Ich habe da kürzlich einen Lagerlöf-Band erworben und dachte, ehe sich das Buch unter mancherlei Stapeln verkrümelt, zeige ich es Ihnen lieber mal. Vielleicht interessiert es Sie ja?«

»Kommen Sie herein«, bat sie den Antiquar und öffnete ihre Wohnzimmertür. Mit kleinen trippelnden Schritten ging sie vor ihm her. Sie war nicht sehr groß und trug einen grauen Zopf, den sie um den Kopf geschlungen hatte. Ob sie in der Nazizeit beim BDM gewesen war? Buchstaub erinnerte sich an Bilder von bezopften blonden Jungmädchen, die Adolf Hitler zujubelten. Vom Alter her konnte es durchaus möglich sein, die Witwe Müller war bestimmt schon siebzig oder achtzig Jahre alt. Buchstaub folgte ihr in einen Raum, der einer Dependance eines Bildermuseums ähnelte, an allen Wänden Bilder, Rahmen an Rahmen.

»Ja, da staunen Sie«, sagte die Witwe, »mein verstorbener Mann war ein großer Bilderfreund. Nicht gerade ein Sammler. Er kaufte nicht nach bestimmten Grundsätzen, er hatte nur einen Antrieb: Das Bild musste ihm gefallen. So haben wir hier berühmte neben völlig vergessenen Malern. Dort, die Blumen zum Beispiel, das ist ein Bild von Schmitt-Rottluff, und daneben die Landschaft, das ist ein Nolde. An der Wand, das sind fast alles Bilder von Fritz Lattke, einem Weimarer Maler, der nun im Gegensatz zu den beiden Vorgenannten überhaupt nicht berühmt war, den er aber sehr mochte. Vielleicht ist das hier sogar die größte Lattke-Sammlung in der Gegend.«

Zwischen all den Bilderwänden stand auch eine Glasvitrine, die mit Porzellan gefüllt war. Als die Witwe bemerkte, dass Buchstaub in den Schrank guckte, sagte sie: »Ja, das war mein Äquivalent, Meißner Porzellan. Wenn er ein Bild kaufte, hatte ich eine Tasse frei.«

Merkwürdig, dachte Buchstaub, ich treffe meist nur auf Leute, die Bücher sammeln. Aber Sammeln scheint ja geradezu eine Massenerscheinung zu sein. Die einen sammeln alte Möbel, die anderen Bücher oder Porzellan, um von Streichholzschachteln, Ansichtskarten oder Bierdeckeln gar nicht zu reden. Die Psychologie des Sammelns war ein ganz eigenes Gebiet, von ihm bisher nur sehr partiell beachtet, obwohl er ja zu einem gut Teil davon lebte. Nun ließ er sich aber erst einmal auf einem der schönen Mahagonistühle nieder, von dem die Witwe eben ein kleines grünes Schutzdeckchen entfernt hatte.

»Die Sonne bleicht das Polster sonst zu sehr«, entschuldigte sie die Verpackung. »Aber nun zeigen Sie doch mal das Buch«, sagte sie.

Buchstaub entnahm seiner alten Ledertasche den Lagerlöf-Band.

»Nicht schlecht. Ja, das ist ihre Schrift«, wusste die Witwe. »Was soll es denn kosten?«

»Für Sie – vierzig Euro«, sagte Buchstaub.

»Das gebe ich gern aus.« Sie holte eine kleine lederne Geldtasche von einem Näh- oder Lesetisch am Fenster und legte Buchstaub zwei Scheine hin. Damit war das Geschäft abgeschlossen.

»Ach, ich habe ganz vergessen, Ihnen etwas anzubieten. Kaffee, Tee, Portwein?«

»Nun ja, eine Tasse Kaffee am Nachmittag darf es schon sein«, sagte Buchstaub. Tee trank er nur am heimischen Tisch, da nach seiner Meinung die Hälfte der teetrinkenden Menschheit dieses Getränk falsch zubereitete. Daher also lieber Kaffee, den er ansonsten nicht sonderlich schätzte. Er hörte die Witwe in der Küche mit Geschirr klappern. Anscheinend war die alte Dame hellwach, und er musste sehr behutsam mit seinen detektivischen Fragen umgehen.

»Welch ein Schock, der Tod der guten Frau Linsemann! Wer ermordet denn eine alte Dame?«, setzte er an, als sie mit dem Teegeschirr hereinkam.

»Ich könnte mir vorstellen, dass auch mein Porzellan einen Mord wert wäre oder die Bilder, die hier an den Wänden hängen. Das alles kann man ja kaum zu seinem wirklichen Wert versichern«, meinte die Müllerin, wie Buchstaub sie in Gedanken nannte.

»Sie denken also, die gute Frau Linsemann wurde ein Opfer von Habgier?«, fragte er.

»Was soll es denn sonst gewesen sein? Sie hatte keine

Verwandten oder Freunde, nur unser Dreier-Frauen-Kränzchen.«

»Wer ist denn eigentlich die dritte Dame dieses Dreier-Kränzchens? Ich habe sie ja schon manchmal im Café Nordlicht zusammen gesehen?«

»Ach, das ist die ehemalige Schauspielerin Mary Jahnn. Haben Sie sie nicht mehr auf der Bühne gesehen? Sie hat lange Jahre am Schauspielhaus Kembach gespielt und wurde dann wohl durch eine Intrige aus ihrem Vertrag gedrängt. Gesund und munter ist sie jedenfalls wie eh und je. Sie lebt in Kembach in einem kleinen Einfamilienhaus, und einmal im Monat haben wir bei ihr Theaterstunde. Da rezitiert und spielt sie ein bisschen für ein paar Freundinnen und Freunde.«

»Und wie sind sie zusammengekommen?«

»Das ist eine lange Geschichte: Frau Linsemann und die gute Jahnn kennen sich wohl schon seit der Gymnasiumszeit. Sie sind beide in Kembach zur Schule gegangen. Nein, mit dem verstorbenen Mann ist sie ins Gymnasium gegangen. Später haben sie sich aus den Augen verloren, und wie es der Zufall will, trafen sie sich wieder, als die Jahnn ihr Engagement in Kembach bekommen hatte. Nun ja, das ist lange her, und einmal sind die heutigen Freundinnen wohl auch gewaltig zusammengeraten. Die Jahnn soll dem verblichenen Linsemann zu schöne Augen gemacht haben. Aber das liegt so weit zurück, wie gesagt, und ob es überhaupt so gewesen ist, wer weiß? Seit einiger Zeit haben wir also die monatliche Theaterstunde und einmal in der Woche einen Kaffeenachmittag hier in Niederstein-Lustthal«, erzählte Frau Müller.

Buchstaub grübelte: Eine mögliche Verdächtige? Welche Gründe könnte es dafür geben, dass eine der Kränzeldamen die Mörderin war? Eine Erinnerung an ein paar schöne Augen vor einer beträchtlichen Anzahl von Jahren? Unwahrscheinlich. Geldsorgen? Unwahrscheinlich. Zumindest die Witwe Müller schien nicht gerade in ärmlichen Verhältnissen zu leben.

»Ist es wahr, dass Frau Linsemann so einiges aus der schönen Sammlung ihres Gatten verkauft hat?«, wollte Buchstaub wissen.

»Selbstverständlich hat sie verkauft. Ihre Rente war klein, der Alte hatte einst sein ganzes Geld in die Briefmarken gesteckt, und für Altersversorgung blieb nichts übrig. Die Witwenrente betrug nur vierhundert Euro, sehr viel war das nicht. Da ließ sie also sozusagen als Geldbriefträger jedes halbe Jahr einmal einen Herrn von dem Kölner Auktionshaus Hartung & Kiefer kommen.«

»Und so wurden die Zimelien also nach und nach verkauft«, resümierte Buchstaub und fügte nachdenklich hinzu: »Vielleicht gab es jemand, der sich um sein Erbe gebracht sah?«

Frau Müller überlegte und strich sich die Haare aus der Stirn: »Wer ihr Erbe sein könnte, weiß ich nicht. Ob sie entfernte Verwandte hatte? Ich weiß es nicht. Sie sprach jedenfalls nie davon. Nur einen alten Mann gab es, der ihr immer mal im Garten und bei anderen Arbeiten half.«

»Also wurde das Beste aus der Sammlung verkauft?«, fragte Buchstaub nochmals.

»Dass das Beste verkauft wurde, wage ich zu bezweifeln. Meine Freundin war eine Kennerin.« Die Müller schwieg einen Augenblick. Sie schien zu zögern, ob sie ihren Gedanken äußern sollte, und fuhr dann leiser fort:. »Vielleicht hasste sie die ganze Briefmarkensammelei. Immerhin haben diese gezähnten Papierchen ihr ein ziemliches Stück Leben genommen. Aber auf jeden

Fall kannte sie sich aus, sie musste ja Tag für Tag die Nachrichten aus dem Sammlerleben über sich ergehen lassen. Ich hatte, als ihr Mann damals starb, mal den merkwürdigen Gedanken, dass sie ihn vielleicht ins Jenseits befördert hat. Aber das ist natürlich Unsinn.«

»Nun ist er also aus dem Jenseits zurückgekommen und hat sie geholt, damit er wieder die vertraute Zuhörerin für seine Sammlergeschichten hat«, sagte lächelnd Buchstaub.

Witwe Müller blieb aber ganz ernst und meinte: »Jeder Sammler, Herr Buchstaub, will seine Schätze vorweisen. Auch ich habe Vergnügen daran, meinen Freundinnen die Neuerwerbungen der Bibliothek Lagerlöf oder die Porzellane zu zeigen. Freilich, jeder Sammler ist auch misstrauisch und sieht in interessierten Besuchern Konkurrenten, wenn nicht sogar potentielle Diebe und Räuber. Also, die Linsemann wusste ziemlich gut Bescheid, was sich da in dem braunen Schrank befand. Ich war einmal dabei, als der Herr aus Köln kam, um etwas für die nächste Auktion mitzunehmen. Er bekam damals die ganze Luftpostsammlung von Linsemann, die, wenn ich es recht in Erinnerung habe, bei der Auktion zwölftausend Euro brachte. Das reichte als Zubrot für ein Jahr, um ihre Liebe zu teurer Kleidung befriedigen zu können. Zu Lebzeiten ihres Gatten hat sie ja nichts bekommen. Aber nun ging es fröhlich nach Berlin, wo sie in einem französischen Nobelladen einkaufte.«

»Könnte es sein, dass da noch jemand in einem französischen Nobelladen einkaufen wollte, wenn sie mir dieses Zitat gestatten? Vielleicht nicht unbedingt Klamotten, aber Cognac und Wein? Und dass dieser jemand deshalb auch einen Griff in die Briefmarkensammlung versuchte?«, überlegte Buchstaub.

»Denkbar ist das schon, aber wie gesagt, ich wüsste niemanden.«

Der Antiquar verabschiedete sich, nicht ohne die Versicherung, auch weiterhin Lagerlöf-Bücher für Witwe Müller zu suchen und zu reservieren.

»Übrigens, falls sie mit unserer Freundin Jahnn reden möchten, wir treffen uns auf einen Gedenkschluck heute Abend im ›Goldenen Schwan‹.«

»Nein, nein, bei Ihrem Trauertrunk will ich Sie nicht stören«, wehrte Buchstaub ab.

Heute erschien ihm alles in der Welt ein wenig seltsam: Man trank, wenn man sich freute, man trank, wenn man trauerte. Er erinnerte sich, dass solche Trinkerei in seinem Heimatdorf als »einen Leichenstein setzen« bezeichnet wurde. Und es soll vorgekommen sein, dass man bei der Sauferei tatsächlich einem weiteren Beteiligten einen Leichenstein setzen musste. Ganz so wild würden es die alten Damen wohl nicht treiben.

Als Buchstaub schließlich in sein Wohnzimmer trat, klingelte das Telefon. Es war Nöstler, der sich nochmals zu einem Kurzbesuch anmelden wollte.

Im »Goldenen Schwan« saßen recht einsam und verlassen die beiden Freundinnen der ermordeten Linsemann, die Witwe von Dr. Müller und die Schauspielerin Jahnn. Der Wirt hatte bereits etliche Male hinter der Theke gegähnt. Er hätte sein Etablissement gern geschlossen, aber die beiden Frauen schwatzten mit einem Eifer und einer Intensität, als hätten sie sich seit Monaten oder Jahren nicht gesehen. Natürlich war die Mordgeschichte Gegenstand ihres Disputs. Während Frau Müller die halbe Stadt verdächtigte, denn, wie sie sagte, der Lebensstil der Linsemann war vielen ein Dorn im Auge, beantwortete die Schauspielerin die kühnen

Ideen ihrer Freundin meist mit der vagen Floskel: »Ich weiß nicht« oder »Das ist vielleicht doch zu weit hergeholt.«

Der Wirt kam an ihren Tisch, räumte die leeren Gläser ab und fragte, ob sie noch einen Wunsch hätten. Die Schauspielerin bestellte einen Espresso, Frau Müller ein stilles Wasser. »Ich denke«, sagte die Dame Jahnn, »es könnte der alte Oettel gewesen sein. Der ist ja völlig verrückt mit seinen Briefmarken, ganz wie einstmals Linsemann.«

Doch die Witwe Müller sagte: »Wenn ich Buchstaub richtig verstanden habe, gehört der Friseurmeister nicht zu den Verdächtigen der Polizei, obwohl Buchstaub selber die Sache anders sieht. Nun, das wissen wir aus der einschlägigen Kriminalliteratur: Oft erweist sich das hieb- und stichfesteste Alibi als Irrtum, und ich denke, der Antiquar wird wohl wissen, was er gesehen hat.«

»Oettel ist vielleicht auch der Einzige, der ein wirkliches Motiv hat. Nun, wir werden sehen. Vielleicht erfahren wir ja auch nie, wie die Geschichte verlaufen ist«, sagte Frau Jahnn. Nach diesen ausgiebigen Erörterungen lenkte Frau Müller das Gespräch auf den Skandal Nummer zwei in Niederstein-Lustthal – so man den Mord als Skandal bezeichnen konnte: Die Flucht des hiesigen Bürgermeisters ins Schwäbische jedenfalls war einer. Das hätte keiner gedacht, dass der brave Mann, urplötzlich von der Liebe befallen, seinen Amtsstuhl aufgeben würde.

»Na ja«, sagte die Schauspielerin, »ich kann das gut verstehen. Ist doch ein glänzendes Tauschgeschäft: hier die Ärgernisse des Alltags einer kleinen Stadt vom frühen Morgen bis zum späten Abend und da das Ferienhaus im Tessin nebst liebender Witwe und ein paar interessanten Aktien. Ich hätte das auch so gemacht.«

»Und die zurückgebliebene Gattin?«, wandte Frau Müller ein. »Nun, vermutlich war die Liebe längst nicht mehr so groß, dass das eine Rolle spielte. Kinder sind keine da, die abgelegte Gattin behält das Haus und ist einen Mann los, den sie sowieso meist nur am Frühstückstisch zu Gesicht bekam. Ansonsten musste er schließlich in Amtsdingen durch die Gegend ziehen.«

Während die beiden Damen ausgiebig auch diesen Fall durchforsteten, räumte der Wirt geräuschvoll die Theke ab und nahm die Blumenvasen von den Nachbartischen, bis Frau Müller sagte: »Meine Güte, es ist ja schon zehn Uhr, da wird es aber wirklich Zeit, dass wir gehen.« Sie bezahlten ihre Zeche, getrennt, denn nur die Witwe Linsemann hatte gelegentlich eine Runde Champagner ausgegeben. Heute hatten sie sich mit einem Glas Müller-Thurgau begnügt, begleitet von Espresso und Wasser. Sie traten vor die Tür, es war dunkel geworden. Die Witwe Müller war nur ein paar Schritte von ihrer Wohnung in der Weinkellergasse entfernt, während die Schauspielerin in einer Nebenstraße verschwand, wo, wie sie sagte, ihr Auto stand.

Kommissar Maier war mittlerweile aus Niederau auf seinen Landsitz zurückgekehrt. Er holte ein Bier aus der Küche und setzte sich in dem heraufziehenden Abend auf seine Terrasse. Der Blick, dachte er, das Haus ist sein Geld wert. Es bot sich ihm eine Panoramasicht, wie er zu sagen pflegte: Im Tal der schmale Fluss, flankiert von Bauernhäusern, dahinter Felder und Wiesen, die sich am Horizont in den aufsteigenden Bergen verloren. Er verzichtete gut und gern auf die Alpen, diese schöne Aussicht genügte ihm vollends. Schöne Aussicht? Da gab es doch irgendwo ein Gedicht, in dem der Titel »Schöne Aussicht« vorkam. Maier grübelte, ging ins Haus, suchte in ein paar Gedichtbüchern. War das nicht eine schwäbische Aussicht? War es Mörike? Nein, wohl nicht. Oder Becher, den wollte heute ja auch keiner mehr kennen, weil er der verflossenen DDR die Nationalhymne geschrieben hatte. Kein schlechter Text, dachte Maier, der Becher hatte doch eine besondere Nähe zu Schwaben, also könnte es von ihm sein. Aber er fand die Gedichtausgabe nicht in seinen Regalen, die in regnerischen Tagen einmal einer Neuordnung bedurften. Er musste Buchstaub fragen, der würde es wissen. Aber was kramte er denn in seinen Bücherregalen? Draußen lockte noch immer die sommerliche Natur. Er kehrte zu seinem Bier zurück und überließ sich der schönen Aussicht von Heidenstein.

Der benachbarte Hügel hieß Heidenstein, daher kam auch der Name seines Hauses. Hinter dem Wald stand der Mond am Himmel, aber so recht konnte er sich den Naturbildern heute nicht widmen. Immer wieder kehrten seine Gedanken zur Mordgeschichte Linsemann zurück.

Drei Tage waren schon vergangen, und es gab noch keine heißen Spuren. Die heißen Spuren, die man zu haben glaubte, waren ziemlich schnell erkaltet. Wo sollte man nun suchen? Verwandte? Ja, das war eine Richtung, die sie bisher überhaupt noch nicht berücksichtigt hatten. Maier gähnte. Ob er nochmals zu Buchstaub fahren sollte? Ach was, die alte Dame würde nicht wieder lebendig, wenn er in Hektik verfiel. Er schloss die Terrassentür und ließ die Jalousien herunter. Die Einsamkeit fand ihre Liebhaber auch unter Dieben, die nicht wussten, dass hier ein Kriminalist wohnte. Er holte sich Stifters »Witiko«, seine geliebte Einschlaflektüre, und nach drei Seiten schlief er tief und fest.

Ob ich Maier noch einmal anrufe, dachte zu eben dieser Stunde Kasper Buchstaub, oder soll ich Nöstler herausklingeln? Nein, heute ist Sonntag, da soll man die Dinge nicht übertreiben.

Währenddessen ging eine Person, die von allen gesucht wurde, durch die Weinkellergasse und betrachtete die Rückseite der Grundstücke. Hier führte ein schmaler Weg auf die halbe Höhe der Gasse, und dort gab es zu Linsemanns Haus wie zu Buchstaubs Domizil einen Hintereingang durch den Garten. Beide Gartentore waren nicht verschlossen, wie die Person feststellte. Von hier aus konnte man auch das Wohnzimmerfenster von Antiquar Buchstaub sehen. Die Person verschwand so ungesehen wie sie gekommen war.

Montag, 19. Juli

Als es am Montagmorgen an Buchstaubs Tür klingelte, vermutete er einen der beiden Kriminalisten. Aber es waren weder Nöstler noch Maier, und es war auch nicht der Gasmann. Ein Steuerprüfer stand vor der Tür, an dessen Anmeldung sich Buchstaub jetzt auch wieder erinnerte. Dieser Steuerprüfer sah aus wie ein Steuerprüfer. Er trug eine grüne Jacke und eine rote Krawatte, hatte eine Aktentasche in der Hand und blinzelte durch dicke Brillengläser. Buchstaub hatte schon in der Vorwoche mit freundlicher Unterstützung seines Steuerberaters die Unterlagen, so weit jedenfalls, wie sie noch vorhanden waren, bereitgelegt. Sein Steuerberater hatte gesagt: Es wäre eine reine Arbeitsbeschaffungsmaßnahme des Finanzamtes, auch das kleine Antiquariat in die Prüfungen einzubeziehen. Man hat nicht so viele große Unternehmen, also hält man sich an die kleinen.

Buchstaub räumte in dem weitläufigen Ladenraum einen Tisch frei, denn in sein Bibliothekszimmer wollte er den Beamten nicht führen. Der würde vermutlich anfangen, die Weinflaschen zu zählen, die dort im Regal lagen. Und den Preis der Antiquitäten abschätzen, deren Erwerb sich in keinem Buch fand. Also schleppte er die Mappen mit den Unterlagen der letzten vier Jahre zu dem alten Tisch, auf dem der Prüfer bereits seine Thermosflasche, einige Bogen unbeschriebenes Papier und einen Kugelschreiber deponiert hatte.

»Ach«, sagte Buchstaub, »hatte ich vorhin Ihren Namen nicht richtig gehört?« Als der Prüfer eingetreten war, hatte er sich natürlich nicht vorgestellt, und stattdessen nur eine magere Grußformel gemurmelt.

»Weimann«, sagte er, »Weimann ist mein Name.«

»Nun«, sagte Buchstaub, »meinen Namen kennen Sie ja.«

Da lächelte der Prüfer sogar ein wenig: »Ja, da haben Sie recht.« Und dann nahm er sich den ersten Leitz-Ordner und öffnete ihn.

Eben in diesem Moment klingelte es schon wieder, und Buchstaub sagte: »Das sind ja an einem Tag mehr Besucher als sonst im ganzen Jahr.« Er ging an die Tür. Dort stand Nöstler.

»Vielleicht sollte ich mich für die nächsten Tage hier niederlassen«, sagte Nöstler, »dann könnte ich Ihnen die Gänge zur Tür ersparen. Aber Sie haben ja schon Besuch.«

Buchstaub lotste ihn an dem Steuerprüfer, der Nöstler nicht einmal mit einem Gruß bedachte, vorbei in sein Bibliothekszimmer. Der Kater, der diesmal auf einer ledergebundenen Ausgabe der Werke von Gustav Freytag saß, hob den Kopf nur wenig, denn dieser Besucher, so schien es dem klugen Tier, gehörte inzwischen schon zum Inventar. Auch Nöstler hob den Kopf nur ein wenig, um die Rückeninschriften auf der Lederausgabe zu lesen, die sich der Kater als Sitzplatz gewählt hatte.

»Portwein?«, fragte Buchstaub.

»Um Himmels willen! Es ist morgens neun Uhr«, sagte Nöstler. »Aber ich habe da noch ein paar Fragen. Friseurmeister Oettel hat mir ein Verzeichnis der Mitglieder des hiesigen Philatelistenvereins zukommen lassen, und da wir Oettel selber aus der Liste unserer Verdächtigen streichen müssen – wie soll er schließlich zugleich im Ratskeller des Nachbarstädtchens sitzen und in unserer schönen Stadt eine Witwe umbringen –, können wir nur weitersuchen.«

»Sagen Sie, Nöstler, können Sie sich auf die Angaben von Doktor Löser verlassen?«

»Ich denke schon, der Mann ist lange im Geschäft. Es sei denn«, er lächelte ein wenig, »Doc Löser wäre selbst der Mörder. Aber das ist auch nicht gut möglich, denn er saß an dem fraglichen Abend in der Geburtstagsrunde seiner älteren Tochter, die im Landhaus Kloppenburg feierte, immerhin gut zwanzig Kilometer von hier entfernt. Da kann man einen Toilettengang nicht zum Mordunternehmen umfunktionieren. Also, Doktor Löser können wir streichen.«

Das will ich hoffen, dachte Buchstaub. Ein paar Leute, an deren Unschuld kein Zweifel besteht, sollte es schließlich noch geben. Außerdem war Löser kein Sammler und hatte zudem genügend Geld.

»Also nochmals: Oettel gestrichen, Löser gestrichen«, sagte Nöstler. »Übrigens, wo waren Sie denn, Buchstaub?«

Buchstaub lachte: »Ich habe kein Alibi. Wie Sie ja wissen, ging ich noch zur Post, um ein paar Briefe einzuwerfen. Dann saß ich hier in meinem Lesesessel, hatte das Fenster geöffnet und ein Glas Müller-Thurgau aus Meißen vor mir stehen. Ich blätterte zunächst im Katalog meines Antiquariatskollegen Gättjens aus Hamburg, der sich auf Gesamtausgaben spezialisiert hat. Dann nahm ich Friedrich Gerstäckers Roman ›Im Eckfenster‹ vom Tisch, eine Geschichte, die in einigen Büchern als Kriminalroman apostrophiert wird. Doch obwohl die Geschichte kriminelle Elemente hat, sie ist eher ein Kitschroman. Aber ich bin aus anderen Gründen dabei, mir den ganzen Gerstäcker zu Gemüte zu führen, und da muss ich eben auch durchs Eckfenster gucken. Dabei verging die Zeit. Ich trank wohl noch ein Glas Müller-Thurgau und legte mich gegen zehn Uhr zu Bett.«

Ehe Nöstler etwas erwidern konnte, klopfte es an die Tür. Der Steuerprüfer stand im Rahmen und deutete an, dass er eine Frage hätte.

»Nun«, meinte Buchstaub, »die Frage will ich gern beantworten.«

Er ging in den Vorraum, wo die Amtsthermosflasche noch immer das Zentrum des Prüfplatzes bildete. Der Steuermensch wollte wissen, weshalb Buchstaub eine achttägige Reise nach Paris als Geschäftsreise deklariert hatte. Da war er freilich an den Richtigen gekommen. Während Nöstler nebenan freundlich dem Kater zuwinkte, erklärte Buchstaub, dass diese Reise der Vorbereitung eines Spezialkatalogs »Balzac und Zeitgenossen« gedient habe, wozu er einige Tage im Balzac-Haus in Passy habe arbeiten müssen. Da lägen ja zwei Eintrittskarten dabei. Es gab freilich auch einige Restaurantrechnungen aus der »Coupole« und dem »Vagenende«, wozu Buchstaub anmerkte, dass er sich hier mit Balzac-Kennern getroffen habe. Sie seien auf der Rückseite der Rechnungen aufgeführt. Der Darstellung Buchstaubs konnte der Steuerprüfer so recht nichts entgegensetzen. Das ganze Milieu, in dem er sich hier bewegte, war ihm fremd. Bücher las er kaum, wenn sie sich nicht mit der Steuergesetzgebung befassten. Und Balzac und Paris? Es konnte sein, es konnte nicht sein. Er legte die Blätter in den Leitz-Ordner zurück und nahm sich das Konvolut von Rechnungen des Antiquariats Buchstaub vor, um die Mehrwertsteuer zu prüfen. Buchstaub dagegen kehrte zu Nöstler zurück. Er sagte kein Wort, zog aber die Augenbrauen bis in die Stirnfalten, und Nöstler wusste, was er damit meinte.

»Ja, mein Lieber«, sagte Nöstler, »da könnten Sie also unter die Verdächtigen geraten, Müller-Thurgau, Gerstäcker und ein Kater, das sind nicht gerade Stützen eines Alibis.«

»Sie wissen so gut wie ich, dass die halbe Menschheit bei solcher Gelegenheit kein Alibi hat«, sagte Buchstaub und fragte: »Nunmehr einen Portwein?«

Nein, auch jetzt keine Beamtenbestechung. Nöstler wollte sich schon erheben, als er sich mit Blick auf den Kater nochmals versicherte: »Sagen Sie, Buchstaub, sind Sie ganz sicher, dass Sie an jenem Abend an der Tür des Hauses der Linsemann Meister Oettel gesehen haben?«

»Na ja«, sagte Buchstaub, »ganz sicher kann man sich ja nie sein, aber ich denke schon.«

Und während sich Nöstler verabschiedete, rekonstruierte Buchstaub die Szenerie des vergangenen Donnerstagabends nochmals. Er war gerade dabei gewesen, seine Tür aufzuschließen, als er am Nachbarhaus ein Geräusch hörte. Es war noch ziemlich hell, und er sah, wie eine Gestalt im Mantel und mit einem grünen Hut die Hand ans Klingelbrett legte. Er sah nur ihren Rücken, aber Größe und Kleidung, das konnte nur Oettel sein. Nach allem, was er mittlerweile gehört hatte, war das ziemlich zweifelhaft. Aber wer sonst? Der Zwillingsbruder war in Amerika, hatte Maier gesagt. Es war eine verzwickte Sache. Buchstaub öffnete vorsichtig die Tür zum Ladenraum, wo der Steuerprüfer gerade Kaffee aus seiner Thermosflasche in einen Kunststofftopf schüttete und einer Blechbüchse eine Schnitte entnahm. Steuerprüfer Weimann wusste nicht, dass er beobachtet wurde, und schlürfte den Kaffee, als genieße er eine besondere Leckerei. Buchstaub schloss die Tür ganz vorsichtig und dachte: Es gibt doch Menschen, die sind mit wenig zufrieden.

Mittlerweile hatte sich Hauptkommissar Maier an seinem Schreibtisch im Amt niedergelassen, um eine Besprechung mit seinen Mitarbeitern vorzubereiten. Dieser Schreibtisch war ein Möbel, das er gegen den Protest des Leiters der Allgemeinen Verwaltung aus dem alten Amt ins neue herübergerettet hatte. Der Schreibtisch hatte Schubladen und Rolljalousien, so etwas gab es heute ja nur noch im Antiquitätenhandel. Freilich hatten die Jalousien die Eigenheit, sich immer dann nicht öffnen zu lassen, wenn sie geöffnet werden sollten. Maier versuchte es mit Geduld und Behutsamkeit. Die Jalousie blieb oben. Da klingelte das Telefon, und eine ihm bereits vertraute Stimme sagte: »Gerade hat mir eine Kundin abgesagt, deren Locken ich montags des Öfteren wickle, als kleinen Nebenverdienst. Und da dachte ich, vielleicht könnten wir wieder einmal Kaffee trinken.«

Holla, dachte Maier, die Dame hat Mut. Und er sagte: »Aber gern, wo steht denn die Kaffeetasse?«

»Vielleicht heute Abend irgendwo in Kembach, und ich könnte für die Rückfahrt Taxifahrer spielen?«

»Warum nicht, man lässt sich doch gern mal verwöhnen. Also ich schlage das ›Verona‹ in der Würzburger Straße vor, das ist ein kleines italienisches Restaurant. Gegen sieben? Und herzlichen Dank für die überraschende Einladung«, sagte Maier.

Manchmal hat man eben auch Glück, dachte er. In eben diesem Moment rasselte die Schreibtischjalousie herunter. Nun, die Woche ließ sich gut an. Glück konnte man auch im Falle Linsemann gebrauchen. Er entnahm der Schreibtischschublade seine Aufzeichnungen, die er eigentlich versiegelt im Panzerschrank aufbewahren sollte, wie er erst kürzlich vom stellvertretenden Amtsleiter gerügt worden war. Doch Maier pflegte sich nur dann an die Amtsvorschriften zu halten, wenn er Sinn in ihnen sah. Wozu sollte er seine Notizen hinter Schloss und Siegel stecken? Seine Handschrift konnte niemand lesen, er hatte selbst Schwierigkeiten damit. Jetzt versuchte er auf einem Stück Papier ein Puzzle zusammenzusetzen, das ihre Unternehmungen der letzten drei Tage auflistete:

Der Mord wird am Freitag entdeckt. Witwe Linsemann öffnet nicht, als ihre Nachbarin die Zeitung aus dem Briefkasten an der Tür mitbringt. Auf ihr Rufen meldet sich niemand. Die Flurtür ist nur angelehnt. Sie geht in die Wohnung und findet die Leiche der Linsemann im Wohnzimmer. Da ist es etwa zehn Uhr fünfzig. Anruf bei der Polizei, elf Uhr drei. Die Nachbarin habe den Verdacht, dass Frau Linsemann umgebracht wurde. Der offene Briefmarkenschrank, die offene Flurtür, einiges deute darauf hin. Nöstler kommt gegen elf Uhr dreißig am Hause Linsemann an, wo er zunächst die Nachbarin trifft. Dann sieht er sich um. Es ist offensichtlich, dass die Dame keines natürlichen Todes gestorben ist, und er ordnet eine kriminaltechnische Untersuchung an. Auch Maier kommt in die Weinkellergasse. Gegen dreizehn Uhr erscheint Doktor Löser. Maier hat das Haus bereits wieder verlassen, da er einen Gerichtstermin wahrnehmen musste. Die Leiche wird vierzehn Uhr abgeholt. Maier kommt am Nachmittag nochmals in die Wohnung. Gegen siebzehn Uhr verlässt er sie. Soweit also der erste Tag.

Die eigenen Erinnerungen – gab es irgendwo eine Lücke? Er schüttelte den Kopf. Nein, er hatte wohl alles aufgelistet.

Zweiter Tag: Am Sonnabend die Befragung von Oettel. Nöstler spricht in der Zwischenzeit mit Buchstaub. Nöstler und Maier besichtigen nochmals den Tatort.

Der zweite Oettel-Zwilling taucht als Verdächtiger auf, weilt aber nicht im Lande. Fehlanzeige.

Soeben war Nöstler gekommen, hatte seine Tasche auf den Schreibtisch geworfen und schaute fragend auf seinen Chef. Der erklärte ihm, alle Abläufe der vergangenen Tage nochmals überprüfen zu wollen, vielleicht habe man etwas übersehen. Maier wiederholte deshalb die Fakten mit dem ausdrücklichen Hinweis an Nöstler, doch einzuhaken, wenn er etwas anders sah. Als sie über den Oettel-Zwilling Nummer zwei sprachen, tat er das auch: »Könnte das nicht ein abgekartetes Spiel zwischen der Frau von Oettel zwei und ihrem Mann sein? Oder weiß sie nur nicht, dass er vielleicht nicht in Amerika ist?«

»Unwahrscheinlich«, meint Maier, »aber das wollen wir gleich mal überprüfen.« Er zog sich das Telefon heran, suchte im Telefonbuch die Nummer des Carl-Schurz-Gymnasiums heraus und wählte. Er verlangte den Schulleiter, und redete mit ihm, nickte ein paar Mal, bedankte sich und legte auf.

»Also, Zwilling Nummer zwei ist tatsächlich in Amerika. Der Schulleiter hat ihn dort am vergangenen Freitag selbst angerufen. Ich bitte zu beachten: Nicht Oettel hat den Schulleiter angerufen, sondern der Schulleiter den Oettel in Millersville, das ist diese Kleinstadt nahe Philadelphia. Da ist es also ausgeschlossen, dass er am Donnerstagabend die Witwe Linsemann abgemurkst hat. Selbst wenn wir den Zeitunterschied einplanen, müsste er dann Freitag früh geflogen sein. Nein, das ist keine Spur, das ist Unsinn. Den zweiten Oettel-Zwilling können wir jetzt definitiv ausschließen.«

Auch Melzer, der sich ins Zimmer geschlichen hatte, als er den Chef hatte reden hören, nickte mit dem Kopf.

»Übrigens, Melzer, Sie sollten sich doch im Haus umhorchen. Sie haben noch nichts berichtet.«

»Doch, Herr Hauptkommissar, ich habe Ihnen einen schriftlichen Bericht in die Mappe gelegt.«

Maier blätterte in seinen Unterlagen. Tatsächlich, da gab es etliche Seiten in der akkuraten Handschrift Melzers.

»Nun, Melzer«, sagte Maier, »könnten Sie uns das nicht nochmals mündlich zukommen lassen?«

Melzer räusperte sich, zog seine Blätter heran und referierte: »Also, ich habe mit allen Bewohnern des Hauses gesprochen. Niemand hat etwas gehört oder gesehen. Lediglich die unmittelbare Nachbarin, die die Leiche am Morgen gefunden hat, war sich nicht sicher, ob am Abend vorher eine Person bei der Witwe Linsemann zu Besuch gewesen sei. Sie hatte den Fernseher laufen und weiß deshalb nicht, ob in der Nachbarwohnung ein Gespräch stattgefunden hat.«

»Melzer, diese Nachbarin sollten wir nochmals befragen, versuchen Sie es einmal. Ach ja, diese Schauspielerin in Kembach, mit der wollten wir auch noch reden. Nöstler, was machen Sie eigentlich? Hören Sie uns überhaupt zu? Ich sehe Sie unentwegt in ihren dicken Büchern blättern. Was sind das überhaupt für Bücher?« fragte Maier ein wenig ärgerlich.

»Das sind die Briefmarkenbücher, die ich von Buchstaub geliehen habe. Furchtbar, wirklich eine Wissenschaft für sich. Also, nachdem ich die Spezialliteratur zum Sammelgebiet Altdeutschland und Sachsen durchgesehen habe, weiß ich: Auf diesem Weg werden wir kaum weiterkommen, da brauchen wir einen Fachmann.«

»Vielleicht wieder Oettel eins?«, fragte Maier.

»Nein, auf Oettel würde ich mich nicht kaprizieren.

Obwohl er wohl kaum der Mörder sein kann, weiß man doch nicht, ob er den Mord nicht in Auftrag gegeben hat«, sagte Nöstler.

»Nöstler«, entfuhr es Maier, »wir sind hier nicht in Palermo oder Chicago. Ich kann mir geradeso vorstellen, dass ein sächsischer Friseurmeister und Briefmarkensammler eine Witwe wegen eines Sachsendreiers um die Ecke bringt, aber Auftragsmord? Mafia in Niederstein-Lustthal? Nöstler, Sie haben zu viel neue Kriminalliteratur gelesen.«

Nöstler zuckte mit den Schultern: »Heutzutage ist alles möglich.«

Maier meinte nach einer Weile: »Also lösen wir uns mal aus den Wolken der Fantasie und kommen auf die Erde zurück. Melzer, Sie suchen diesen anderen Briefmarkensammler auf, der auch die alten deutschen Marken sammelt. Vielleicht hat er einen Hinweis. Nöstler, Sie ordnen den ganzen Papierkram, und dann wollen wir uns heute Nachmittag noch mal treffen.«

Darauf trennten sie sich.

Melzer war nicht nur der Jüngste in dem Kriminalisten-Trio. Er wurde auch als Laufbursche, Hausdiener und Kaffeekoch beschäftigt. Das ärgerte ihn, seit er aus Kembach hierher versetzt worden war. Er war ein stiller Mann, der vielleicht auch ein wenig langsam war, aber dumm war er nicht. Ganz im Gegensatz zu Nöstler hatte er einen Hang zur Bürokratie. Alles musste notiert werden, alles kam in Protokolle und Gesprächsnotizen, die er in seiner akkuraten Handschrift verfertigte. Wenn er etwas sagte, lächelte Nöstler meist ein wenig ironisch, und Maier schwieg. Sie hielten ihn für einen Dummkopf. Natürlich merkte Melzer das. Und irgendwann würde er es den beiden zeigen, dachte er.

Mittlerweile hatte er im Telefonbuch die Adresse des Paul Schneider gefunden. Er überlegte ein paar Sekunden, ob er ihn anrufen sollte, erinnerte sich dann aber der Worte seines Chefs, dass die Überraschung immer ein guter Ermittlungsschritt sei. Ob Maier das wörtlich so gesagt hatte, wusste er nicht mehr, doch dem Sinn nach war es so gewesen. Übrigens kam ihm der Gang durch die Stadt ganz gelegen. Seine Frau hatte ihn beauftragt, im Secondhand-Shop nachzufragen, ob es ein 24er Fahrrad gab. Melzers Söhne, die aussahen wie die Orgelpfeifen – zwölf, vierzehn und fünfzehn Jahre alt –, waren begeisterte Radfahrer. Und nun sollte auch der Jüngste eins haben. Ein neues Rad kostete eine Menge Geld, sodass man vielleicht auf Secondhand würde ausweichen müssen. Melzers Kinderproduktion, so lästerte Nöstler gelegentlich, hatte in einem engen Zeitfenster stattgefunden. Doch wenn Melzer ansonsten auch der Schweigsame war und die Spöttereien seiner Kollegen über sich ergehen ließ – in diesem Fall meinte er schlagfertig: »Dein Zeitfenster für solche Produktion hat es jedenfalls nie gegeben.« Nöstler hatte keine Kinder, und auch Maiers kurzer Ehe war kein Nachwuchs entsprungen.

Melzer ging also hinüber in die Agricolastraße und trat in den Laden, der mit allerhand Klamotten vollgestopft war. Ein Fahrrad war nicht darunter.

»Gehen sie doch mal zu Fahrradhändler Schuster. Der verkauft auch gebrauchte Räder«, meinte die Verkäuferin, und Melzer bedankte sich für den Hinweis. Bald hatte er sein Ziel erreicht. Hier war die Paulus-Jesenisius-Straße. Melzer schüttelte den Kopf. Was es heute für Straßennamen gab. Irgendwo gab es auch eine Matthes-Enderlein-Straße. Melzer fiel ein, dass sie schon öfter mal mit dem Chef über das Problem der wechselnden Straßennamen gesprochen hatten. Vor hundert Jahren Kaiser-Wilhelm-Straße, dann Horst-Wessel-Straße, danach Ernst-Thälmann-Straße. Der neue Bürgermeister aber war ein gescheiter Kerl. Er ließ die Straßen nach mittelalterlichen Berggelehrten benennen. Da war keine Stadtratspartei beleidigt, und es konnte regieren, wer immer wollte, gegen Paulus Jesenisius und Matthes Enderlein war nichts zu sagen.

Nummer 17 war ein kleines Einfamilienhaus, das sich hinter dicken Sträuchern versteckte. Melzer klingelte an der Steinsäule neben dem Toreingang und hörte Hundegebell, das bald näher und näher kam, gefolgt von den Rufen: »Leo! Platz! Leo, zurück!«

Dann stand ein kleiner Mann vor ihm und fragte: »Was gibt's?«

»Sind Sie Paul Schneider?«

Der kleine Mann bejahte. Melzer zeigte seinen Ausweis und erklärte in knappen Worten sein Anliegen.

»Kommen Sie rein«, sagte Schneider. Er trug eine abgeschabte Jeans und ein gelbes Poloshirt, das über seinem Bauch mächtig spannte. Sie gingen an mehreren Pflanzenkübeln im Hausflur vorbei. Der Garten setzt sich hier im Haus fort, dachte Melzer, denn überall standen Kübel und Töpfe mit Pflanzen, auch in dem Eckzimmer, in das er nun geführt wurde.

»Gucken Sie nicht so auf meine Klamotten, Herr Kommissar. Ich bin im Rentnerstand und muss endlich keinen Anzug mit Krawatte mehr tragen. Aber Sie kommen ja sicherlich auch nicht, um mich zu begutachten. Was gibt's?« Schneider zog aus einer Kiste in einem Regalfach eine kleine Zigarre, brannte sie an und blies Melzer den Rauch direkt ins Gesicht. Der nieste augenblicklich zweimal. Schneider entschuldigte sich und wiederholte seine Frage.

Melzer sagte: »Sie wissen, Witwe Linsemann wurde ermordet, und da kommt man um den Gedanken nicht umhin, dass Briefmarken dabei eine Rolle gespielt haben. Der verstorbene Linsemann war ja ein bekannter Briefmarkensammler.«

»Selbstverständlich«, sagte Schneider, »man macht sich so seine Gedanken, und auch ich dachte und denke, dass die Mordgeschichte wohl mit der Briefmarkensammlung Linsemann zu tun haben könnte. Er war einer der bedeutendsten Sammler in Deutschland, vielleicht sogar in Mitteleuropa. Das ist keine Übertreibung. Da Briefmarken längst ein Spekulationsobjekt geworden sind, ist es durchaus denkbar, dass jemand auf den Besitz der Sammlung spekuliert hat und dazu die Witwe aus dem Weg räumen musste. Ich habe sie übrigens manchmal ein wenig beraten, was den möglichen Wert der einzelnen Sammlungsteile betrifft, obwohl sie ja selber auch nicht unkundig war. Sie wissen sicher, dass Linsemann neben vielen anderen Rara und Rarrissima auch den berühmten Sechserstreifen des Sachsendreiers besaß, den es meines Wissens nur einmal gibt, ein Unikat. Aber andererseits denke ich, dass man diesen Streifen, sollte er denn gestohlen sein, kaum verkaufen kann. Das ist wie mit Bildern von Rembrandt oder van Gogh. Einen einzelnen Sachsendreier kann man in den alten Briefschaften der Urgroßmutter schon noch mal finden, aber einen Sechserstreifen? Kurz und gut, wenn der Streifen gestohlen wurde, dann von einem verrückten Sammler, der die Marke hübsch in seiner Sammlung verstecken wird.«

»Haben Sie eigentlich einen Sachsendreier?«, fragte Melzer.

»Selbstverständlich, ich zeige ihn gleich mal«, sagte Schneider. Er ging zu einem Schrank in der Ecke, in dem zwei Reihen brauner Lederrücken zu sehen waren, Briefmarkenalben, wie Melzer bereits vermutete. Und da lag auch schon ein solches Album auf dem Tisch. »Hier, das ist er. Nicht gerade ein Prachtexemplar, dafür fehlt mir das Kleingeld. Die besseren Stücke, die können Sie bei meinem Sammlerfreund Oettel sehen. Ich habe mich ja auch auf sächsische Vorphilatelie spezialisiert, wenn Sie wissen, was ich meine.«

Melzer schüttelte den Kopf.

»Nun, ehe es die ersten Briefmarken hier in Sachsen gab, wir reden ja gerade von der Nummer eins, eben diesem Sachsendreier, da gab es freilich schon Briefe und Poststationen, die auf Briefe Stempel drückten. Eben diese Zeit – die mit den Abstempelungen der Kanzlei des Staatsministers Graf Brühl um 1736 beginnt, aus denen sich dann die Stempel der einzelnen Poststationen entwickeln, bis schließlich nach dem Vorbild der ersten bayrischen Briefmarke 1850 die Nummer eins von Sachen erscheint –, diese Zeit nennt man die sächsische Vorphilatelie. Und im Gegensatz zu meinem Freund Oettel, der die sächsischen Nummernstempel auf Marken sammelt, sammle ich die Stempel ohne Marken.«

»Aber«, sagte Melzer ein bisschen zögernd, »das hat doch dann nichts mit Briefmarken zu tun?«

»Da haben Sie nicht Unrecht, doch schließlich hat jede Geschichte ihre Vorgeschichte. Und es gibt nicht wenige Sammler, die sich mit der Vorgeschichte der Briefmarke beschäftigen. Freilich, ich habe in meinem Schrank auch Alben mit Briefmarken, ich sammle Frankreich und Deutschland gestempelt. Wenn man drei Felder dieser Art beackert, hat man genug zu tun. Und wie Sie sehen, bin ich im Rentenalter zudem Gärtner geworden.«

»Was waren Sie denn von Beruf?«, fragte Melzer.

»Sie werden es nicht glauben, aber ich war Postangestellter. Dreiunddreißig Jahre Leiter des hiesigen Postamtes.«

»Sagen Sie mal, Herr Schneider, das ist nur eine Frage, die wir der Vollständigkeit halber allen Leuten stellen, die wir befragen: Wo waren Sie denn am Abend des vergangenen Donnerstag?«

»Vergangenen Donnerstag? Wenn ich das wüsste. Also, da muss ich überlegen. Warten Sie, ich hole mal meinen Kalender.« Er holte vom Schreibtisch in der Ecke ein kleines Büchlein und blätterte darin.

»Am Mittwoch bin ich von meiner Tochter zurückgekommen, die wohnt in Berlin. Meine Frau ist noch dort. Am Donnerstagabend saß ich hier im Garten mit unseren Nachbarn, die unser Haus in den vergangenen drei Wochen gehütet haben. Wir brutzelten ein paar Bratwürste und tranken Bier. Sie kamen so gegen sieben und gingen wohl um zehn Uhr. Bin ich da noch unter den Verdächtigen?«, fragte der pensionierte Postamtsleiter und drückte den Stummel seiner Zigarre aus.

»Ich glaube nicht«, sagte Melzer und bedankte sich für die Auskünfte.

Während Melzer nun über die Jesenisiusstraße zurück ins Stadtzentrum ging, wo er auf den zweiten Bürgermeister Berg traf, der ihm die unvermeidliche Frage nach dem Stand der Ermittlungen stellte, die von Melzer ausweichend beantwortet wurde, saß Hauptkommissar Maier bei Frau Merker, der Nachbarin der verblichenen Witwe Linsemann. Er hatte sich entschlossen, der Sache noch einmal selber nachzugehen und hörte sich erst einmal ein längeres Klagelied über die heutige Jugend an, die erst in der vergangenen Nacht wieder singend und mit Bierflaschen in der Hand an ihrem geöffneten Schlafzimmerfenster vorbeigezogen war.

»Ach, Herr Inspektor«, sagte die alte Dame, »ein Verfall der Sitten überall. Haben Sie denn schon gehört, dass unser Herr Bürgermeister verschwunden ist?«

Natürlich kannte Maier die Skandalgeschichte, die momentan die Runde durch das Städtchen machte. Bürgermeister Knauer hatte sich in eine Unternehmerin aus der Partnerstadt Nürtingen verguckt und ließ Amt, Rathaus und Familie zurück, um sich im Schwäbischen der reichen Witwe zu widmen. Da gab es nicht nur die Villa in Nürtingen, sondern auch noch das Ferienhaus im Tessin, in das er nun einziehen würde. Die Freien Wähler, deren Mandat er hatte, hatten das Nachsehen.

»Geld regiert die Welt«, sagte die alte Dame, die ihr schlohweißes Haar am Hinterkopf zu einem Knoten gebunden hatte. Sie trug eine dunkle Hose und einen blauen Pullover. Die alten Leute heute sind aber auch nicht mehr, was sie früher waren. Sie werden immer jünger oder sehen zumindest so aus, dachte Maier, als er sich die alte Dame anschaute. Dann hörte er wieder auf Frau Merker, die wiederholte: »Geld regiert die Welt, das wusste schon meine Mutter.« Sie hatte bemerkt, dass ihr der Kriminalist nicht so recht zuhörte.

Maier nickte zustimmend und dachte, ja, da hat sie nicht ganz unrecht. Aber schließlich wollte er mit der Frau nicht über die Macht des Geldes diskutieren, sondern in Erfahrung bringen, ob sie an jenem Donnerstagabend möglicherweise etwas bemerkt hatte.

»Frau Merker, Sie wissen natürlich, dass wir noch immer dabei sind, den Mord an ihrer Nachbarin aufzuklären. Und da kommt es uns auf jeden Hinweis an. Ist Ihnen vielleicht noch etwas eingefallen, Geräusche, Stimmen? Gab es unbekannte Besucher? Wer waren überhaupt die Besucher von Frau Linsemann?«

»Also die selige Frau Linsemann hatte wenig Besucher. Da waren ihre beiden Kränzeldamen. Frau Müller, die hier in der Weinkellergasse wohnt, und die Schauspielerin Jahnn aus Kembach. Die beiden kamen regelmäßig, aber an jenem Donnerstag habe ich sie nicht gesehen«, sagte Frau Merker.

»Und andere Besucher?«, fragte Maier.

»Gelegentlich kam der ehemalige Postamtsleiter Schneider, den kennen Sie wohl auch. Und dann kam ein jüngerer Mann mit einem dunklen Lederkoffer, der grüßte sehr freundlich, wenn ich ihm im Haus begegnete. Ich weiß nicht, wer das war, vielleicht ein Verwandter? Einmal habe ich die Linsemann gefragt, wer denn da gekommen sei, aber sie winkte ab. Ein Bekannter, sagte sie und bewegte das Gespräch in eine andere Richtung. Ich hatte das Gefühl, sie wollte mit mir nicht über den Besucher reden. Und an jenem Abend? Geräusche, Stimmen? Ach, wenn ich nur nicht so vergesslich wäre. Irgendwann in der vergangenen Woche hatte sie schon Besuch. Da wurde auch ziemlich laut gesprochen. Ob das am Donnerstag war? Ich weiß es beim besten Willen nicht mehr.«

»Waren es zwei Frauenstimmen oder eine Männerstimme und eine Frauenstimme?«

»Herr Polizeirat, ich muss es so sagen: Ich habe keine Ahnung. Wer denkt denn, dass in der Nachbarwohnung jemand ermordet wird, wenn sich da zwei Leute unterhalten. Dann hätte man natürlich allen Vorgängen mehr Aufmerksamkeit gewidmet. Aber so?«

Maier merkte, dass er hier nicht weiterkam. Trotzdem fragte er noch: »Wussten sie, dass die Frau Linsemann gelegentlich Briefmarken ihres verstorbenen Gatten verkaufte?«

»Ich wusste es nicht, aber ich nahm es an. Wovon

hätte sie sonst die schönen Kleider bezahlen sollen? Von ihrer Rente? Das glaube ich kaum. Selbst mit der Witwenrente dazu, nein, damit kann man nicht mehrfach im Jahr bei Lafayette in Berlin einkaufen. Das ist dieses französische Kaufhaus, von dem immer die Prospekte im Briefkasten lagen. Außerdem trank sie auch ein bisschen, und manchmal bot sie mir ein Gläschen an. Champagner, darunter durfte es nicht sein. Und irgendwoher musste das Geld kommen, und es kam wohl schon aus der Briefmarkensammlung.«

Ja, dachte Maier, so weit sind wir auch. Er bedankte sich und stieg die Treppe hinab, wo er der Briefträgerin begegnete.

Vielleicht ein Brief für die Witwe? Da sollte er doch mal nachfragen. Er stellte sich vor und fragte: »Haben Sie etwa Post für die Witwe Linsemann?«

»Ja, hier sind zwei Briefe, aber die kann ich Ihnen nicht so einfach geben, da müssen Sie einen Antrag stellen.«

»Aber angucken darf ich sie wohl mal«, erwiderte Maier und hatte ihr die Briefe schon aus der Hand genommen. Einer kam von dem Kölner Auktionshaus Hartung & Kiefer.

Nachtigall, ick hör dir trapsen, dachte Maier. Den zweiten Brief schickte die Sparkasse Niederstein-Lustthal. Er gab der Postbotin die Briefe zurück und sagte: »Bitte teilen Sie ihrem Dienststellenleiter mit, dass wir diese Briefe beschlagnahmen werden. Sie können sie nicht in den Briefkasten stecken, die Wohnung ist versiegelt.«

Dann stand er schon wieder auf der Weinkellergasse und lenkte seine Schritte zum »Goldenen Schwan«. Ihm war eine Idee gekommen: Vielleicht nächtigte in dem Gasthaus ja der Vertreter des Auktionshauses, dessen Brief er eben gesehen hatte. Und richtig, der Wirt konnte ihm mitteilen, dass heute ein Mann namens Kleinertz aus Köln eintreffen werde, der schon mehrfach hier übernachtet habe.

»Ja, das muss ein Vertreter sein«, sagte der Wirt, »der gab nie Trinkgeld.«

»Also, dann lassen Sie den Herrn Kleinertz mal auch ohne Trinkgeld meine Telefonnummer wissen. Wir erwarten morgen ab neun Uhr seinen Anruf in einer dringenden polizeilichen Angelegenheit.«

Er hatte keine Lust, nochmals ins Amt zu gehen, und so rief er seinen Stellvertreter an. Er berichtete Nöstler von seinen Ermittlungen und wies darauf hin, dass heute oder morgen ein Vertreter einer Briefmarkenauktion anrufen würde.

Dieser Vertreter, Werner Kleinertz von Hartung & Kiefer in Köln, war mittlerweile seit gut anderthalb Jahrzehnten bei der renommierten Auktionsfirma. Als eifriger Briefmarkensammler hatte er vor längerer Zeit den Plan gehabt, eine eigene Briefmarkenhandlung einzurichten. Aber woher sollte er das Kapitel nehmen? Denn Kapital wurde gebraucht, wenn man ein Ladengeschäft eröffnen wollte. So um die dreißigtausend Mark mindestens. Zufällig war er bei einer Auktion in seiner Geburtsstadt Köln, die er regelmäßig besuchte, mit dem Auktionator Hartung ins Gespräch gekommen und erzählte ihm von seinem Plan. Hartung kannte den jungen Philatelisten, der bei den Auktionen seines Hauses auf sorgfältig ausgewählte Stücke bot, und offerierte ihm, doch in seine Firma einzusteigen. Er suche einen guten Einkäufer, der die Angebote besichtigte, die das Unternehmen aus ganz Deutschland bekam. Er bräuchte einen Mann, der sich in der Szene auskannte, denn ein Auktionshaus lebte nicht nur von den zufälligen Einlieferungen, sondern vor allem von Sammlern, die man aufforderte, doch etwas anzubieten. Man musste sich also in Sammlerkreisen auskennen, und Kleinertz wäre ein solcher Mann. So stieg er also in das Geschäft ein, bekam ein ordentliches Grundgehalt, Provision und ein Geschäftsauto. Schon bald hatte er sich als unersetzbare Kraft in dem traditionsreichen Auktionshaus erwiesen, und Hartung sagte mehr als einmal, dass er ihn bei seinem Eintritt ins Rentenalter gern als Nachfolger sehen würde. Übrigens, die Sammlung Linsemann kannte Kleinertz schon, als es den Sammler Linsemann noch gab. Bei Durchsicht der Auktionslisten war ihm dieser Sammler aus dem Erzgebirge aufgefallen, der nach der Wende gelegentlich in Köln bestellte. Bei einer seiner Rundreisen hatte er ihn besucht. Linsemann war, das sah Kleinertz sofort, ein großer Sammler, ein Fachmann, der wusste, worauf es ankam. Seine Sammlungen waren, soweit Kleinertz sie gesehen hatte, einige hunderttausend Mark wert. Aber Linsemann verkaufte nichts oder nur sehr wenig und nur, um andere Marken erwerben zu können. Auf der Hartung & Kiefer-Auktion bot er zumeist auf besondere Einzelstücke aus Island. Er besaß bereits alle Marken Islands gestempelt, aber es gab da etliche, die in der Bewertungsrangordnung nur als »fein« und nicht als »Prachtstücke« galten. Er strebte also eine Qualitätsverbesserung an, und um dafür das nötige Geld in die Hand zu bekommen, gab er andere Sammlungsteile in die Auktion.

So hatten sie sich kennengelernt, Kleinertz und Linsemann, und sie mochten sich. Beide waren sie seriöse Fachleute, die den anderen nicht übers Ohr hauen wollten. Es gab heutzutage nicht wenige Händler, die von der »Schnäppchen«-Theorie lebten und versuchten, ihre besseren Marktkenntnisse gegenüber dem Sammler, dem man etwas abluchsen wollte, auszuspielen. Als

Linsemann im Winter 2000 starb, fuhr Kleinertz sofort zur Witwe, um ihr zu kondolieren und seine Hilfe anzubieten. Die Witwe kannte ihn von etlichen Besuchen. Nun hatte er in der vergangenen Woche mit ihr telefoniert. Sie hatte ihm für die nächste Auktion einige Einlieferungen versprochen, und sie hatten sich für diesen Dienstagvormittag verabredet.

Als er an diesem Nachmittag im »Goldenen Schwan« erschien, freute er sich auf einen ruhigen Abend bei ein, zwei Schoppen Wein. Er hatte heute keine Termine mehr. Doch bald erreichte ihn die Nachricht vom tragischen Tod der Witwe, und der Wirt gab ihm die Karte mit der Telefonnummer von Hauptkommissar Maier. Kleinertz guckte sich die Karte an. Er wusste nicht so recht, wieso man ihn sprechen wollte, am Mordtag hatte er ja weit entfernt in niedersächsischen Gefilden geweilt. Doch er war Geschäftsmann genug, um sogleich einen Gedanken zu haben, dem die drei Kriminalisten noch nicht nachgegangen waren. Wer war denn der Erbe der guten Frau Linsemann? So oft er bei ihr gewesen war, wusste er doch nicht, ob es einen Erben oder ein Testament gab. Das war für ihn nun die wichtigste Frage, denn natürlich wollte er die Sammlung für sein Auktionshaus erwerben, sollte sie von den Erben verkauft werden. Kleinertz saß in seinem Gastzimmer und überlegte, wo man so etwas erfahren könnte, wobei ihm Friseurmeister Oettel einfiel, auch er ein Kunde der Auktion Hartung & Kiefer. Er nahm sein Handy und rief Oettel an. Da die Friseure montags ihren Ruhetag haben, war Oettel bereit, Kleinertz im »Goldenen Schwan« zu treffen.

Der kleine Friseur wehte mit seinem Lodenmantel herein wie ein Wirbelwind: Figaro hier, Figaro dort. Der Mann spielt sich selbst, dachte Kleinertz.

Von Oettel erfuhr er den kompletten Mordhergang, auch die Verdächtigung, die ihn und seinen Zwillingsbruder betroffen hatte. Der Einkäufer hörte sich all das mit Interesse an, bis es ihm schließlich gelang, die ausführliche Schilderung des Friseurs zu unterbrechen und die Frage zu stellen, über die er ungeduldig nachdachte.

»Wer, lieber Oettel, ist denn der Erbe oder wer sind die Erben der Witwe Linsemann?«

»Das ist eine gute Frage. Da haben Sie das Ei des Archimedes gefunden.«

Auch Kleinertz kannte Oettels Neigung zu meist ein wenig durcheinandergebrachten Zitaten.

»Also«, sagte Oettel, »soviel mir bekannt ist, gibt es in Niederstein-Lustthal keine Erben. Linsemann hatte keine Geschwister, aber die Frau hat wohl irgendwo eine Schwester gehabt. Vielleicht existieren Neffen oder Nichten. Ein Testament? Da müsste man Rechtsanwalt Lehm fragen, der ist auch so ein Sammler. Er sammelt Münzen, wenngleich ohne nennenswerten Sachverstand. Nur der Gold- oder Silberwert interessierte ihn, wie er mir einmal verraten hat.«

Sie beschlossen das Gespräch um die Mordgeschichte erst einmal, und Oettel verabschiedete sich von dem Einkäufer, der noch immer keine Antwort auf die Frage nach den Erben hatte. Rechtsanwalt Lehm? Der würde ihm wohl kaum Auskunft geben, er kannte ihn ja nicht mal. Doch Buchstaub, der Antiquar, von dem die Witwe Linsemann ihm ab und an erzählt hatte und der das Nachbarhaus von Linsemanns bewohnte, war für diese Dinge vielleicht eine gute Adresse.

Er bezahlte sein Bier, nahm Hut und Mantel, verließ den »Goldenen Schwan« und bog um die Ecke in die Weinkellergasse ein, um bei Buchstaub zu klingeln. Bald hörte er halblaute Schimpfworte, und die Tür öffnete sich. Doch ehe Buchstaub seinen Spruch von den anzumeldenden Besuchen anbringen konnte, hatte Kleinertz schon den Hut gezogen und sagte: »Entschuldigen Sie, wir haben uns einmal beinahe getroffen, als ich bei der Witwe Linsemann war. Kleinertz mein Name, Auktionshaus Hartung & Kiefer in Köln. Die Witwe Linsemann war eine Kundin unseres Hauses. Bei meinem letzten Besuch haben wir uns gesehen, als ich die Witwe besuchte und Sie gerade auf die Straße traten. Sie hat mir damals Ihren Namen genannt.«

»Ja«, sagte Buchstaub, »aber kommen Sie doch erst einmal rein.«

Kleinertz stolperte über einen Bücherstapel, ehe er das bereits erwähnte Hinterzimmer erreichte, in dem Kater Cicero augenfällig missmutig auf den Besucher blickte, der seine Ruhe störte.

»Darf ich Ihnen etwas anbieten?«, fragte Buchstaub. Kleinertz verneinte: »Ich komme gerade aus dem ›Goldenen Schwan‹.«

»Aber Sie haben nichts dagegen, wenn ich mir einen Portwein genehmige? Da trinke ich dann mal auf ein gutes Ergebnis bei der Sammlung Goldmann«, lächelte Buchstaub.

»Woher wissen Sie denn davon?«

»Man liest doch Zeitung, und ein solches Objekt ist auch unserem Regionalblatt eine etwas längere Meldung auf der Seite ›Vermischtes‹ wert. Die Leute wollen nicht immer nur von betrunkenen Ministern und Windhosen lesen. Also, da stand, dass die berühmte Sammlung Goldmann von dem Kölner Auktionshaus Hartung & Kiefer versteigert würde, zusammen mit der Fünf-Cent-Mauritius, die immer wieder als teuerste Briefmarke der Welt apostrophiert wird. Aber es ist doch wohl nicht die teuerste Marke?«

»Richtig, Herr Buchstaub, ich bewundere Ihre Kenntnisse. Die Sammlung Goldmann verfügt auch darüber hinaus über ein paar echte Leckerbissen: etliche Basler Täubchen und aus der Schweiz die Genfer Doppelmarke. Dazu eine geradezu sensationelle Kollektion der Nummer eins aller altdeutschen Staaten. Darunter vier Sachsendreier, fünfmal die schwarze Bayern Ein-Kreuzer. Aber was langweile ich Sie hier mit einer Aufzählung. Ich bringe ihnen den neuen Katalog vorbei. Im Auto habe ich noch einige Exemplare. Da finden Sie dann alles, wenn es sie interessiert.«

»Natürlich interessieren einen Spezialisten für alte Bücher auch alte Briefmarken, noch dazu, wo ich selbst einmal Sammler war und etliche philatelistische Literatur im Angebot habe.«

»Darüber müssen wir noch reden, vielleicht können wir ja ins Geschäft kommen. Geben Sie Ihre Literatur doch zu uns in die Auktion. Da verkaufen Sie sicher zu besseren Preisen als in einem Katalog, der nur Bücherfreunde erreicht. Aber, Herr Buchstaub, ich komme aus einem anderen Grund. Ich habe seit Linsemanns Tod immer wieder mal Teile der Sammlung in unsere Auktion übernommen, und für morgen war ich mit der Witwe wegen einer neuen Einlieferung verabredet. Nun ist sie von uns gegangen. Das ist auch für das Auktionshaus Hartung & Kiefer bedauerlich. Nun ja, und meine Frage ist deshalb: Wer sind die Erben der Witwe?«

»Das ist eine gute Frage«, sagte Buchstaub. Diesen Satz hatte Kleinertz heute schon ein Mal gehört. »Mein Stammtischfreund Hauptkommissar Maier hat alle möglichen Fragen gestellt, aber diese noch nicht. Wie so oft wird an das Naheliegende nicht gedacht.« Buchstaub lehnte sich in seinem Ledersessel zurück, zog die Portweinflasche heran und goss sich noch einen Fingerbreit ins Glas. »Ja, wer sind die Erben? Ich habe keine Ahnung. Ich kannte die Witwe nicht so gut. Sie war zwar eine Nachbarin, aber mehr auch nicht. Bücher kaufte die alte Dame meines Wissens nicht. Sie kaufte hauptsächlich Kleidung und Champagner, wie man im Städtchen nur zu gut weiß.«

»Man hat mich an Rechtsanwalt Lehm verwiesen«, sagte Kleinertz.

»Ja, das ist ein richtiger Hinweis. Der Mann praktiziert hier schon seit Urzeiten. Wollen wir ihn mal anrufen?«

Buchstaub suchte im Telefonbuch die Nummer, tippte sie ein und ließ sich mit dem Rechtsanwalt verbinden.

»Ja, ich bin's, Buchstaub, aber es geht nicht um meine Vermögensverwaltung. Vielmehr sitzt hier ein Herr Kleinertz, der von einem Auktionshaus für Briefmarken kommt und einen Termin mit der Witwe Linsemann hatte. Der Termin ist ja nun hinfällig geworden, sodass seine Frage lautet: Wer sind die Erben?«

Buchstaub lauschte der Stimme im Telefon und sagte dann: »Sie wissen es auch nicht, aber ein Testament existiert seit einem halben Jahr. Na, gucken Sie doch mal rein!«, dann unterbrach er sich und meinte dann: »Geht also nicht so schnell, ja, ich verstehe. Danke, Herr Lehm.«

Buchstaub legte das Telefon zur Seite und sagte: »Sie haben gehört, was der Rechtsanwalt sagt. Jetzt heißt es, bis zur Testamentseröffnung warten.«

Kleinertz nickte. Er hatte schon des Öfteren mit Erben zu tun gehabt. Das Problem war also nicht sofort zu klären, aber es blieb wichtig für die Suche nach dem Mörder. Mehr jedoch noch für ihn und seine erhofften künftigen Beziehungen zur Sammlung Linsemann.

Kleinertz nahm Mantel und Hut und sagte: »Also überlegen Sie es sich, ob wir nicht in philatelistischer Literatur kooperieren können.«

Buchstaub nickte: »Ja, da sollten wir mal sehen, was ich zu ihrer Auktion geben könnte. Vielleicht morgen Nachmittag. Jetzt kommt gleich einer meiner Stammkunden, große Goethe-Sammlung. Solche Sammler muss man haben, Goethe und kein Ende.«

Sie lachten, und Buchstaub begleitete seinen Gast zur Tür.

Maier saß nun schon das zweite Mal innerhalb von drei Tagen in einem Restaurant. Sie hatten sich in einem Lokal am Rande von Kembach getroffen. Maier war mit dem Taxi gekommen, da sich heute seine nette Begleiterin als Chauffeur für die Heimfahrt angeboten hatte. Ambiente und Küche des Restaurants waren italienisch inspiriert. Neben der französischen Küche liebte Maier am meisten die italienische: Pasta, Salat, Olivenöl, Fisch. Deshalb hatte er auch das »Verona« vorgeschlagen, wo er den Wirt Giulio kannte, der natürlich – ganz Italiener – in Freudenschreie ausbrach, als Maier kam.

»Mamma mia, ein Wunder ist geschehen, mein alter Freund der große Commissario hat den Weg in diese kleine Trattoria gefunden.« So ging es noch eine Weile weiter. Maier liebte diese italienischen Szenen. Jedem Gast wurde das italienische Temperament des Wirts zum Essen hinzuserviert. Ebenfalls liebte Maier den Barbaresco, den Giulio ausschenkte. Er ließ sich einen Schoppen bringen, ehe er die Schiefertafel an der Wand studierte, was die Küche an diesem Tag zu bieten hatte. Ulla hatte gesagt: Ich überlasse alles Ihnen. Es war einfach angenehm, mit ihr hier zu sitzen. Sie trank ein Pellegrino, und beide aßen Schwertfisch, davor Salat und danach ein Stück Käse. Zum Abschluss tranken sie Espresso.

Beim Schwertfisch fragte Ulla: »Was macht denn der Linsemann-Mord?«

Maier stöhnte und sagte: »Liebe Ulla, wenn ich mir diese Anrede erlauben darf, lassen Sie uns beim Essen einmal nicht von Morden reden. Die Welt ist schlecht, das wissen wir, aber es gibt immerhin ein paar Plätze, an denen es sich ganz angenehm leben lässt. Das ›Verona‹ von Giulio gehört dazu. Apropos Verona, waren Sie schon mal dort?«

»Natürlich nicht, die Stadt kenne ich nur aus der Literatur: die Liebenden von Verona, Romeo und Julia. Ich habe das Stück gelesen und auch eine Verfilmung gesehen.«

»Bravo«, sagte Maier. »Zur Belohnung sollten Sie mal nach Verona fahren. Giulios Bruder hat ein kleines Hotel, und er hat mir schon mehrfach angeboten, dort ein paar Tage Urlaub zu machen. Von da aus nach Ravenna und Venedig? Wie wäre es mit einer Septemberreise?«

»Meinen Sie das ernst?«, fragte Ulla und schaute den Kriminalisten mit großen Augen an.

»Ganz ernst«, sagte Maier, der gar nicht wusste, was plötzlich in ihn gefahren war. Was er da vorschlug, war ja nicht nur eine Reise nach Verona, sondern in seine Lebensgeschichte.

»Also gut, ich sage ganz schnell ja, ehe Sie es sich anders überlegen«, sagte Ulla. Sie lächelte und hob das Wasserglas: »Auf unsere Reise!«

Als Maier eine halbe Stunde später aus dem Auto ausstieg und sich verabschiedete, gab er Ulla die Hand und sagte: »Es war ein sehr schöner Abend.«

Kein Kuss, keine Berührung. Wahrscheinlich fürchteten beide, dass diese Beziehung sehr schnell zu Ende gehen könnte, wenn sie zu schnell in Bewegung käme. Gebranntes Kind scheut das Feuer, dachte Maier. Und tatsächlich war da ja plötzlich so etwas wie ein Flämmchen, das ihrer beider Leben umspielte und das sehr schnell verlöschen konnte, wie man mit ein wenig romantischer Attitüde sagen mochte. Doch nun musste er von der Romantik in die Realität zurückkehren. Er schaltete noch mal seinen Computer ein und las die Mail, die ihm einen Termin mit dem Vertreter der Auktion ankündigte, morgen um neun Uhr.

Dienstag, 20. Juli

An diesem Morgen war Hauptkommissar Maier schon früh wach. Er schlug die Augen auf und überlegte, ob er den gestrigen Abend eventuell nur geträumt hatte. Aber auf dem Nachttisch lag sein Reiseführer Italien. Den hatte er sich, als er nach Haus kam, noch hingelegt, war dann aber schnell eingeschlummert. Verona also und Venedig und Ulla, das war ja fast wie in einer Geschichte der Rosamunde Pilcher.

Er sprang aus dem Bett unter die Dusche und war schon gegen acht Uhr in der Stadt. Im Café Nordlicht ließ er sich ein Frühstück servieren, denn der heimische Kühlschrank war so sauber wie leer.

Er war noch beschwingt von seinem Verona-Plan, und so merkte er erst, als sich Rechtsanwalt Lehm einen Stuhl heranzog, dass dieser etwas zu ihm gesagt haben musste. Maier entschuldigte sich für seine geistige Abwesenheit.

»Kein Problem«, sagte Lehm, »du lebst wahrscheinlich im Linsemann-Mord, der ja wie ein Spinnennetz die halbe Stadt überzieht.«

Lehm und Maier kannten sich seit vielen Jahren. Zum einen hatten sie in beruflichen Dingen gelegentlich miteinander zu tun, zum anderen waren beide in jüngeren Jahren Volleyballer in der SG Niederstein-Lusthal gewesen, und schließlich, wer kannte sich nicht in einer Kleinstadt?

»Lass dich nieder, böse Menschen essen keine Frühstückseier. Der Linsemann-Mord als Stadtereignis? Na, ich weiß nicht«, sagte Maier.

Der Rechtsanwalt erzählte von Buchstaubs Anruf. Auch Maier wollte nun wissen, wann die Testamentseröffnung sein würde.

»Du hast deine paar juristischen Grundkenntnisse doch wohl nicht ganz vergessen. Öffnen kann ich das Linsemann-Testament natürlich nur, wenn das der Staatsanwalt veranlasst. Andernfalls geht es ans Nachlassgericht, das dann die Erben ausfindig macht und eine Eröffnung ansetzt.«

»Und das kann so zwei, drei Jahre dauern?«

»Das ist richtig. Eher drei als zwei.«

Beide lachten, und Maier fragte, ob Lehm eine Ausnahme machen könne, er wisse doch sicherlich, wer die Erben seien. Doch Lehm, der schon das zweite Brötchen aus Maiers Brotkorb aß und die zweite Tasse Kaffee trank, schüttelte den Kopf: »Geh zum Staatsanwalt.«

Dann redeten sie über die Flucht des Bürgermeisters ins Schwäbische und amüsierten sich über die vertrackte Situation, die sich für die Lokalpolitik daraus ergab. Ganz sicher war das ein Tiefschlag für die Beliebtheit der Freien Wähler, denen es bisher gelungen war, all das Wahlvolk um sich zu versammeln, das den etablierten Parteien misstraute. Nun sah alles danach aus, als hätte Mathis Berg von den Grünen eine Chance, auf den ersten Rathaussessel zu kommen. Aber wie sie beide Berg kannten, würde der nicht wollen. Berg war ein engagierter Musikfan, dessen Vorliebe für die Rock- und Popmusik Rechtsanwalt Lehm keineswegs schätzte. Und dieser Berg sollte dann jeden Tag mit Krawatte und Sakko ins Rathaus gehen? Er hatte es doch jetzt in seinem Musikladen so angenehm und konnte dort auch das allgemein angestrebte Rauchverbot problemlos umgehen. Bergs Passion für Karo-Zigaretten war allgemein bekannt. Kurz und gut, es konnte sein, dass es im Lokalen eine gewisse politische Belebung gab.

Ehe Dr. Lehm einen weiteren Kaffee auf Maiers Kosten bestellen konnte, verlangte der die Rechnung und erhob sich. Sein Besucher wartete wahrscheinlich schon.

Nöstler war mittlerweile auf dem Weg nach Kembach, wo er die Schauspielerin Jahnn aufsuchen wollte. Diesen Auftrag hatte Maier ihm noch per E-Mail übermittelt.

Als Nöstler in die Kaßbergstraße in Kembach einbog, brauchte er nicht lange nach dem Haus Nummer 12 zu suchen. Es war eine hübsche kleine Villa, die wohl in den dreißiger Jahren erbaut worden war. Die Dame, die öffnete, war wirklich eine Dame. Sie trug nicht wie die Mehrzahl der hiesigen Frauen zur Vormittagsstunde je nach Alter entweder Jeans oder eine Kittelschürze, sondern elegante schwarze Hosen und einen blauen Pulli. Sie schaute ihn nicht nur neugierig, sondern sogar ein wenig überlegen aus ihren großen, dunklen Augen an. Nöstler zeigte seinen Ausweis, und die Dame Jahnn, mit der er es hier zu tun hatte, bat ihn ins Haus. Im Flur hingen etliche Fotos an den Wänden, die das Schauspielerleben der Jahnn illustrierten. Auch im Wohnzimmer standen auf einem kleinen Sekretär ein paar Fotos. Die Dame dirigierte Nöstler in einen Sessel am Fenster und wusste natürlich, wie sie gleich sagte, dass der Kriminalkommissar – ach, wie war doch gleich sein Name? – sie wegen des mutmaßlichen Mordes an ihrer Freundin Linsemann zu sprechen wünschte.

Nöstler, der sich ein stilles Wasser vorsetzen ließ, hatte es nicht ganz so eilig. Er erkundigte sich erst einmal, ob sie noch am Theater engagiert sei. Aus den Mitteilungen

Buchstaubs war ihm zwar klar, dass sie im Rentenalter sein musste, aber was bedeutete das schon für Künstler, für Schauspieler? Wer sollte schließlich den Attinghausen im »Tell« spielen oder den »Nathan«? Ein junger Spund? In einem Stück von Dürrenmatt gab es die alte Dame ja sogar wortwörtlich. Nöstler war stolz, über derartige Theaterreminiszenzen zu verfügen. Hatte er also doch nicht umsonst jahrelang im Gestühl des Kembacher Theaters gesessen.

»Nein«, sagte die Dame Jahnn, und ihr Gesicht bekam einen harten Ausdruck, »die neuen Herrschaften dort wollten mich nicht mehr. Und ich bin nicht einmal böse darüber.« Ihr Gesichtsausdruck offenbarte allerdings, dass wohl eher das Gegenteil der Fall war.

»Braucht man denn keine weiblichen Darsteller?«, fragte Nöstler, die Altersfrage diplomatisch umgehend.

»Man braucht sie schon, aber wenn der Herr Intendant gleich einen ganzen Harem mitbringt, von der eigenen Ehefrau bis zur Geliebten und Exgeliebten, dann müssen andere Schauspielerinnen weichen.«

Nöstler wollte dieses Thema gar nicht weiter verfolgen, deswegen nickte er verständnisvoll und fragte die Dame Jahnn nun nach ihren Ansichten zum Linsemann-Mord. Sie sah ihn eine Weile an und sagte dann zögernd: »Ja, was soll ich Ihnen erzählen? Ich war ja nicht dabei. Wer kann sie umgebracht haben? Ich stimme mit Frau Müller überein, dass es der Mörder wohl auf Briefmarken abgesehen hatte. Weshalb sonst hätte man die alte Dame umbringen sollen?«

»Ja, weshalb sonst?«, sagte Nöstler.

Die Jahnn schaute ihn eine Weile an, wiederholte dann »Ja, weshalb sonst?« und fügte hinzu: »Es gibt doch wohl niemand, mit dem Frau Linsemann in Unfrieden lebte, oder irre ich mich da?«

»Hatten Sie nicht auch einmal einen Streit mit ihr?«, fragte Nöstler.

Die Dame Jahnn sprudelte los, ganz und gar nicht damenhaft: »Das können Sie nur von der Müller haben, die allenthalben Gespenster sieht und aus einer kleinen Meinungsverschiedenheit ein Mordmotiv drechselt. Ja, ich hatte Streit mit Frau Linsemann, weil ich ihrem Verblichenen angeblich zu kokett begegnet wäre. Aber, lieber Herr Kommissar, wie war doch gleich der Name, Nöstler, ja, selbstverständlich, dieser Linsemann war ein freundlicher Kerl, aber eben ein Briefmarkensammler. Was hätte ich mit dem anfangen sollen? Da hatte ich doch ganz andere Möglichkeiten – und habe sie noch …«

Nöstler sagte lächelnd: »Das bezweifle ich nicht, muss Ihnen aber doch noch eine Frage stellen. Und zwar werden alle, die eine gewisse Nähe zu dem Mordopfer hatten, danach befragt: Wo waren Sie vergangenen Donnerstag Abend?«

»Aha, das Alibi. Lassen Sie mich nachdenken … Donnerstag, ja, da war ich hier. Ich kam am späten Nachmittag aus der Stadt und habe abends hier gesessen und lange mit meiner Schwester in Berlin telefoniert. Das können Sie nachprüfen.«

»Wenn es Ihnen nichts ausmacht, geben Sie mir bitte die Telefonnummer Ihrer Schwester. Nur für alle Fälle«, setzte er hinzu.

»Was heißt, nur für alle Fälle?«

»Nun, das heißt, wir müssen es in den Akten ausweisen.«

Die Dame Jahnn suchte ein kleines ledernes Büchlein auf dem Spiegeltisch und schrieb eine Nummer auf einen Zettel. »Ich hoffe, das genügt«, sagte sie.

Nöstler bedankte sich und erhob sich aus seinem Sessel. Erst jetzt kam er dazu, einen Blick auf das Zimmer zu werfen. Nichts Außergewöhnliches, Sesselgarnitur und Sofa aus dem Sortiment eines großen schwedischen Möbelhauses, ein kleiner alter Spiegeltisch und die Personenkultgalerie an den Wänden. Aber das musste bei Schauspielern wohl so sein. Er bedankte sich und wurde ohne größere Abschiedsfloskeln entlassen. Die Tür schlug zu, und Nöstler wurde das Gefühl nicht los, dass er entweder nicht die richtigen Fragen gestellt oder nicht die richtigen Antworten bekommen hatte. Vielleicht musste er die Richtung der Jahnn genauer verfolgen.

Draußen brütete der Erzgebirgssommer nun schon die zweite Woche. Es war wärmer als in manch anderem Jahr. Klimawechsel? Maier war da skeptisch. Der letzte Winter war so schneereich gewesen wie selten im vergangenen Jahrzehnt. Und nun also der Sommer, eine unangenehme Schwüle. Melzer hatte das Fenster geöffnet, aber der dünne Luftzug brachte keine Linderung. Maier blätterte in einer Statistik, die ihm der Alte, wie sie den Chef der Behörde nannten, auf den Tisch hatte legen lassen. Es handelte sich um eine Liste aller Tötungsdelikte der letzten beiden Jahre. Von den zwölf Fällen waren neun in weniger als zwei Wochen aufgeklärt worden. Nur ein Mord an einem Arztehepaar war völlig im Dunkeln geblieben, obwohl eine Sonderkommmission ein halbes Jahr lang intensiv ermittelt hatte. Maier dachte, dass hier nur noch der Zufall eine Chance bot, den Mörder zu finden.

Maier trank einen Schluck Kaffee aus seiner gelben Keramiktasse. Er legte Wert darauf, dass nur er diese Tasse benutzte. Vor ein paar Jahren hatte er sie vor seiner Wohnung mit einem Zettel – »Danke« – gefunden, wusste aber nicht, wer der Danksager war und wofür man ihm dankte. An diese Begebenheit wurde er so an jedem Tag im Dienst erinnert.

Nun wurde ein Besucher angekündigt, auf den sie schon gewartet hatten.

Kleinertz, der von Melzer an der Tür abgeholt worden war, schaute sich in dem karg möblierten Raum um und dachte: Na, so gut haben es die Beamten auch wieder nicht. Ein krisenfestes Gehalt zwar, aber das Briefmarkengeschäft war auch ziemlich krisenfest. Und so sagte er nach der Begrüßung: »Also, das ist ja wirklich eine Kiste, wenn ich das mal ganz direkt sagen darf. Meine beste Quelle in dieser Stadt ist versiegt. Das nennt man Künstlerpech.«

Melzer besah den gut gekleideten Herrn und überlegte, ob gerade jetzt vielleicht der Mörder vor ihnen stand. Möglicherweise hatte er dadurch das bekommen, was sonst unerreichbar geblieben wäre. Melzer bot dem Auktionator einen Platz auf dem Delinquentenstuhl an, sodass die Polizisten ihn im Blickfeld hatten. Kleinertz nahm ungeniert Platz und schaute ein wenig sehnsüchtig auf Maiers Tasse. Der verstand und bot ihm einen Kaffee an. Melzer holte ihn aus dem Automaten auf dem Gang.

Maier fragte derweil: »Herr Kleinertz, Sie sind einer der wenigen Leute, die nicht nur die ermordete Linsemann, sondern auch die Briefmarkensammlung ihres verstorbenen Gatten kannten. Wüssten Sie einen Grund, oder sagen wir besser, könnte es in dieser Sammlung etwas gegeben haben, das ein Mordmotiv abgibt?«

Kleinertz lächelte ein wenig: »Sie spielen auf den Sachsendreier an. Ich habe ja schon mit Friseurmeister Oettel gesprochen. Der hat Ihnen wohl auch gesagt, dass dieser Sechserstreifen, wenn er denn gestohlen sein sollte, kaum zu verkaufen ist. Ein solches Unikat kann nicht wie ein simpler Sachsendreier auf einer Auktion angeboten werden, dazu ist das Objekt unter Fachleuten einfach zu bekannt. Einen solchen Sechserstreifen hatte nur Linsemann, niemand anders. Es gibt nur noch ein ähnliches Objekt mit dem Sachsendreier, das ist ein Bogen, der übrigens hier ganz in der Nähe im Postamt Eibenstock um die vorige Jahrhundertwende gefunden wurde. Kennen Sie die Geschichte? Nein? Dann will ich sie Ihnen bei Gelegenheit erzählen, sollte es diese Gelegenheit mal geben.« Nöstler, der inzwischen aus Kembach zurück war, mischte sich ins Gespräch: »O doch, ich kenne die Geschichte. Ich habe sie bei, warten Sie mal, wie hieß das Buch doch gleich, o ja, bei Karger-Decker gelesen.«

Kleinertz warf einen anerkennenden Blick auf den Kriminalisten und sagte: »Donnerwetter, Sie sind nicht schlecht gerüstet. Und noch etwas, da Sie sich vielleicht nicht für Briefmarkengeschichte an sich interessieren: Ich denke, der Sechserstreifen von Linsemann war nicht der Mordanlass. Es sei denn, ein verrückter Sammler, und die gibt es, wollte das Stück in seine Sammlung bekommen. Oettel, den Sie ja bereits konsultiert haben, ist sicher ein passionierter Sammler, aber, erlauben Sie mir die Bemerkung, er ist doch nicht der Mann, einer alten Dame den Hals umzudrehen.«

Maier saß eine Weile still an seinem Schreibtisch und spielte mit einem Bleistift. Dann sagte er: »Herr Kleinertz, noch eine Frage: Warum sind Sie eigentlich gestern nach Niederstein-Lustthal gekommen?«

»Ganz einfach. Die Witwe verkaufte aus der großen Sammlung etwa einmal jährlich einen bestimmten Bereich. Sie gab das Geld gern aus und war sich der Tatsache durchaus bewusst, dass die Sammlung Linsemann irgendwann ausverkauft sein würde. Deshalb verkaufte sie sehr sorgsam und, auch auf unsere Beratung hin, immer nur kleine Teile. Diesmal hätten wir die schöne Island-Sammlung übernehmen sollen. Ich kam, um sie zunächst in Ruhe zu besichtigen und zu schätzen. Ich kenne sie zwar schon, aber ohne genaue Prüfung geht es nicht. Der Schätzwert liegt wohl bei zirka zwanzigtausend Euro, und das hätte wohl auch der Zuschlag in der Auktion gebracht. Die Marken der Insel aus Feuer und Wasser sind ein beliebtes Sammelgebiet. Nun hoffe ich, dass man die Erben bald findet, und die verkaufen dann hoffentlich an uns.«

Maier saß nachdenklich an seinem Tisch, und Melzer schrieb wie immer in seiner Kopistenschrift die wichtigsten Aussagen des Herrn Kleinertz auf seinen Protokollblock.

Maier beendete das Gespräch mit den Worten: »Also, seien Sie bedankt, Herr Kleinertz, ich denke, das war's erst mal. Falls wir noch Fragen haben, melden wir uns. Wir haben ja Ihre Karte mit Handynummer.«

Kleinertz verabschiedete sich, und Melzer brachte ihn zur Ausgangstür. Als er zurückkam, saß Maier noch immer an seinem Schreibtisch und sagte: »Was bedeutet das?« Aber er erwartete keine Antwort von seinen Mitarbeitern und redete laut für sich: »Ich ahne: Wir sind auf dem Holzweg. Ich denke, unsere These, dass dieser Mord mit der Briefmarkensammlung Linsemann zu tun hat, ist vielleicht ein Irrtum. Wir können noch mal ganz von vorne anfangen.«

Melzer drehte nachdenklich seinen Bleistift hin und her, Nöstler schaute seinen Vorgesetzten überrascht an und sagte dann: »Und wo sollen wir nun ansetzen?«

»Das ist hier die Frage, wie es bei Shakespeare heißt.«

Maier nahm jetzt seine Mappe, er musste zum Rapport. Der Alte wollte wissen, wie weit die Ermittlungen gediehen seien. Nun stand Maier vor dem Problem, dass er nur sagen konnte, wohin sich die Mördersuche nicht bewegte. Aber das war ja auch schon was.

Der Alte saß in einem Eckzimmer der obersten Etage. Er war nicht »alt«, sondern ein Mann Mitte vierzig, den man aus der Landeshauptstadt hierher versetzt hatte. Polizist der ersten Stunde, kein Wessi, sondern ein Ostler, der 1990 die bayrische Polizeischule besucht hatte. Er kam über Stationen in Bayreuth und Dresden nach Niederstein-Lustthal. Und wie es aussah, war das wohl kaum der letzte Dienstplatz des ehrgeizigen Mannes.

Maier klopfte an die Tür, die offen stand. Der Chef hatte das amerikanische Prinzip der offenen Bürotüren in ihrem Amt eingeführt. Nur wenn es vertrauliche Beratungen, Verhöre oder Ähnliches gab, durften die Türen geschlossen werden. Auch die Angewohnheit, die Beine auf den Tisch zu legen, hatte er von einem vierwöchigen Praktikum in der Nähe von Philadelphia mitgebracht. Das war jedoch etwas, das Maier, der auf konservative Umgangsformen hielt, missfiel. Heute saß der Alte am Schreibtisch, den Blick auf den Computerbildschirm gerichtet.

Polizeirat Werner, der Alte also, wohnte übrigens in einer eleganten Etagenwohnung in der Weinkellergasse. Es war nicht so genau abzusehen, ob seine Familie, die noch in Dresden lebte, bis der Sohn das Abitur hinter sich hatte, so Werner, dann tatsächlich nach Niederstein-Lustthal ziehen würde. Werner hatte einen Freund im Bundeskriminalamt Wiesbaden, der danach Ausschau hielt, welche Ausschreibung den Werner vielleicht nach Wiesbaden befördern könnte.

Maier trat ein, und Werner hieß ihn durch eine lässige Handbewegung auf dem Besucherstuhl Platz nehmen. Bei diesem Stuhl handelte es sich um einen roten Sessel, den Werner, leidenschaftlicher Leser der Kriminalromane von Rex Stout, bei einer Auktion gekauft und gegen den Widerstand des Leiters der Allgemeinen Verwaltung im Büro platziert hatte, weil er aussah wie jenes Möbel, das der korpulente Detektiv Nero Wolfe seinen Besuchern anbot.

»Also, Maier, wie weit sind Sie nun mit dem Linsemann-Mord?«, fragte Werner. »Immerhin ist fast eine Woche vergangen. Sie wissen so gut wie ich, was das bedeutet.«

Die Spuren erkalten, sagen die Kriminalisten, die Geschichten verlieren sich in Erinnerungen.

Hauptkommissar Maier berichtete vom Ermittlungsstand und resümierte am Ende seiner Litanei: »Nach all den Unternehmungen sehe ich folgenden Handlungsbedarf: Erstens müssen wir die Öffnung des Testaments durch den Staatsanwalt beantragen. Zweitens wird es nötig sein, allen Spuren nachzugehen, die nicht direkt in die Briefmarkensphäre führen. Drittens führt die Tatsache, dass der Antiquar Buchstaub den Friseurmeister Oettel gesehen haben will, der aber nach Lage der Dinge an jenem Abend nicht am Haus der Linsemann gewesen sein kann, zu der These, dass hier jemand eine Spur gelegt hat, die von einer anderen Spur ablenken soll.«

Werner nickte. Aber wer hatte die Spur gelegt? Die Antwort auf diese Frage wäre vermutlich die Lösung des Falles.

Polizeirat Werner empfahl seinem Hauptkommissar, umgehend mit dem Staatsanwalt zu reden, um an das Testament heranzukommen. Maier stand auf und wollte sich schon verabschieden, als der Polizeirat hinzufügte, dass er sich mit der Aufklärung des Falls auch deshalb beeilen solle, weil er für seine Vertretung Anfang August vorgesehen sei. Furchtbar, dachte Maier, wenn er etwas hasste, dann eine solche Funktion. Er erwiderte, den Antrag zur Testamentseröffnung sofort zu stellen.

Werner hatte sich schon wieder seinem Computer zugewandt. Maier hatte gerade seine Internetsuche nach einer leichten digitalen Reisekamera gestört.

Maier ging zurück in sein Büro. Er erblickte Melzer, der wie üblich mit Bleistift und Papier Beschäftigung demonstrierte. Auf seine Frage, was er mache, antwortete Melzer, er würde den Bericht über sein Gespräch mit der Nachbarin »ins Reine« schreiben. Maier schüttelte den Kopf. Dann wählte er die Nummer der Staatsanwaltschaft und erbat sich dort einen umgehenden Termin. Ja, in einer Stunde könne er kommen.

Während im Polizeiamt die Untersuchungen ihren Lauf nahmen, saß Mathis Berg, zweiter Bürgermeister, im Dienstzimmer seines Vorgängers und bedachte auf andere Weise die Dinge, die da kommen könnten. Vor allem überlegte er, wie jener Situation zu entgehen sei, die ihn für längere Zeit auf diesem braunen Ledersessel festhalten würde. Momentan hatte er eine Aushilfe hinter den Ladentisch seines Musikshops gestellt. Das gewählte Amt verlangte von ihm, den verschwundenen Bürgermeister zu vertreten. Zwar war der Beigeordnete Schmidtchen weitaus besser mit den verschiedenen Amtsdingen vertraut, aber das letzte Wort hatte eben doch der gewählte Amtsinhaber.

Berg wartete auf den Redakteur Huber aus der Hauptredaktion der »Kembacher Zeitung«, die vor längerer Zeit einmal »Volkswacht« geheißen hatte, dann zur »Volksstimme« mutiert war und schließlich mit dem Übergang in den Besitz einer niederrheinischen Verlegerfamilie ihren ganz einleuchtenden eigentlichen Gründernamen wiederbekommen hatte.

Huber, ein Import aus der Pfalz, war Redakteur in der Reportergruppe und ausgemacht misstrauisch. Ständig wähnte er sich von Feinden umgeben. Reichte ihm der Chefredakteur beim zufälligen Treffen auf dem Gang des Redaktionsgebäudes nicht die Hand, war Huber zutiefst beunruhigt. Bekam er einen kritischen Leserbrief mit Kommentar des Geschäftsführers auf den Tisch, hatte er schlaflose Nächte. Heute wollte er sich der Liebesflucht des Bürgermeisters widmen.

Berg saß im Sessel des Vorgängers, als Huber eintraf. Sie kannten sich von mancherlei kulturellen Events, obwohl Huber am liebsten vor seinem Fernseher saß. Die Sekretärin brachte gleich einen Aschenbecher, denn auch Huber rauchte, allerdings Marlboro, nicht Karo wie Berg. Der verschwundene Vorgänger hatte ein Rauchverbot für das Rathaus erlassen. Berg kümmerte sich nicht darum, er öffnete lediglich einen Fensterflügel, damit der Rauch nicht allzu heftig in die offen herumliegenden Akten kroch.

»Hat sich der Bürgermeister a. D. inzwischen gemeldet?«, fragte Huber, als er sich einen Stuhl herangezogen hatte.

»Na ja, er hat die notwendigen Präliminarien vollzogen, also Übergabe von Amtssiegel und so weiter.«

»Ist er für einen Mann, der ein solches Amt bekleidet, nicht extrem unzuverlässig?«

»Na ja, je nachdem, wie man es nennen will. Liebe, ach, Liebe, du große Zaubermacht, so heißt es doch irgendwo in der Musik. Also, lieber Huber, was wollen Sie von mir wissen?«

»Alles«, sagte Huber, »alle geheimen Hintergründe aus dem Leben von Richard Kimble.«

»Richard Kimble, wie kommen Sie denn darauf?«

»Erinnern Sie sich nicht an jene uralte Fernsehserie ›Richard Kimble – Auf der Flucht‹?«

»Nun, wenn Sie das Flucht nennen wollen?« Berg erzählte das Wenige, was er über die Reise seines Richard Kimble ins Schwäbische wusste. »Aber«, sagte er am Schluss, »unser Kimble ist ein gewiefter Jurist, lassen Sie es sich ja nicht einfallen, Sachen zu schreiben, gegen die er gerichtlich vorgehen kann.«

Huber fuhr ein gewaltiger Schreck in die Hose, der dort einen kleinen Fleck hinterließ: Jurist – Gericht! Wenn das auf ihn zukam, sah er schon seinen Geschäftsführer mit dem sprichwörtlichen blauen Brief. Vielleicht doch keinen Artikel über Richard Kimble?

»Eventuell sollte ich lieber über den Linsemann-Mord und die Briefmarkensammler schreiben«, dachte er laut. »Wie weit sind denn die Ermittlungen gediehen?«

»Lieber Huber, Sie kennen doch unseren Kriminal-Maier, der redet nicht über ungelegte Eier. Reimt sich ja direkt«, setzte Berg hinzu.

Huber zündete sich noch eine Marlboro an, denn in der Redaktion durfte er nur im Büro des Geschäftsführers rauchen, der auf seine Gauloises nicht verzichten wollte. Aber wie oft wurde er schon in dessen Büro gebeten? Ob er einmal versuchen sollte, mit Kriminal-Maier ins Gespräch zu kommen? Er verabschiedete sich von Berg, der noch immer auf dem Sessel saß, auf dem er zukünftig nicht sitzen wollte.

Das Wichtigste bei uns ist Beinarbeit. Man muss ständig irgendwohin gehen, und deshalb kommt man nicht zum Nachdenken, sinnierte Maier, während er den Berg hinanstieg, um ins Gericht zu kommen. Hier nahm er den Fahrstuhl, obwohl nur zwei Stockwerke zu überwinden waren, um die Staatsanwaltschaft zu erreichen. Oberstaatsanwalt Knorzig wusste schon Bescheid. Seine Erscheinung verhielt sich konträr zu seinem Namen: Er war ein schlanker, geradezu dünner Mann, der, wie Maier im kleinen Kreis zu sagen pflegte, zur Hosenscheißer-Fraktion gehörte. Immer hatte er Angst, einen Haftbefehl auszufertigen, es könnte ja sein, der Verdächtige erwies sich als unschuldig, und dann hätte er die Presse am Hals. Behauptete er jedenfalls. Tatsächlich kümmerte sich die Presse kaum um Staatsanwalt Knorzig, und vielleicht war auch dies sein Leiden.

Jetzt fragte er jedenfalls, ob es denn unbedingt notwendig sei, eine Einsicht ins Testament zu beantragen.

»Ja«, sagte Maier, »ich denke, wir kommen sonst nicht weiter. Ich habe Ihnen den Stand der Ermittlungen gerade skizziert. Diese verfluchten Briefmarken, die machen mir das Leben schwer. Wissen Sie eigentlich, Knorzig, dass diese ganze Philatelie nicht nur ein bedeutender Wirtschaftszweig ist, sondern auch ein beträchtliches kriminelles Potential in sich birgt? Jede Menge Fälschungen dieser gezähnten oder geschnittenen Klein-Grafiken aller Art, und zwar schon seit Jahrzehnten, außerdem Diebstahl und sogar Morde.«

»Also gut«, sagte Knorzig, »hier haben Sie das Papier. Sagen Sie«, fuhr er fort, »liegt es nicht auf der Hand, dass unter diesen Sammlern der Täter zu suchen ist?«

Maier schüttelte den Kopf: »Ob die Sache wirklich mit den Briefmarken zu tun hat, da bin ich mir schon nicht mehr sicher. Allerdings ist mir noch unklar, in welche Richtung sonst wir ermitteln sollen. Jedenfalls fehlt der Sechserstreifen des Sachsendreier in dem Sammlungsteil, den wir durchgesehen haben. Und jetzt will ich mein Glück beim Nachlassgericht versuchen.« Er gab Knorzig die Hand, der ziemlich unglücklich aussah.

Großartig, dachte Maier, um lange Erklärungen bin ich heute herumgekommen, es handelte sich ja auch nicht um einen Haftbefehl, sondern lediglich um eine Genehmigung zur Einsicht in das Testament.

Auf der Treppe traf er Gerichtsdirektor Beil – Hackebeil im Stammtischrundenjargon, was ein wenig absurd war, weil es keinen gemütlicheren Juristen als diesen bayrischen Import gab, der als Zeichen seiner Zugehörigkeit zum Sächsischen eine Glashütter Uhr von Lange & Söhne trug. Auch Hackebeil wollte wissen, wie es um den Fall Linsemann stand. Maier entledigte sich dieser Pflicht mit der Geduld, die er sich für solche Gelegenheiten zugelegt hatte. Dann konnte er endlich in seinen Peugeot steigen und fuhr dem eigenen Amt entgegen.

So also begann der Tag. Maier mühte sich um eine Testamentseröffnung. Nöstler überlegte, ob er nochmals Buchstaub aufsuchen sollte. Und Melzer band sich mühsam eine alte schwarze Krawatte um, denn Maier hatte ihn dazu verdonnert, unauffällig an der Beisetzung der Witwe teilzunehmen.

Im Antiquariat Buchstaub wurden noch immer Steuern geprüft. Buchstaub saß mit seinem Steuerberater Günther und dem Steuerprüfer Weimann mittlerweile seit neun Uhr morgens in dem rumpeligen Ladenraum bei der sogenannten Abschlussbesprechung der Steuerprüfung. Antiquar Buchstaub hatte sich nicht dazu hinreißen lassen, den Steuerprüfer in seine sonnige Arbeitsstube zu bitten. Nicht einmal Kaffee oder Tee bot er an, das könnte ihm ja als Beamtenbestechung ausgelegt werden. Sollte der in ein fahles grünes Hemd gewandete Steuermensch doch seinen eigenen Kaffee trinken, den er in seiner Amtsthermosflasche mit sich führte. Man war ein paar kleinere Posten durchgegangen, für die Buchstaub vergessen hatte, Mehrwertsteuer abzuführen, und es kam auch die Reise nach Paris mit all ihren Kosten nochmals zur Sprache.

»Ich will Ihnen etwas sagen, Herr Kleinmann«, begann Buchstaub, der den Namen des Steuerprüfers absichtlich verunstaltete. Das waren seine kleinen Nadelstiche gegen die Staatsgewalt. »Ein mir befreundeter Journalist hatte mit der Steuerprüfung Ärger, weil sie ihm die Kosten für eine Spanienreise nicht als berufsbedingte Ausgaben anerkennen wollten. Der Journalist war zwar in Spanien gewesen, hatte darüber aber nichts geschrieben. Als der Prüfer das monierte, sagte der Journalist: ›Ich musste eben erst nach Spanien reisen, um zu sehen, dass ich über das Thema, das ich im Auge hatte, nichts schreiben konnte.‹«

Steuerprüfer Weimann hörte sich mit säuerlicher Miene den Exkurs des Antiquars an, der schließlich auf seine Paris-Reise zurückkam: »Im Gegensatz aber zu meinem Freund von der Presse habe ich ein Ergebnis meiner Paris-Reise vorzuweisen. Hier ist der Katalog ›Balzac und Zeitgenossen‹, der in der Zeitschrift ›Aus dem Antiquariat‹ höchstes Lob bekommen hat, weil er nicht nur die Bücher vorstellt, die verkauft werden sollen, sondern auch viele interessante Informationen zu diesen Büchern gibt. Sehen Sie, hier gibt es einen Exkurs über Rodins Balzac-Denkmal, und auch der Grabstein auf dem Père Lachaise ist abgebildet.«

Steuerprüfer Weimann ließ sich nicht aus dem Konzept bringen und fragte: »Wären diese Angaben nicht auch auf andere Weise zu erfahren gewesen? Also, aus Büchern oder so ...?«

Buchstaub schaute den kleinen Grünhemdmenschen befremdet an. »Verehrter Herr Scheinemann, ich wusste nicht, dass die Finanzbehörden bestimmen, wie man seine beruflichen Aufgaben erfüllt. Ich schreibe Ihnen ja auch nicht vor, wie Sie Ihre Prüfungen durchzuführen haben.«

Hier griff Steuerberater Günther ein und meinte: »Nun, wir haben keinen Grund, diese Kosten aus dem Geschäft herauszunehmen. Wenn der Herr Weimann anderer Meinung ist, dann muss er das in seinem Bericht darstellen und nachweisen.«

Buchstaub beschloss, nicht mehr direkt, sondern nur noch über seinen Steuerberater mit dem Steuerprüfer zu reden. Glücklicherweise kam die Prüfungsberatung dann doch schnell zu einem Ende. Es lief auf eine Nachzahlung von zweihundert Euro Mehrwertsteuer hinaus. Dafür hatte der Grünhemdige anderthalb Tage bei Buchstaub gesessen. Als der Steuerprüfer Buchstaub zum Abschied die Hand geben wollte, bückte der sich gerade, um ein Fädchen von seinen blitzblanken braunen Sommerschuhen zu entfernen. Steuerprüfer Weimann ging also nach einem freundlichen Abschied von Steuerberater Günther, der Buchstaub anschließend rügte: »Der Mann tut seine Pflicht. Er hat weder die Steuer noch die Steuerprüfungen erfunden.« Günther hatte sich mittlerweile einen Band mit Gedichten genommen, »Emanuel Geibel« stand auf dem Rücken. Den wollte er sich mal ausborgen. Er war ja selber ein Gelegenheitsdichter und ließ seinen Mandanten zu Geburtstagen oder ähnlichen Anlässen gern eine gereimte Grußadresse zukommen. Vielleicht würde er bei Meister Geibel dafür ein paar Anregungen finden. Buchstaub dirigierte den Steuerberater ins Hinterzimmer, wo er schon eine Kanne Earl-Grey-Tee vorbereitet hatte. Sie redeten ein bisschen über Gott und die Welt, wobei die »Welt« in diesem Fall aus dem Linsemann-

Mord und der Flucht des Bürgermeisters bestand. Zum Abschied drückte Buchstaub seinem Steuerprüfer den Gedichtband als Geschenk in die Hand, wusste er doch, dass es ihm zu verdanken war, dass der Grünhemdige einigermaßen besänftigt gegangen war.

Buchstaub war mittlerweile in Eile, er hatte sich vorgenommen, nach Kembach zu fahren, um dort im Feinkostgeschäft Matthes einige Delikatessen zu erwerben. Erstens galt es die überstandene Steuerprüfung zu feiern, und zweitens wollte ihn eine Kollegin aus Max Mitters Antiquariat besuchen. Einer ihrer Kunden sammelte mit besonderem Eifer alles von und über Zola, und sie hatte bei Buchstaub angefragt, ob sich in seinen Lagerbeständen etwas Entsprechendes finden ließe. Buchstaubs Bestand verfügte tatsächlich über die zweite deutsche Gesamtausgabe der Rougon-Macquart, die von etlichen Kennern als beste Zola-Ausgabe bezeichnet wurde. Allerdings war Buchstaub da anderer Meinung. Er fand die von Rita Schober herausgegebene zwanzigbändige Ausgabe sorgfältiger und oft auch besser übersetzt und kommentiert. Nun ja, es gab also genug zu besprechen.

Aus Kembach zurückgekehrt, trug er seine Einkäufe ins Haus, öffnete seinen Kühlschrank in der Küche, um das Leberpaté samt den verschiedenen Käsesorten bis zum Abend aufzubewahren, und ging dann zur Terrassentür, die in den Garten führte. Der Tag war, wie schon die ganze vergangene Woche, sonnig und warm. Als Buchstaub aus der Tür getreten war, vernahm er hinter sich plötzlich ein Geräusch, doch ehe er sich umdrehen konnte, traf ihn ein Schlag auf den Hinterkopf.

Er wusste nicht, wie lange er so gelegen hatte. Als er wieder zu sich kam, versuchte er sich mühsam zu erheben. Sein Kopf schmerzte.

Liegend kroch er bis zur Tür und zog sich an der Klinke hoch. Da hatte ihn also jemand vom Leben zum Tode befördern wollen, und es war wohl nur seinem erzgebirgischen Granitschädel zu verdanken, dass er noch am Leben war und ein wenig schwankend seinen Sessel erreichte. Behutsam tastete er seinen Kopf ab und fühlte dabei ein dickes Horn unter seinen Fingern. Er zog das Telefon heran und wählte die Nummer von Doc Löser. Als er dessen Stimme hörte, sagte er: »Hören Sie mal, Löser, gerade hat jemand versucht, mich im Eiltempo der Witwe Linsemann nachzuschicken. Nein, nein, ich habe keinen Wein getrunken, es war ein Überfall!«

Da glaubte der Doktor ihm und versprach, sofort zu kommen. Buchstaub griff nach seiner geliebten Portweinflasche, die in Reichweite stand. Schob sie nach kurzem Nachdenken aber wieder weg. Er wollte erst den Besuch des Doktors abwarten, den er noch gebeten hatte, über Garten und Terrasse ins Haus zu kommen. Noch immer brummte sein Schädel so, dass er sich nicht in der Lage fühlte, zur Tür zu gehen. Endlich schaute das Gesicht des Freundes zur Tür herein.

»Meine Güte«, sagte der Doktor, »was machen Sie denn für Sachen?«

»Wenn ich das wüsste, dann wüsste ich mehr«, antwortete Buchstaub.

Doktor Löser untersuchte den malträtierten Kopf und meinte, es wäre besser, ihn röntgen zu lassen. Und vor allem sollte man Maier informieren. Er führte Buchstaub zum Auto, um ihn ins Helios-Klinikum mitzunehmen. Dort würde er einen Kollegen bitten, eine Röntgenaufnahme zu machen.

»Und haben Sie die Person denn gesehen, die Ihnen den Schlag versetzte?«, fragte Löser.

»Nein«, sagte Buchstaub, »der Schlag kam von hinten.«

Im Klinikum übergab der Doktor seinen Patienten an einen Radiologen und versprach, ihn später wieder abzuholen. Inzwischen wollte er Hauptkommissar Maier informieren.

Eine halbe Stunde später wussten Staatsanwältin Uhlig, Kommissar Maier und der Polizeirat Werner vom Überfall auf den Antiquar. Doktor Löser hatte Maier auf seinem Handy erreicht. Nun saßen sie zu dritt im Arbeitszimmer des Polizeirates.

»Es scheint mir«, sagte Maier, »dass der Überfall in Zusammenhang mit der Linsemann-Sache steht. Buchstaub hat den Mörder ja vermutlich gesehen, und das weiß dieser auch. Aber warum hat er nicht schon früher versucht, den Augenzeugen aus dem Weg zu räumen?«

»Ich denke«, sagte die Staatsanwältin, »der Mörder ist nervös geworden. Die verschiedenen Vernehmungen lassen immerhin den Schluss zu, dass die Polizei in ihren Ermittlungen vorankommt. Der Mörder muss befürchten, dass Buchstaub den beobachteten Besucher doch noch identifizieren oder zumindest präziser beschreiben kann. Ich denke, wir sollten alle bisher vernommenen Verdächtigen überprüfen. Vermutlich ist der Mörder in diesem Kreis zu suchen.«

»Frau Kollegin, das ist eine kluge Überlegung. Ich denke, damit können wir ein Stück weiterkommen«, sagte Polizeirat Werner.

Hauptkommissar Maier saß dabei und schwieg. Wie sollte man da weiterkommen? Sie hatten ja alle möglichen Verdächtigen schon unter die Lupe genommen. Maier kratzte sich am Hinterkopf und drehte aus den zu langen Haaren eine winzige Locke. Das tat er oft, wenn er nachdachte.

Man würde also, zum wiederholten Male, noch einmal von vorn anfangen. Dieses Problem kannte er schon von anderen Fällen. Mit jedem neuen Ansatz in einer Ermittlung gab es andere Blickwinkel, die nicht immer, aber oft zu neuen Erkenntnissen führten.

»Hören Sie uns gar nicht zu?«, fragte Polizeirat Werner den Hauptkommissar.

»Entschuldigung, ich habe sehr genau zugehört und mir dabei überlegt, dass wir den Fall noch mal von vorn aufrollen müssen«, sagte Maier, und die Staatsanwältin nickte. Mit dem Beschluss, dass diese Dreiergruppe nun täglich zusammenkommen sollte, trennten sie sich.

Maier wollte Rechtsanwalt Lehm aufsuchen, um dank der staatsanwaltlichen Erlaubnis das Testament einzusehen, zuvor aber noch ein Protokoll auf den Zeller Berg bringen, um dort eventuell mit dem Richter wegen der Sache mit der Baugesellschaft reden zu können. Er fuhr zum Amtsgericht, dem der kleine Franke, den er erst am Morgen bei der Staatsanwaltschaft getroffen hatte, vorstand.

Hackebeil war die personifizierte Eitelkeit. Maier hatte ihn des Öfteren bei Verhandlungen erlebt, in denen er als Zeuge auftreten musste. Der Gerichtsdirektor machte seine Sache gut, legte aber Wert darauf, dass aus seiner Hemdmanschette eine dicke Goldkette hervorlugte, die einzige Form von Kette, die ihm im Gericht gefiel, wie er zu sagen pflegte. Er hielt sich für einen Witzbold. Im Wechsel mit seiner Lange & Söhne-Uhr, die er den örtlichen Potentaten gegenüber gern erwähnte, um sich sozusagen als Amtsträger von Ostprodukten auszuweisen, trug er bei größeren Prozessen eine Patek Philipp, von der einige seiner Kollegen behaupteten, es handele sich bei ihr um eine Fälschung, die er in Hongkong erworben hatte.

Daran musste Maier denken, als er die Stufen zum Gerichtsgebäude hinaufstieg. Doch Gerichtsdirektor Hackebeil war nicht im Haus, wie er im Sekretariat erfuhr. Maier hinterließ sein Protokoll und begab sich in die Kanzlei Lehm, die gleich um die Ecke lag. Für Rechtsanwalt Lehm musste der kurze Weg zum Gericht praktisch sein, schoss es Maier durch den Kopf. Aber Hauptkommissar Maier hatte erneut Pech. Lehm war ebenfalls nicht im Haus. Seine Sekretärin verwies ihn an Lehms Kollegin. Das Türschild wies sie als Rechtsanwältin Schnurrenbaum aus. Was es doch für merkwürdige Namen gibt, dachte Maier, als er in das kleine Zimmer eintrat. Rechtsanwältin Schnurrenbaum mochte einen schnurrigen Namen haben, sah aber sehr beeindruckend aus. Lange blonde Haare, blaue Augen, also ein erfreulicher Mittelpunkt des Raumes, umstellt von hohen Aktenregalen. Maier stellte sich vor. Sie habe schon allerhand von Hauptkommissar Maier gehört, erwiderte sie charmant. Maier legte das Papier des Staatsanwalts vor.

»Ach«, sagte sie, »der Linsemann-Mord. Haben Sie denn schon eine Spur?«

Wenn ich nur mal eine andere Frage hören würde, dachte Maier, lächelte aber freundlich und wiederholte die üblichen nichtssagenden Sätze: Ermittlungen in alle Richtungen, manche Spuren, aber ob es heiße Spuren werden würden, war nicht abzusehen. Frau Schnurrenbaum erhob sich und kletterte auf eine Leiter, wobei ihre hübschen schlanken Beine sichtbar wurden, und Maier dachte, hoffentlich muss sie lange in den Regalen suchen. Es dauerte aber nur ein paar Minuten, bis die schönen Beine wieder hinter dem alten Amtsschreibtisch verschwanden.

»Hier haben wir das Testament«, sagte sie, »und nun dürfen Sie hineingucken.«

Maier zog sich die Blätter heran und fand schnell, was er suchte. Kleine Legate an die Friedenskirche und die Volkssolidarität von Niederstein-Lustthal, und dann kam es: »Da weder aus der Familie meines verstorbenen Mannes noch aus meiner Familie nähere Verwandte existieren, vererbe ich mein Vermögen, bestehend aus meinem Konto bei der Kreuz-Bank, dem Haus in der Weinkellergasse und der gesamten Briefmarkensammlung dem besten Freund meines verstorbenen Mannes, dem Friseurmeister Kurt Oettel.«

Das war keine schlechte Überraschung.

»Na, haben Sie gefunden, was sie suchen?«, fragte die Rechtsanwältin.

»Ja und nein«, sagte Maier. »Ich weiß wohl jetzt, wer der Erbe ist, aber das bringt uns kaum weiter. Schicken Sie mir doch bitte eine Abschrift, und Danke für ihre Bemühungen.«

Frau Schnurrenbaum antwortete mit einem freundlichen Lächeln.

Schade, dachte Maier. Lange Zeit begegnet man keinem vernünftigen weiblichen Wesen, und nun ist hier schon wieder eine interessante Person. Und da sie keinen Ring trägt, käme es auf einen Versuch an. Er lächelte freundlich zurück. Und Frau Schnurrenbaum dachte: Schade, wenn man in diesem Aktengewölbe mal einem passablen Mann begegnet, ist er entweder verheiratet oder traut sich nicht. Schönheit kann auch eine Plage sein, die schüchternen Männer trauen sich nicht. Aber man kann sich ja deshalb nicht als Hexe verkleiden.

Die Tür klappte hinter dem Hauptkommissar zu. Nachdenklich verließ er das Haus.

Der glückliche Erbe war also Kurt Oettel. Der Beschenkte wusste ganz sicher nichts von seinem Glück. Aber wenn man nun den Erben auch kannte: Maier suchte keinen Erben, sondern einen Mörder, und Oettel war als solcher längst abgeschrieben.

Wenn er es recht besah, hatten sie überhaupt keinen Namen, keinen Verdächtigen mehr auf der Liste. Würde der Fall im Aktenschrank der unaufgeklärten Fälle landen? Natürlich gab es Delikte, die nicht aufgeklärt wurden. Fahrraddiebstähle, Einbrüche in Keller und Wochenendhäuser etwa. Doch bei den sogenannten Gewaltverbrechen war die Aufklärungsquote hoch. Und nun ein unaufgeklärter Mord? Maier konnte sich nicht damit abfinden.

Als er ins Amt zurückkam, war Nöstler mit der Abfassung eines Berichts beschäftigt. Melzer blätterte in der »Kembacher Zeitung« und legte sie, als Maier eintrat, weg. Er hatte die Kleinanzeigen studiert, noch immer auf der Suche nach einem Fahrrad für den jüngsten Melzer, und war auf einen der Zeitungsausgabe beiliegenden Prospekt der Firma Zweirad-Müller gestoßen, in dem sich auch der Passus fand: Kauf und Verkauf gebrauchter Fahrräder. Da würde er heute hingehen.

Jetzt jedoch berichtete Maier, der sich schnell einen Kaffee vom Automaten geholt hatte, seinen beiden Kollegen von der Sensation des Tages, seiner Einsicht in das Testament bei Rechtsanwalt Lehm.

»Wie gehen wir weiter vor?«, fragte Maier. »Ich denke, wir sollten jetzt doch die Öffentlichkeit einschalten. Wer hat am vergangenen Donnerstag jemand gesehen, der bei der Witwe Linsemann an der Tür stand? Es wird sich doch wohl jemand außer Buchstaub finden, der der verdächtigen Person begegnet ist. Ich glaube nicht, dass es sich um ein Phantom handelt. Wenn Buchstaub auch ein Liebhaber guten Weins ist, so hat ihn doch noch nie jemand betrunken gesehen. Wir müssen herausfinden, wer der Besucher war. Wir sollten die Lokalausgabe der

›Kembacher Zeitung‹ bemühen. Nöstler, Sie rufen die Redaktion an.«

Beinahe hätte Hauptkommissar Maier vergessen, dass er sich für den Nachmittag mit seiner hübschen Friseuse verabredet hatte. Er schaute auf die Uhr. Es war kurz nach fünfzehn Uhr, und er kam noch zur rechten Zeit im Café Nordlicht an, wo Ulla schon an einem kleinen Fenstertisch saß.

Während Maier durch den Raum ging, dachte er, dass sie eine sehr aparte Frau sei.

»Koffer schon gepackt und Reiseführer Verona gekauft?«, fragte Maier, während er ihr die Hand drückte.

»Sie sind ja ein Hellseher! Ich komme gerade aus der Klis'schen Buchhandlung, wo ich einen Reiseführer und auch ein Reclambändchen mit Shakespeares Romeo und Julia entdeckte. Der Besitzer des Ladens, ein bärtiger Hüne, wollte mir bei der Frage nach Romeo und Julia sogar eine Zigarre offerieren. Der Laden ist ja das Zigarren-Mekka in unserer Gegend, falls Sie das nicht wussten«, plauderte Ulla.

»Ja, die Zigarre heißt Romeo und Julietta und ist eine echte Havanna«, sagte Maier. »Ich war mal auf dem besten Wege, Zigarrenraucher zu werden. Damals habe ich das hübsche Bändchen über die Havanna-Zigarren, ›Rauchzeichen‹, vom bärtigen Buchhändler eigenhändig verfasst, mit Vergnügen gelesen. Beim ersten Havanna-Einkauf in seinem Buch- und Zigarrenladen merkte ich dann aber doch, dass das Gehalt eines Hauptkommissars, der einen Landsitz zu unterhalten hat, höchstens für kleine Schweizer Stumpen reicht. Aber wenn schon, denn schon, sagte ich mir, und belasse es bei dem gelegentlichen Vergnügen, den Duft der guten Zigarren zu schnuppern, wenn ich in der Buchhandlung nach einem neuen Roman von Donna Leon gucke – eine der wenigen Autorinnen von Krimis, die ich mit Vergnügen konsumiere.«

So saßen sie also in ein Gespräch über Bücher und Zigarren vertieft, als Maier der Gedanke kam, Ulla nach ihrem Kenntnisstand in der Sache Linsemann zu fragen. Eine der wichtigsten Klatsch-Zentralen der Kleinstadt.

»Zufällig sind die beiden Freundinnen der Frau Linsemann ebenso meine Kunden wie die Ermordete es war«, sagte Ulla, »und ich hatte sie auch beide kürzlich wieder in unserem Salon. Frau Müller habe ich wie immer ein paar Locken gedreht und die Färbung ins Bräunliche bewegt, bei der Dame Jahnn musste ich mich mit ihrem kürzeren Haarschnitt abfinden, den sie sich wohl bei der Konkurrenz hatte machen lassen. Gespräche? Es ist furchtbar, ich werde alt. Sicher haben wir über ihre alte Freundin gesprochen, aber was? Ich denke, es war das Übliche: Wer kann das nur gewesen sein? Die Schätze der Briefmarkensammlung, wer wird die wohl erben? Ja, Frau Jahnn fragte noch, ob denn nicht unser Chef etwas darüber wüsste. Ich habe ihm später von dem Gespräch berichtet. Aber unser kleiner Meister wusste auch nicht mehr, wenn er auch ein wenig wehmütig davon sprach, wie ärgerlich es sei, dass er die gute Linsemann nicht davon hatte überzeugen können, ihm den Sechserstreifen des Sachsendreiers zu verkaufen.« Ulla schaute auf ihre Armbanduhr: »Oje, es ist schon fünf vor vier. Ich muss in den Salon. Der Chef hat mir nur eine Stunde für einen ›dringenden Behördengang‹ gestattet.«

Aber Maier beruhigte sie, immerhin war das eine dienstliche Besprechung, das könnte sie ihrem Chef sagen. Er bezahlte Kaffee und Tee, und sie verabschiedeten sich, nicht ohne ein neues Treffen zu verabreden.

Diesmal am heimischen Grill von Maiers Ranch. Maier winkte den entschwindenden schwarzen Locken noch ein wenig nach. Er überlegte, ob diese Farbe echt sei. Nun, heute ist ja fast nichts mehr Natur, vielleicht musste sie auch Farbe tragen, wie die Optikerinnen bei einer großen Optik-Kette Brillen.

Maier dachte an ihre nächste Verabredung und musste jetzt auch lächeln. Dann ging er über die Helmholtz-Straße in die Gerhart-Hauptmann-Straße. Hauptmann hatte hier, vor einen Dreivierteljahrhundert, eine Rede über Goethe gehalten. Als er da so mit seinem wallenden Haupthaar gestanden hatte, soll sein Vater als kleiner Junge – wie er ihm später erzählte – ganz laut in die Stille hinein gefragt haben: Ist das wirklich Goethe? Der große Hauptmann hatte gelacht. Als Anerkennung für seine Rede hatte die Straße jedenfalls seinen Namen bekommen, und der Namensgeber selbst soll am Abend seines Aufenthalts in Niederstein-Lustthal ziemlich besoffen gewesen sein, wie der Vater ebenfalls erzählte.

Merkwürdig, dachte Maier, hier gehe ich schon seit Jahren vorüber, aber gerade in diesen Tagen stoße ich immer wieder auf Straßennamen, die mich in Erinnerungen verwickeln. Werde ich etwa alt? Aber es war jetzt nicht die Zeit, um seinen Gedanken nachzuhängen, er hatte das Amt erreicht. Auf der Treppe begegnete er dem Alten, der grinsend fragte: »Handschellen schon bereit?«

Maier sagte nichts. Manchmal stand ihm der Sinn einfach nicht nach den Witzen seines Chefs. Er saß gerade erst ein paar Minuten, als das Telefon klingelte. Er lauschte, nickte und sagte dann zu der Sekretärin: »Ich muss mich erst mal von der Witwe Linsemann verabschieden. Im Lager des Supermarktes Kleinholz ist eine Leiche gefunden wurden.«

Maier stieg in seinen Peugeot, denn ein Dienstauto war wieder einmal nicht zu bekommen. Spare mit jedem Pfennig und mit jedem Auto, so oder so ähnlich hatte ein Slogan zu DDR-Zeiten geheißen, und nun lautete die Devise: Nehmt mal eure Privatautos, es ist immer noch billiger, Kilometergeld zu bezahlen, als neue Fahrzeuge. So jedenfalls tönte es aus dem Büro des Leiters der Allgemeinen Verwaltung.

Der Supermarkt Kleinholz war ein Geschäft, das zu einer kleinen Kette einheimischer Supermärkte gehörte. Es gab wohl im Erzgebirge noch drei weitere Ableger. Man konnte durchaus mit den großen Namen konkurrieren, vor allem durch die Qualität einer Vielzahl ostdeutscher Waren und etlicher Bio-Produkte. Sie bogen in den kleinen Parkplatz hinter der Kaufhalle ein und sahen schon den BMW von Doktor Löser. »Menschenskind, der scheint durch Geisterhand hierhergebracht«, entfuhr es Maier, aber die Geisterhand erwies sich als diensthabende Kommissarin, die Löser informiert hatte. Und Löser, der gerade mal keine Leichen zerschnippelte, sondern an einem Bericht über zwei merkwürdige Todesfälle in der Klinik bosselte, hatte sich gleich ins Auto gesetzt und kam nun Maier entgegen.

»Also meiner Meinung nach kein Tod durch Fremdeinwirkung, simpler Infarkt, wenn ich das so sagen darf«, sagte Löser. »Der Mann wollte wohl hier ein wenig ohne Euro einkaufen und wurde dabei gestört.«

Sie gingen in das Lager, wo die Leiche des Mannes lag. Vielleicht fünfzig oder sechzig Jahre alt, schätzte Maier.

Löser fuhr fort: »Ja also, ich tippe auf Infarkt, aber wenn Sie wollen, gucken wir ihn uns noch genauer an. Er gehört ja nicht zum Inventar dieser Kaufhalle.«

Maier fiel ein, dass er dem Mann schon einmal begegnet war: Da hatte er einer Rentnerin die Handtasche entrissen.

Sie traten aus dem Lagerraum in den Hof, und Löser meinte: »Haben Sie in der ›Kembacher Zeitung‹ gelesen, der FCE will sich ein neues Stadion bauen? Wenn die mal drei Spiele gewonnen haben, dann sehen sie sich schon in der ersten Bundesliga. Kein Wunder, dass ein Trainer bei einem solchen Präsidium hin und wider einen Schwächeanfall hat.«

»Doktor«, sagte Maier, »Sie sollten sich vielleicht doch als Psychologe für den Club bewerben.«

Aber Löser lachte nur und sagte: »Um Himmels willen, es gibt lohnendere Aufgaben.« Und fügte hinzu: »Wollen wir den angebrochenen Nachmittag mit einem Bierchen ehren?«

Maier winkte ab: »Ich muss zurück, heute überstürzt sich alles.«

Und so war denn auch diese Episode eine Hilfe in der Mordsache Linsemann.

Es war mittlerweile später Dienstagnachmittag geworden. Auf den fernen Malediven hatte es ein Erdbeben gegeben, und in der nahen Stadt Kembach war ein ermordeter Säugling in einer Kühltruhe gefunden wurden. Die »Kembacher Zeitung« titelte mit der originellen Schlagzeile: »Zweitausend Rosen blühen im Rosenhof«, was man sich beinahe hätte denken können, und der Leitartikel beschäftigte sich mit den schwarzen Handschuhen einer bayrischen Landrätin und ihrem Einfluss auf die Provinzpolitik. Noch immer redete man vom verschwundenen Bürgermeister. An der Beisetzung der Witwe Linsemann, die nach der Freigabe der Leiche auf dem Südfriedhof in Kembach stattfand, nahm nur ein kleines Häuflein von Nachbarn und Bekannten teil.

Auch ein paar Sammlerfreunde waren gekommen. Die Philatelisten aus Nah und Fern standen schon in den Startlöchern, um sich auf die Alben zu werfen, die nun in andere Hände kommen würden.

Melzer suchte sich einen Platz im hinteren Bereich der Friedhofskapelle. Es war ihm anzusehen, dass er dienstlich hier erschienen war. Er trug eine alte Ledertasche unter dem Arm, und nur eine schmale, völlig unmoderne schwarze Krawatte verwies auf den Anlass. Von einigen Anwesenden wurde Melzer misstrauisch angesehen. Das störte ihn nicht. Er war schon im Begriff, seinen Block der Ledertasche zu entnehmen und die Zahl der anwesenden Trauergäste einzutragen, entschloss sich dann aber doch, auf diese Demonstration polizeilichen Interesses zu verzichten.

Kommissar Maier konnte er später nur von einer kleinen Anzahl Trauernder berichten, die ihm bekannt waren: die Witwe Müller, eine gut gekleidete Dame, die wohl die Schauspielerin Jahnn war, die Nachbarin, zwei einzelne ältere Herren, die er einem Immobilienunternehmen zuordnen konnte, zwei weitere Herren, die sich lautstark über die Südsächsische Briefmarkenausstellung unterhielten – einer von den beiden war wohl schwerhörig –, bis sie von der Witwe Müller am Ärmel gezupft wurden. Wohin er auch schaute: Hier war kein Mörder auszumachen, der sich noch einmal zu seinem Opfer hingezogen fühlte, wie es in alten Geschichten hieß, keine Mafiosi der Philatelie. Selbst der Vertreter von Hartung & Kiefer war der Beisetzung ferngeblieben.

Buchstaub ließ sich, als er nach Hause zurückkam, auf seinem alten Ledersofa nieder. Die Röntgenaufnahme hatte keine Schädelfraktur ergeben, nur der Brummschädel war geblieben, und ein Hämatom gab dem Antiquar das Aussehen eines lädierten Rowdies. Ein nasses Tuch lag auf seinem Kopf, und er stöhnte, wenn er sich zur Seite drehte, um Kommissar Nöstler anzusehen, der neben ihm im Sessel Platz genommen hatte.

»Es ist zum Verrücktwerden. Ich habe nichts gesehen, der Schlag kam von hinten, also muss der Angreifer durch das Gartentor zum Haus gekommen sein. Er hatte sich wahrscheinlich im Winkel zwischen Haus und Terrasse versteckt, als ich nichtsahnend in den sonnigen Morgen trat. Wenn ich es recht bedenke, habe ich nur eine graue Farbe in Erinnerung, vielleicht etwas wie einen Umhang oder einen Mantel. Aber wie konnte die Person denn wissen, dass ich in den Garten gehen würde? Sie muss hinter der Terrassentür gestanden haben. Und warum hat Cicero mich nicht auf den Fremdling aufmerksam gemacht?«

Nöstler sagte: »Vielleicht kannte derjenige Ihre Gewohnheiten?«

»Das kann durchaus sein, aber er konnte doch nicht wissen, zu welcher Tageszeit ich in den Garten gehe.«

»Das ist richtig«, sagte Nöstler und ließ sich noch einmal den genauen Ablauf schildern.

Kater Cicero saß wie immer auf seinem Weinregal und schüttelte den Kopf. Er war es wohl nicht gewohnt, dass sein Herr und Gebieter zu dieser Tageszeit auf der Couch lag. Vermutlich hatte auch er den Schläger nicht gesehen.

Nöstler verabschiedete sich, nicht ohne zu betonen, dass jedes Detail, das Meister Buchstaub noch einfiele, von Interesse sein könne. Buchstaub winkte ab, das wisse er natürlich.

Nöstler kaufte sich im benachbarten Zeitungsladen noch eine »Kembacher Zeitung«. Nichts war darin vom

Linsemann-Mord zu lesen, aber Nöstler erinnerte sich, dass er die Redakteurin der Lokalausgabe anrufen wollte. Gemächlich schlenderte er über die Hauptstraße zum Polizeiamt, wo er seine beiden Kollegen zu treffen hoffte.

Die Tür zu Maiers Büro war geöffnet. Melzer hätte längst von der Beerdigung zurück sein müssen, aber er sei anschließend zum Zahnarzt gegangen, klärte Nöstler, der seinen fragenden Blick bemerkte, ihn auf. Doch ehe weitere Kommentare ausgetauscht werden konnten, kam Melzer herein. Er hielt seine rechte Wange und murmelte: »Mir wurde gerade ein Backenzahn gezogen.« Dass dieser Eingriff seine Befinden arg beeinträchtigte hatte, war ihm anzusehen.

Aber Maier, der in solchen Situationen nicht gerade feinfühlig war, sagte nur: »Das geht vorbei.«

Er drehte sich von Melzers schmerzverzerrtem Gesicht weg und ließ sich von der Beerdigung berichten. Aber nichts Auffälliges war passiert, und Maier hatte auch nichts anderes erwartet. Mürrisch sagte er: »Wir sollten von vorn anfangen. Das ist eine Geschichte mit einigen Anfängen. Zuerst machen wir eine Liste der Leute, die nicht oder beinahe nicht als Mörder infrage kommen.« Er nahm einen Zettel und schrieb:

Oettel zwei, der Zwillingsbruder.

»Den können wir streichen. Der war in Amerika. Das ist erwiesen.«

»Oettel eins«, setzte Nöstler die Aufzählung fort, »scheidet aus, es sei denn, es gibt Zeitlücken, die wir bisher nicht gesehen haben. Deshalb noch mal seinen Donnerstag überprüfen.«

»Antiquar Buchstaub?«, fragte Maier. »Es hat schon Fälle gegeben, da hat sich der Mörder selbst eine Verletzung zugefügt, um sich aus dem Kreis der Verdächtigen zu schleichen. Aber eigentlich gibt es kein Motiv, oder? Buchstaub hat genug Geld, er braucht die Briefmarkensammlung der Linsemann nicht, und eine andere Verknüpfung gibt es nicht.«

Maier fuhr fort: »Wer kommt außerdem auf die Liste der Verdächtigen ersten Ranges? Unbedingt sollten wir da an den Vertreter der Briefmarkenauktion denken. Wurden seine Personalien aufgenommen?«

»Selbstverständlich«, nuschelte aus dem Hintergrund Melzer, »alles notiert.«

»Gut, er kommt also auf Liste eins. Der andere Sachsen-Sammler, der ehemalige Postamtsleiter Schneider, muss auch auf Liste eins. Wen haben wir noch? Die beiden Freundinnen, die Dame Müller und die Schauspielerin Jahnn. Wie war das mit den Alibis? Wie ich unseren Notizen entnehme, haben wir die Witwe Müller überhaupt nicht vernommen. Das sollte ganz schnell nachgeholt werden, und ob sie einen Platz auf Liste eins oder zwei bekommt oder gleich ausscheidet, werden wir sehen. Und die Schauspielerin Jahnn? Die hat uns zwar ein Alibi mitgeteilt, aber das haben wir noch nicht überprüft. Nöstler, Sie machen sich mal auf den Weg zur Witwe Müller, und ich fahre nach Kembach zu dieser Schauspielerin. Melzer, Sie legen sich ins Bett, damit Sie Ihren Verlust besser überstehen. Aber trösten Sie sich, immerhin ist es ja nur ein Zahn, den man ihnen genommen hat, Sie haben doch noch einige übrig«, versuchte es Maier abschließend mit einem aufmunternden Augenzwinkern.

Kaßbergstraße 12 in Kemberg. Maier gab die Daten in seinen »Alligator« ein, wie er den Navigator nannte. Nach einer guten halben Stunde verkündete die Stimme aus den Lautsprechern im Armaturenbrett: »Sie haben Ihr Ziel erreicht.«

Maier parkte den Wagen direkt vor dem kleinen Haus und überließ sich diesmal nicht einem seiner Lieblingsgedanken, der den Wundern des technischen Fortschritts, ihrer Notwendig- oder Überflüssigkeit galt.

Er klingelte, und ihm ward von einer Dame in heller Hose und roter Bluse aufgetan, die ihn neugierig anschaute. Sie sah nobel aus und war wohl gerade erst von der Beeerdigung gekommen.

»Bitte?«

Maier war versucht, »danke« zu sagen, aber man war ja nicht auf den Brettern, die die Welt bedeuteten, sondern stand noch immer vor der Eingangstür des kleinen Hauses. Er zeigte seinen Ausweis und bedeutete ihr, dass man in der Sache Linsemann um einige weitere Auskünfte bitten müsste.

Die Schauspielerin bat ihn mit einer lässigen Handbewegung ins Haus.

Für ihr Alter hat sie eine gute Figur, dachte Maier. Wenn man sie so von hinten sah, konnte man denken, sie habe die fünfzig noch nicht überschritten, obwohl sie, wie er wusste, schon auf die siebzig zuging. Auch Maier bekam nun die Theaterbiographie der Dame in den Bildern und Requisiten zu sehen, von denen Melzer ihm erzählt hatte. Auf der Ablage gab es einen riesigen Hut, der wohl nur von der Bühne stammen konnte, und ein knorriger Stock war schräg an die Wand genagelt.

»Sind sie Bergsteiger?«, fragte Maier und wies auf den Stock.

»Ach, nein, das ist mein Stock aus der Inszenierung von Dürrenmatts ›Alter Dame‹. Nach immerhin sechsundvierzig Vorstellungen habe ich ihn mir aus dem Fundus schenken lassen.«

Nachdem er sich gesetzt hatte, stellte er auch gleich die Frage, die ihm beim Anblick des Stockes in den Kopf gekommen war: Wo sie denn am heutigen Mittag gewesen sei, er habe sich telefonisch anmelden wollen.

Die Dame Jahnn schaute ihn an und sagte: »Aber mein Telefon hat keine Nummer angezeigt.«

Maier musste zur nächsten Notlüge greifen und sagte, dass die Nummern der Polizei unterdrückt würden, also nicht erkennbar seien.

»Waren sie im Garten?«, fragte Maier.

Nein, sie sei den ganzen Tag im Haus gewesen, bis sie dann am Nachmittag zur Beerdigung gegangen sei, aber natürlich habe sie auch einmal im Keller zu tun gehabt oder im Garten. Wofür das denn wichtig sei?

Maier tat die Angelegenheit mit einer Handbewegung ab. Er komme nochmals wegen des Linsemann-Mordes. Man müsse allen Spuren sorgfältig nachgehen.

»Bin ich denn eine Spur?«, fragte die Jahnn.

»Alle, die die Linsemann näher gekannt haben und mit ihr verkehrten, sind eine Spur, und dazu zählen eben auch ihre Freundinnen.«

Behutsam versuchte er die Vor- oder Frühgeschichte der Freundschaft zwischen den Frauen herauszufinden. Nach und nach erfuhr er, dass der verewigte Linsemann und sie das Kembacher Gymnasium zur gleichen Zeit, wenn auch nicht in einer Klasse besucht hatten. Dann hatte man sich aus den Augen verloren, bis die Schauspielerin ein Engagement in Kembach bekam. Das war aber auch schon eine ganze Weile her. Mit den genauen Zeitangaben war die Jahnn ein bisschen zögerlich. Die Verschleierung ihres Alters war für Schauspielerinnen sicher nicht ungewöhnlich. Aber das interessierte Maier nicht. Vielmehr beschäftigte ihn die Frage, ob es in der Konstellation Jahnn–Linsemann irgendwelche Dinge gab, die für den Fall aufschlussreich sein konnten. So saß er eine Weile und stocherte mit seinen Fragen im Nebel der vergangenen Jahrzehnte, und bei dieser Nebelwanderung blieb es.

Manchmal dachte Maier, wenn er in die Augen der Aktrice blickte, dass die alte Dame hellwach und keineswegs altersschwach sei. Sie erinnerte sich an alle Details aus den zurückliegenden Zeiten. Nein, das hier war verlorene Zeit. Wenn die Jahnn ein Geheimnis hütete, dann verbarg sie es sehr geschickt. Nach einer Weile verabschiedete er sich, freilich nicht, ohne darauf hinzuweisen, dass man vielleicht noch einmal wegen einer Speichelprobe zur DNA-Analyse kommen müsste.

Obwohl es spät geworden war, fuhr Maier wieder ins Amt, wo er zu seiner Überraschung Melzer vorfand. Der erklärte ihm mit leidender Miene, er wisse, was seine Pflicht sei und könne die Kollegen in dieser entscheidenden Phase der Arbeit an dem Fall nicht alleinlassen. Maier ignorierte die Bemerkung und griff nach einem Zettel, auf dem notiert war, Rechtsanwalt Lehm bitte um einen Rückruf. Eigentlich, dachte Maier, spielt sich unser Leben hauptsächlich am Telefon ab. Ohne Handy ist die halbe Menschheit außer Kraft gesetzt. Die alten Sherlock-Holmes-Geschichten, in denen die Verdächtigen vor dem Fenster in der Baker Street flanieren und allein durch ihr Aussehen – Hut, Gesangbuch, Brille – als Täter zu enttarnen waren, treffen auf heutige Zeiten nicht mehr zu. Jung wie Alt trägt Jeans, und alle haben ein Handy am Ohr. Wie soll man da einen Mörder fangen? Melzer, dem er seine Kriminalistenfantasien vorgetragen hatte, sagte nichts. Er wusste, wenn der Chef sich über Gott und die Welt ausließ, war er nicht als Mitredner, sondern lediglich als Zuhörer gefragt, der gelegentlich zu nicken oder den Kopf zu schütteln hatte. Er war es auch gewohnt, dass Maier nach einer Weile misstrauisch zu ihm herüberschaute und fragte: »Hören Sie mir überhaupt zu, Melzer?«

Und Melzer sagte, wie immer mit einem feinen Lächeln auf dem Gesicht: »Aber, Herr Hauptkommissar, wer würde es wagen, Ihnen nicht zuzuhören, wenn Sie aus ihrem kriminalistischen Hauptwerk zitieren?«

Maier schaute ihn an. Als er Melzers Lächeln sah, musste er selber lachen und meinte: »Da will ich also mal Rechtsanwalt Lehm anrufen.«

Melzer sah, wie Maier mehrmals nickte, während er telefonierte, kam aber nicht hinter den Sinn des Gesprächs, das eine ganze Weile dauerte. Mittlerweile hatte sich auch der Wundschmerz seines Backenzahns wieder gemeldet, und er verzog das Gesicht.

»Hatte ich nicht gesagt, Sie sollen nach Hause gehen?«, fragte Maier. »Husch, husch, verschwinden Sie!«

Melzer nahm seine Ledertasche. Aber Maier winkte ihm zu, noch einen Moment zu warten, während er etwas notierte. Melzer schaute auf Maier, der sagte: »Neue Nachrichten: Ein Erbe hat sich gemeldet, angeblich ein Sohn von Frau Linsemanns längst verstorbener Schwester. Lehm hat ihn für morgen zehn Uhr in seine Kanzlei bestellt, und anschließend wollen wir uns diesen plötzlich herangeflatterten Vogel einmal genauer ansehen. Ob sich da wohl eine neue Situation für die Mordgeschichte ergibt?«

In diesem Moment kam Nöstler zurück. Er hatte Oettel besucht und ihm die Botschaft von der unerwarteten Erbschaft überbracht. Nöstler war sich sicher, dass Oettel nichts von seinem Glück gewusst hatte. Als er ihm im Büro des Friseurs – das, wir erinnern uns, der Filiale des Deutschen Postmuseums glich – die Mitteilung machte, hatte der die Augen aufgerissen, nach Luft geschnappt und war halb ohnmächtig in den Ledersessel gesunken, wobei er ein blütenweißes Tuch aus der Tasche zog und sich über die Stirn wischte. In diesem Moment fiel ihm nicht einmal eines seiner beliebten Zitate ein. Er stotterte nur: »Ich der Erbe von Frau Linsemann? Wieso denn das?« Oettel öffnete den obersten Kragenknopf, ihm wurde heiß und kalt zugleich. Der seit Jahrzehnten begehrte Sechserstreifen, der ihm nun zufallen würde, schien ihm gar nicht in den Sinn zu kommen. Vielmehr beschäftigte ihn der Gedanke: Wieso ich? Diese Frage wiederholte er mehrmals laut, doch Nöstler konnte ihm darauf auch keine Antwort geben.

»Um es einmal mit der Bibel zu sagen, lieber Herr Oettel, Gottes Wege sind unerforschlich. Oder steht das nicht in der Bibel? Dann jedenfalls: Was Gott tut, das ist wohlgetan.«

»Nein«, sagte Oettel schon wieder lächelnd, »das steht in einem Kirchenlied, wie ich noch aus der Konfirmandenstunde weiß.«

»Wie auch immer, wir wissen nicht, weshalb das Schicksal Sie ausgewählt hat. Oder gibt es doch einen Anhaltspunkt?«

»Mein Verhältnis zu Frau Linsemann war weder gestört noch freundschaftlich. Man könnte es als korrekt bezeichnen. Ich habe mal den Versuch unternommen – Ihrem Chef habe ich das schon erzählt –, ihr den Sechserstreifen abzukaufen. Damals, ein paar Monate nach dem Tod meines Freundes Linsemann, hat sie mich abblitzen lassen. Nach und nach kamen wir dann bei philatelistischen Gelegenheiten wieder ins Gespräch. Ich war es ja auch, der sich darum kümmerte, dass das Andenken an Linsemann gepflegt wurde. Zur letzten Südsächsischen Briefmarkenausstellung habe ich gemeinsam mit der Witwe die Island-Sammlung von Linsemann für die Ausstellung aufbereitet, das heißt, wir haben zirka dreißig Blätter ausgewählt, die wir ausstellen konnten. Dazu wurde ein längerer Beitrag von mir im Katalog der Ausstellung gedruckt. Auch diesmal wollten wir gern etwas aus den Beständen der Linsemann-Sammlung zeigen, aber es klebt ja noch das Siegel der Polizei auf dem Schrank. Und, um auf die Witwe Linsemann zurückzukommen, natürlich haben wir sie zu allen gesellschaftlichen Anlässen des Philatelistenclubs eingeladen, zu Jahrestreffen, Ausflügen und so weiter.«

»Und«, fragte Nöstler, »nahm sie denn teil?«

»Gelegentlich schon, wenn wir Ausflüge zu großen Ausstellungen oder Auktionen mit dem Bus unternahmen. Sie müssen wissen, dass einer unserer Sammlerfreunde ein Busunternehmen in Kembach betreibt, da bekommen wir günstige Konditionen. Wenn ich jetzt darüber nachdenke, war sie mit in München und auch in Stuttgart. Ja, da war sie dabei, und wir mussten bei der Abfahrt ein wenig auf sie warten.« Oettel lehnte sich im ledernen Chefsessel seines kleinen Büros zurück und schwieg. Nach einer Weile sagte er: »Ich kann nur annehmen, dass sie sich bei der testamentarischen Festlegung auch daran erinnert hat, dass ich Linsemann nach dem Krieg, als er wegen seiner NSDAP-Zugehörigkeit als Prokurist aus dem Schuhbetrieb entlassen worden war, zu jeweils einer halben Stelle als Buchhalter im Geschäft meines Vaters und bei Elektro-Lämmel verhalf, bis er 1948 wieder in die Schuhfabrik geholt wurde, die auf den exzellenten Fachmann dann doch nicht verzichten konnte. Na ja, da kann ich nur mit Goethe sagen: Das Wunder ist des Glaubens liebstes Kind.«

Er hat sich erholt, er zitiert wieder, dachte Nöstler. Aber ob das Zitat stimmt?

»Also, das Ganze überrascht mich doch sehr. Darf ich meiner Frau denn davon erzählen, oder ist das nur eine vorläufige Mitteilung? Und, entschuldigen Sie die Frage, wie läuft denn die Sache nun weiter ab?«

»Ich denke, man wird noch prüfen müssen, ob es außerdem Anspruchsberechtigte gibt. Vielleicht sollten Sie den Sekt deshalb noch nicht auffahren«, riet Nöstler lächelnd und verabschiedete sich. Er wusste er noch nicht, dass sich ein solcher Anspruchsberechtigter bereits gemeldet hatte.

Als Nöstler geendet hatte, sagte Melzer: »Trotz all dieser Verwirrungen kommen wir doch immer wieder auf Linsemanns Briefmarkensammlung zurück.«

Maier dachte bei sich, dass dies einer der merkwürdigsten Fälle seiner Laufbahn sei. Immer wieder tauchte ein neuer Verdächtiger auf und erwies sich kurz darauf als Niete. Wahrscheinlich würde es sich mit diesem sogenannten Anspruchsberechtigten nicht anders verhalten. Zunächst einmal musste er die Staatsanwältin und den Polizeirat von der neuen Entwicklung im Erbgeschehen unterrichten. Er sah auf die Uhr: kurz nach achtzehn Uhr, da konnte er die beiden nicht mehr zusammenrufen. Aber morgen war ja auch noch ein Tag. Er ging zu Nöstlers Schreibtisch, auf dem noch immer die dicken Briefmarkenbücher lagen, die dieser von Buchstaub ausgeliehen hatte.

Maier nahm einen Band von Frank Arnau zur Hand, ein Briefmarkenlexikon, das ihm beim Durchblättern nicht nur eine sachdienliche, sondern auch eine unterhaltsame Lektüre zu sein schien. Er schloss die Tür ab. Seine beiden Kollegen hatten sich bereits verabschiedet. Es war wieder ein langer Arbeitstag geworden.

Mittwoch, 21. Juli

Schon am Morgen hatte sich der Himmel mit leichten grauen Wolken bedeckt. Als Maier die Jalousien hochzog und aus dem Schlafzimmerfenster blickte, sah er seit Langem mal wieder die Rehfamilie auf der Wiese drüben am Wald grasen. Ja, so hatte er sich seinen Landsitz vorgestellt. Grasende Rehe auf einer Sommerwiese, Stille über dem Land – es war wie in einem Märchenbuch. Warum war er eigentlich Polizist und nicht Dichter oder Maler? Da hätte er sich solchen Stimmungen überlassen können. Doch er erinnerte sich, dass ihm ein Kembacher Reiseschriftsteller, nach seiner Arbeitsweise befragt, einmal gesagt hatte: »Alles Arbeit, neunundneunzig Prozent Arbeit, vielleicht ein Prozent Talent.« Ob er dieses eine Prozent Talent hatte? Da blieb er doch lieber Polizist.

Das Märchenbuch wurde ganz schnell wieder geschlossen, als sich der Hauptkommissar in sein Auto setzte und nach Niederstein-Lustthal hineinfuhr. Zunächst also Rapport beim Polizeirat und bei Oberstaatsanwalt Knorzig, der diesmal die Staatsanwältin vertrat, die in einem anderen Prozeß vor Gericht plädieren mußte. Maier schaute auf seine Armbanduhr: acht Uhr vierundfünfzig. Er war pünktlich, das liebte der Alte. Pünktlichkeit gehörte auf jeden Fall zu Maiers Vorzügen. Nur der Staatsanwalt fehlte noch. Polizeirat Werner saß wie meist vor dem Computer, um sich Informationen aus dem

Netz zu holen. Maier hatte wenig Sinn für das ständige Surfen. Ob das nun tatsächlich ein Fortschritt war? Aber da schaltete der Polizeirat seinen Computer auf Standby und wandte sich Maier zu. In eben diesem Moment kam auch Staatsanwalt Beil, und Werner sagte: »Nun können wir also beginnen, Maier, fangen Sie mal an!«

Maier referierte die gestrigen Ereignisse, zuerst den Überfall auf Buchstaub, dann seinen Besuch bei der Schauspielerin Jahnn und das Auftauchen eines potentiellen Erbberechtigten. Auch der Tod des Kleinkriminellen in der Kaufhalle wurde erörtert, aber alle waren der Meinung, dass es keinen Zusammenhang mit dem Tod der Witwe gab. Und der Überfall auf Buchstaub? Werner spielte mit seinem Kugelschreiber und meinte dann: »Wir drehen uns im Kreis. Wenn uns nichts Neues einfällt, können wir die Sache zu den Akten legen. Wie ich den bisherigen Unterlagen entnehme, hat die kriminaltechnische Untersuchung keine Fingerabdrücke ergeben.«

»Nichts, was eine DNA-Analyse möglich macht?«

»Der Mörder ist entweder sehr sorgsam vorgegangen, oder er hat Glück gehabt.«

»Vielleicht haben unsere technischen Truppen schlampig gearbeitet, denn gar keinen Ansatz für DNA zu finden, das erscheint mir fast unmöglich.« Er machte eine Pause und sagte dann: »Was schlagen Sie nun vor, Maier?«

Maier überlegte kurz, dann sagte er: »Es bleibt uns nichts anderes übrig, wir überprüfen alle Personen, die wir auf Liste eins haben, wie ich sie Ihnen vorgelegt habe, und wir müssen die Öffentlichkeit einschalten. Vielleicht hat ja doch jemand etwas gesehen, das uns bisher nicht aufgefallen ist. Ansonsten bin ich mit meinem Latein am Ende.«

»Ja, das sehe ich auch so«, sagte Staatsanwalt Knorzig, »aber wir sollten bei der Einschaltung der Presse vorsichtig sein. Da wirft man uns gleich wieder Unfähigkeit vor.«

Werner und Maier schauten sich an. Da war sie wieder, die Angst von Knorzig vor der Presse, das musste eine chronische Krankheit in der Staatsanwaltschaft sein.

»Also gut«, sagte Polizeirat Werner, »da wollen wir auf dieser Schiene fahren. Und wie verabredet, treffen wir uns auch morgen wieder um diese Zeit, wenn es Ihnen, Herr Staatsanwalt, recht ist.« Knorzig bejahte dies eifrig, aber nicht ohne nochmals auf das notwendige Fingerspitzengefühl im Umgang mit der Presse hinzuweisen. Maier dachte, vielleicht genauso wie Polizeirat Werner: Der Mann wird sich noch mal in die Hosen scheißen. Wie ist der eigentlich Oberstaatsanwalt geworden? Vielleicht war er einfach nur Mitglied in der richtigen Partei. Dann ging man auseinander.

Maier fiel erst jetzt ein, dass er wegen seiner morgendlichen Blicke auf die Rehfamilie nicht gefrühstückt hatte, und er holte sich aus der Kantine zwei belegte Brötchen. Als er zurückkam, sah er Melzer, der, wie so oft, über ein Blatt Papier gebeugt war und etwas niederschrieb. Dies veranlasste Maier zu der Frage, was denn da mit feingespitztem Bleistift notiert wurde. Melzer antwortete, dass er nochmals alle Personen aus dem Haus der Witwe Linsemann bzw. aus den Nachbarhäusern notiert habe, um so eine eventuelle Befragung vorzubereiten. »Sehr gut«, sagte Maier, »genau das müssen wir machen. Irgendwo und irgendwie müssen wir etwas übersehen haben. Es kann doch nicht sein, dass ein Gespenst zweimal ungesehen in die Weinkellergasse einfällt. Übrigens, wo ist denn Nöstler?«

Melzer wies stumm auf einen Zettel, der auf Maiers

Schreibtisch lag. Dort war zu lesen, dass er sich in die Redaktion der »Kembacher Zeitung« begeben habe, um mit der Lokalredakteurin Behrendt zu reden.

Die »Kembacher Zeitung« hatte ihren Sitz in der einzigen Bauhausvilla des Städtchens, die erst vor Kurzem ihre alte Schönheit wieder gewonnen hatte. In den zwanziger Jahren war sie von einem Strumpffabrikanten mitten in die Häuserwüste der klassizistischen Altbauten gesetzt worden, was zu einem heftigen Aufschrei der Spießerfraktion im Stadtparlament geführt hatte. Bauhaus, das kam hier in der Provinz gleich nach den Kommunisten. Und beinahe hätte der Fabrikant das Bauwerk wieder abreißen müssen, wäre da nicht eine großzügige Spende für die Renovierung des Rathauses eingegangen – anonym, versteht sich, aber man konnte es sich denken, wer da gespendet hatte. Auch die Nazis mäkelten an dem volksfremden Baustil herum, doch auch deren ideologischen Schmerz konnte man mit ein wenig Geld lindern. Nach 1945 schließlich zog die Pionierorganisation ein, die Kinderorganisation der Kommunisten, die sich »Thälmann-Pioniere« nannten. Als sie mit der Wende verschwanden, stand das Haus drei Jahre leer. Der alte Besitzer, längst aus östlichen Breiten verschwunden, war nicht mehr aufzufinden. So suchte das Haus einen neuen Besitzer. Das wurde der Verleger der Zeitung, der auch in anderen Lokalredaktionen dafür gesorgt hatte, dass man eigene Immobilien bezog, was aus mancherlei Gründen vernünftig war, nicht zuletzt aus steuerlichen Erwägungen, wie Nöstler einmal vom Kämmerer der Stadt erfahren hatte. Und nun, nachdem das Haus am Rande des Marktplatzes sorgfältig renoviert worden war, saßen hier Geschäftsstelle und Lokalredaktion in eleganten luftigen Räumen. Die beiden Obergeschosse waren als Komfortwohnungen vermietet, eine davon übrigens an einen Kollegen von der Verkehrspolizei. Nöstler begab sich in die Redaktionsräume, die über der Geschäftsstelle lagen. Die Sekretärin wusste schon Bescheid und winkte ihn wortlos lächelnd ins Zimmer der Chefin der Lokalredaktion. Diese war noch nicht lange in Niederstein-Lustthal, und sie hoffte, so verbreitete es Huber, dass dies nicht die letzte Station ihrer Karriere sein würde.

Katja Behrendt war eine gut aussehende Dame in den Dreißigern mit einem dichten dunklen Haarschopf, großen braunen Augen und dezentem Make-up. Ob Nöstler mit seiner Altersschätzung richtig lag? Aber wie auch immer, gutaussehend hieß in diesem Falle, dass sich eine schlanke, in Jeans und Pullover gekleidete, hochgewachsene Frau hinter ihrem Schreibtisch erhob und Nöstler die Hand reichte. »Nun, Herr Kommissar – wenn ich recht unterrichtet bin – oder Hauptkommissar?«

»Nein, nein, Kommissar ist schon richtig.«

»Was also kann ich, was können wir für Sie tun?«

Kommissar Nöstler nahm auf ihre Handbewegung hin vor dem Schreibtisch Platz und lehnte eine Tasse Kaffee nicht ab, die ihm von der Sekretärin gebracht wurde. Dann erzählte er in kurzen Worten vom Stand der Ermittlungen in der Mordsache Linsemann, erwähnte auch, dass die »Kembacher Zeitung« ja schon darüber berichtet hatte. Nöstler schloss seinen Bericht mit der Bemerkung, dass man zwar etliche Spuren verfolge, bisher aber keinen Erfolg habe.

»Und wenn es uns durch Ihre Hilfe gelingt, den Mörder zu fassen, dann haben Sie auch als Erste die Chance, den Mörder der Öffentlichkeit zu präsentieren.«

»So steht es wohl in Romanen, aber wenn Sie uns nicht unterrichten, wen denn?« Frau Behrendt lachte.

»Nun, es gibt ja noch zwei Boulevardzeitungen in Kembach, die interessieren sich für auch die Sache. Selbstverständlich, denn Mord ist ihr eigentliches Brot, während Ihr Blatt sich noch für einige andere Themen interessiert ...«

Frau Behrendt lächelte und fragte, was genau denn der Kommissar von der Zeitung erwarte.

Nöstler sagte ihr, es komme darauf an, eventuelle Zeugen zu finden, also: Wer hatte an jenem Donnerstagabend jemanden in der Nähe des Hauses Linsemann gesehen? Und ebenso wichtig: Wer hatte gestern Mittag jemanden in der schmalen Steingasse hinter den Anwesen gesehen? »Denn«, erläuterte er der Redakteurin, »die beiden Gärten von Linsemann und Buchstaub liegen nicht nur nebeneinander, beide enden an einer schmalen Straße, die hinter der Häuserzeile parallel zur Weinkellergasse verläuft. Vielleicht könnte man ein kleines Interview machen, in das man die Fragen verpackt und in dem man um sachdienliche Hinweise an das Polizeiamt von Niederstein-Lustthal bittet.«

Frau Behrendt nickte. Es dauerte keine zehn Minuten, da hatte man den Text im Computer, und morgen würde er im Lokalteil stehen.

»Wo kommem Sie eigentlich her?«, fragte Nöstler die Redakteurin.

»Sie wollen sagen, ›isch schpräsche nischt dieses edle Sächsisch‹. Da haben Sie recht. Meine Kindertage habe ich ziemlich weit im Norden, an der Ostsee, verbracht, in Grevesmühlen, ich weiß nicht, ob Ihnen das etwas sagt.«

»Aber sicher sagt mir das etwas. Im benachbarten Klütz habe ich des Öfteren meine Ferien verbracht. Welch Glück, wenn man damals einen Onkel an der Ostsee hatte!«

Sie lachten beide und gaben sich die Hand.

Melzer und Maier saßen über ihren Akten, als das Telefon klingelte. Es war der Beamte von der Rezeption des Polizeiamtes. Er kündigte einen Besucher für Hauptkommissar Maier an. Ja, er würde ihn abholen. Kurz darauf stand Maier im Erdgeschoss einem Mann in mittleren Jahren mit dunkler Hose, Jeansjackett, weißem, offenem Hemd und tiefgebräuntem Gesicht gegenüber.

»Linsemann«, sagte er und streckte Hauptkommissar Maier die Hand entgegen.

»Na, dann kommen Sie mal mit in unser Zimmer.«

Sie gingen schweigend die geschwungene Treppe nach oben, wo Melzer noch immer über seinen Listen brütete.

»Sie wollten mich sprechen?«, sagte der dunkelhäutige Linsemann.

»Ja, wie Sie wissen, bearbeiten wir den Mord an Frau Linsemann. Wie sind Sie mit ihr verwandt?«

»Sie war meine Tante, aber sie wusste es wahrscheinlich gar nicht. Ich bin der Sohn des Bruders des verstorbenen Linsemann, aber da die beiden Brüder schon seit ihrer frühen Jugend verstritten waren, wussten wohl weder der Bruder meines Vaters noch seine Frau überhaupt von meiner Existenz. Ich hätte von diesen Beziehungen auch nichts erfahren, wäre da nicht ein älterer Freund gewesen, der sich mit Ahnenforschung beschäftigt und mir eine kleine Ahnentafel präsentierte. Ich wollte wissen, woher meine Vorfahren kamen und was sie über die Jahrhunderte so getrieben haben. Als ich am Montag in Dienstangelegenheiten in Kembach war, nutzte ich die Zeit für mein neues Hobby und bat im Kirchenamt Niederstein-Lustthal um ein paar Auskünfte. Da wurde mir bedeutet, dass gerade eine Frau Linsemann ermordet worden war. Es bedurfte keiner langen Recherchen, um herauszufinden, dass es sich bei ihr um meine niegesehene Tante handelte. Ich habe Niederstein-Lustthal zum ersten Mal besucht, komme aus Hamburg. Dort bin ich seit dreißig Jahren bei der Handelsflotte. Gerade hat mich ein Containerunternehmen für einen Kurzauftrag angeheuert. Ich soll die See-Logistik eines großen Maschinenbauunternehmens prüfen. Deshalb bin ich nach Kembach gekommen. Kurz und gut, ich habe ein Vierteljahr Landurlaub, mit einem kleinen Auftrag verbunden, und deshalb bin ich nun hier.«

Linsemann lehnte sich zurück und fragte, ob er sich seine Pfeife anstecken könne. Obwohl Melzer im Hintergrund ein missmutiges Gesicht zog, bedeutete ihm Maier, dass dies niemanden störe. So nahm Linsemann eine schöne dunkelbraune Wurzelpfeife aus der Tasche und stopfte sie mit Tabak.

»Navy Cut«, sagte er. »Hat Helmut Kohl immer geraucht.« Und bald schon zog der aromatische Duft durch das Zimmer der Mordkommission.

»Nun werden Sie also eine Erbschaft antreten können, denn wie sie mittlerweile wissen, sind Sie der einzige leibliche Erbe der Linsemann, und da steht Ihnen ein Pflichtteil zu«, sagte Maier.

»Und Sie haben mich hierhergebeten, um herauszufinden, ob ich nicht doch ein bisschen nachgeholfen habe, um an diese Erbschaft zu gelangen!« Der Kapitän lachte und zündete sich seine Pfeife wieder an. Maier dachte, dass das Pfeiferauchen wohl eher eine Beschäftigung des Anzündens sei, denn bei allen Pfeiferauchern sah er, dass sie unentwegt mit dem Feuerzeug oder dem Streichholz hantierten, damit sie dann wieder eine Rauchwolke vor sich hin paffen konnten.

»Ich muss Sie aber doch fragen, wo Sie am vergangenen Donnerstag waren«, sagte Maier und wartete auf die Reaktion des Kapitäns.

»Kein Problem«, der Seemann lachte wieder, »ich weiß schon, Alibi und so. Ich habe ein Alibi: Vorigen Donnerstag saß ich abends noch in Hamburg bei einem Essen meiner Reederei, weil ein Kapitänskollege in den Ruhestand ging. Da gibt es etwa zwei Dutzend Zeugen, wenn Sie das nachprüfen wollen.«

»Das werden wir wohl müssen, obwohl ich Ihnen gern glauben will«, antwortete Maier und notierte sich die Angaben des Kapitäns.

Mit dem üblichen Hinweis, dass er sich melden solle, wenn ihm irgendetwas einfalle, das zur Aufklärung des Mordes beitragen könnte, wurde er freundlich verabschiedet. Melzer brachte ihn schweigend zur Tür. Anschließend saßen die beiden Polizisten eine Weile still und stumm, bis Melzer meinte: »Niete. Es scheint ein Spiel zu sein, bei dem es keine Gewinne gibt. Nun ja, manches Leben ist ja auch eine einzige Versammlung von Nieten. Gewinne sind eben selten.«

Maier schaute sich Melzer an und dachte: Holla, jetzt hat Melzer auch seine Individualphilosophie entwickelt. Dann nahm er sich die Unterlagen der kriminaltechnischen Untersuchung noch einmal aus der Schublade und blätterte darin, den Kopf in die Hand gestützt. Aber es gab nichts, wo man hätte ansetzen können.

Aber ehe er diese Niederlage mit all ihren Konsequenzen gedanklich weiterspinnen konnte, hörte er Melzers Stimme: »Ich werde also nochmals in das Haus und in die Nachbarhäuser gehen. Irgendwer muss doch etwas gehört haben.«

Maier nickte, Melzer hatte wohl recht. Ein Mord in einem Stadthaus kann wohl kaum ohne irgendeinen Zeugen vor sich gehen. Schließlich tat Maier etwas, das sich in ähnlichen Fällen manchmal schon als vernünftig erwiesen hatte: Er schob die ganze Grübelei für ein paar

Stunden von sich. Das konnte er, Abschalten, wie man so schön sagte. Er legte die Mappe in die Schublade zurück, drückte sein Siegel darauf, was er meist vergaß, und überlegte, was er in Matthes' Feinkostladen für den heutigen Terrassenabend mit seiner Friseuse »einmarkten« könnte. Unbedingt ein paar Dinge für einen zarten Salat. Frauen lieben Salate, Männer dagegen Steaks. Ein bisschen Gänselebercreme, einige Scheiben Schinken und ein bisschen Lachs. »Nur ein kleiner Imbiss«, hatte er gesagt, und das sollte es auch werden. Wein? Da sollte er seinen Freund Buchstaub fragen, aber der würde sofort etwas ahnen. »Nachtigall, ick hör dir trappsen, Maier auf Freiersfüßen«, und was der Gemeinplätze mehr waren, die man dann zu hören bekam. Da wollte er lieber in Herrn Hurtigs noblen Weinladen gehen und sich dort beraten lassen, obwohl er wusste, dass solch eine Beratung oft mit der Entleerung seines Kontos endete. Aber Hurtigs Argumenten konnte man nicht widerstehen.

Mit solcherlei Gedanken saß er im Auto und fuhr nach Kembach, wo sich gleich am Ortseingang das noble kleine Weingeschäft »Vinum« befand. Auf dem Parkplatz davor langweilte sich ein einzelner Jaguar, das Gefährt des Besitzers, der Maier inmitten Hunderter Weinflaschen empfing. Hurtig war ein Mann, der eine interessante Karriere hinter sich hatte. Noch vor gut einem Jahrzehnt hatte der heutige Mittfünfziger in einem kleinen Amtszimmer gesessen, im sogenannten Bezirkskabinett für Kulturarbeit. Dort war er für die ideologische und fachliche Anleitung der vielen Kulturgruppen verantwortlich gewesen, die es zu DDR-Zeiten gegeben hatte. Aber Hurtig, in dessen Arbeitszimmer ein großes Schild mit einem Ausspruch des alten Arbeiterdichters Hans Marchwitza hing: »Kultur ist jeder zweite Herzschlag unseres Lebens« – Hurtig nahm diesen zweiten Herzschlag nicht so recht ernst. Er fand, dass all diese Herzschläge unter Angina Pectoris litten, die die kulturellen Adern und Kanäle verengte. Immer wieder geriet er mit seinen Oberen in Konflikt, wenn er politisch nicht so wohlgelittene Größen nach Kembach einlud. Doch das war lange her. Kurz nach der Wende hatte er von seinem Vater einen Bauernhof geerbt, wo er seinen Weinhandel etablierte – zunächst in einer Trabant-Garage, bis das Haus mit dem Weinladen stand, dem er mittlerweile einen Weingroßhandel angeschlossen hatte und etliche andere Nebengewerbe, die es möglich machten, dass er nunmehr, in feines Tuch gehüllt, eine Cohiba zwischen den Lippen, sein »Kulturinstitut« betrieb, wie er seinen Laden manchmal mit leiser Ironie bezeichnete.

Hurtig machte ein paar rhetorische Kratzfüße, als er den Hauptkommissar begrüßte: »Welch Glanz in meiner Hütte.« Aber dann lachte er über sich selbst und hatte schon wie David Copperfield, nicht der Dickens-Held, sondern der Zauberer, eine Flasche Wein aus dem Ärmel geholt, »ein echter Sommerwein«, wie er sagte, und Maier nickte. Er nickte noch ein paarmal, dann stand ein Karton auf dem Tisch. Nun kam man zum gemütlichen Teil, das heißt zum Klatsch, dem Hurtig freilich auf einem gewissen Niveau anhing. Folglich wurde die sogenannte schwäbische Reise des Bürgermeisters mit einer eleganten Handbwegung abgetan, nur bei dem Mordgeschehen verblieb man länger, und Maier rührte fast der Schlag, als er Hurtig sagen hörte, dass er an jenem Abend mit Buchstaub ein paar Sätze am Postamt gewechselt habe. Er war also auch in der Nähe des Tatortes gewesen. Und nun kam es: Er hatte einen kleinen Herrn die Weinkellergasse hinunterlaufen sehen, den er für den Friseurmeister Oettel gehalten hatte.

»Nein«, sagte Maier, und Hurtig hob erstaunt den Kopf. »Entschuldigen Sie, es ist mir nur so herausgerutscht, denn das ist ja eine interessante Beobachtung, der man nachgehen sollte.«

»Aber lieber Hauptkommissar, der sind sie doch wohl schon nachgegangen, wie ich bei der wöchentlichen Pflege meines niedrigen Haupthaars im Sessel von Meister Oettel erfahren habe. Oettel war es doch nicht, wie er nachweisen konnte.«

Maier schwieg eine Weile, dann schaute er den Weinhändler an und sagte: »Eben dies ist ja das Rätsel, dessen Lösung wir bisher leider nicht finden konnten.«

Auch Hurtig geriet in Versuchung, seine Fähigkeiten als Detektiv unter Beweis zu stellen, aber Maier hob seine Hände und bedeutete dem freundlichen Weinhändler, dass er weder Zeit noch Lust hatte, sich weitere Ansichten über das mögliche Mordmotiv anzuhören. Er packte also seinen Karton, verstaute ihn im Auto und steuerte seine Ranch an.

Kommissar Melzer bemerkte durchaus, dass ihn seine beiden Kollegen oft ein wenig herablassend behandelten. Deshalb wünschte er sich, einmal einen Fall ganz allein zu lösen. Und die Linsemann-Geschichte schien ihm dafür geeignet. Seine beiden Mitstreiter, die er in Gedanken oft genug »die Klugscheißer« nannte, hatten ja alle Hauptstraßen und Nebenwege beschritten, nirgendwo war etwas zu finden gewesen. Vielleicht gab es noch eine kleine Gasse, die sie in diesem Planquadrat übersehen hatten?

Also nahm er seine Gelenktasche, über die Maier auch des Öfteren lästerte, und begab sich in die Weinkellergasse. Vorher blätterte er noch einmal in den Gesprächsnotizen. Den Fotografen, der mit seiner Familie im ersten Stock lebte und auch das Erdgeschoss mit den Geschäftsräumen gemietet hatte, konnte man nicht befragen, denn er war schon seit gut zwei Wochen im Urlaub. Irgendwo in Österreich, wohin ja all die Leute fahren, die Angst haben, dass man sich in der übrigen Welt nicht immer auf Deutsch verständigen kann. Der Versicherungsagent Meissner, der als Junggeselle in der Nebenwohnung lebte, meinte nur, dass das Fotografenehepaar wohl am Ende dieser Woche wieder zurückkehren würde. Er hatte auch den Schlüssel zur Nachbarwohnung, um die Blumen zu gießen und bei etwaigen Unwettern nach Elektro- oder Wasserschäden zu sehen. Dagegen war der Fotograf selbstverständlich versichert, bei der Gesellschaft, die Meissner vertrat, aber Meissner nahm seine Nachbarschaftspflichten sehr ernst und besichtigte die Wohnung jeden Morgen und jeden Abend. Wenn das so war, wie er in der Befragung durch Kommissar Nöstler gesagt hatte, dann musste er ja auch am besagten Abend über das Treppenhaus in die Nachbarwohnung gegangen sein. Darüber gab die Notiz keine Auskunft, und Melzer bekam regelrechtes Jagdfieber. Hier konnte er nach einer Spur suchen. Und er hatte Glück: Meissner war zu Hause. Er saß in dem kleinen Raum der Wohnung, der ihm als Büro diente. Melzer kannte den Agenten vom Sehen, obwohl er seine Versicherung nicht bei ihm abgeschlossen hatte. Der Versicherungsagent hatte ein pfiffiges Gesicht, er sah aus wie Moritz aus Wilhelm Buschs Bildergeschichte. Sein Haar kräuselte sich auf dem Vorderhaupt zu einer mächtigen Locke. Er war vermutlich um die dreißig und schien in dem Metier, das er sich gewählt hatte, einigermaßen erfolgreich zu sein, denn auf dem Parkplatz stand ein größerer Audi mit der Aufschrift »Versicherungsbüro Henry Meissner«. Aber vermutlich waren alle Versicherungsmenschen einigermaßen erfolgreich, wenn sie nicht ganz schnell wieder von der Bildfläche verschwanden, und Meissner arbeitete schon einige Jahre.

Melzer setzte sich auf den Besucherstuhl und holte seine Notizblätter aus der Gelenktasche. Meissner schaute ihm aufmerksam zu, und Melzer sagte: »Also, mein Kollege hat Sie ja schon einmal befragt, aber wie Sie vielleicht wissen, suchen wir noch immer nach dem Täter, und darum frage ich nochmals nach, ob Sie sich vielleicht erinnern können, am besagten Donnerstag jemanden im Haus oder auf der Straße gesehen zu haben?«

Meissner lehnte sich in seinem Ledersessel zurück und sagte: »Ich habe mir selber schon diese Frage gestellt, als Ihr Kollege bei mir war, aber ich muss wohl das Datum verwechselt haben, denn am Donnerstagabend vergangener Woche war ich doch im Haus und nicht bei einem Kunden, das war schon am Mittwoch. Und nun denke ich auch, dass es an diesem Abend war, dass ich eine Gestalt im Mantel die Treppe hinaufhuschen sah, als ich aus der Nachbarwohnung kam. Ich nahm an, es sei eine der Freundinnen der Frau Linsemann, die ja gelegentlich zu einem Abendbesuch kamen, und ihre Freundin Müller ist ja auch meine Kundin. Aber ich sah die Gestalt nur von hinten. Trotzdem bin ich mir fast sicher, dass es ein weibliches Wesen war, das da die Treppe hinaufstieg, ohne sich umzudrehen.«

Melzer sah sich den Vertreter an. Stimmte das, wäre es ein völlig neuer Aspekt, ein weibliches Wesen, die Nachbarin, die Witwe Müller, die Schauspielerin Jahnn oder irgendeine ganz andere Person?

»Erzählen Sie doch noch mal genau, wie und was Sie gesehen haben«, sagte Melzer nach einem Moment der Stille.

»Was soll ich da groß erzählen. Ich ging wohl so gegen sieben in die Nachbarwohnung, wie an jedem Abend, seit der Fotograf mit seiner Familie im Urlaub ist. Als ich schon im Flur der Nachbarwohnung stand, hörte ich im Treppenhaus ein Geräusch. Ich öffnete noch mal die Flurtür und sah auf der Treppe eine nicht allzu große Gestalt, die in einen grünen Mantel gehüllt war – grün oder blau, für die Farbe möchte ich mich nicht verbürgen, denn ich sah die Gestalt ja nur von hinten. Es kann natürlich auch ein Mann gewesen sein. Nur erschienen mir eben der Gang und die Bewegungen der Person irgendwie weiblich, wenn Sie wissen, was ich meine.«

Melzer dachte, das ist ja der ideale Zeuge, und seine Beschreibung ähnelt jener Beobachtung, die Buchstaub gemacht hatte. Oder war Meissner verdächtig? Angeblich hatte er bei der ersten Befragung seine Anwesenheit verwechselt, nun plötzlich hatte er auch noch eine Person gesehen.

»Leben Sie eigentlich allein?«, fragte Melzer.

»Nein, normalerweise nicht, aber meine Freundin ist schon seit einer guten Woche zu einer Weiterbildung unserer Versicherung in Köln. Sie wird am Freitag zurück sein. Da kommt dann auch der Fotograf mit seiner Familie zurück, und ich bin meinen Job als Blumengärtner los.« Er lachte.

Melzer hatte keinen Sinn für die Heiterkeit des Versicherungsvertreters. Er sah plötzlich eine neue Konstellation, und mit dieser Erkenntnis beendete er seinen heutigen Arbeitstag.

Hauptkommissar Maier dagegen war bester Laune. Er stand schon eine ganze Weile vor seinem Badspiegel, prüfte den Hemdkragen und die Frisur, zupfte an den Falten seiner Hose und wischte mit dem Taschentuch über die glänzenden braunen Sommerschuhe. Er musste ein wenig über sich selbst lächeln. Mann, wie haste dir verändert, dachte er, während er ziemlich falsch aus »Carmen« sang: »Die Liebe kommt, die Liebe geht, die Liebe ist ein Zigeunerkind.« Vielleicht würde sich das Zigeunerkind bei ihm niederlassen. Da sah er auch schon aus dem Küchenfenster, wie ein beigefarbenes Taxi aus der Hofeinfahrt rollte. Kurz darauf klingelte es an der Haustür.

»Donnerwetter«, sagte er, als er die ihm durchaus bekannte Dame in einem bunten, weitschwingenden Rock und dünnem Sommerpullover sah. »Donnerwetter«, sagte er nochmals.

Und die Dame, es war Ulla, sagte nun auch lachend: »Donnerwetter. Was bleibt mir weiter übrig, als diese Vokabel zu wiederholen?« Sie war ein bisschen rot geworden, obwohl sie das gar nicht wollte. Maier führte sie durch den großen Wohnraum mit der Bücherwand auf die Terrasse und eilte zurück, um eine kleine Flasche Champagner und zwei Gläser zu holen.

»Champagner muss es schon sein«, sagte er, »bei solch besonderem Besuch.«

»Nun«, sagte Ulla, »wenn Sie mich so verwöhnen, dann werden Sie womöglich viel Geld für Champagner ausgeben müssen.«

»Also«, sagte Maier, »heute wollen wir nochmals über unseren Verona-Termin reden, ich hoffe, Sie haben schon alles vorbereitet.«

Ulla erzählte, dass sie sich im Reisebüro erkundigt und Friseurmeister Oettel bereits angekündigt hatte, im

September zwei Wochen Urlaub zu nehmen. So redeten sie und redeten. Dann kam die Platte mit den Schnittchen, wie Maier sagte, und er kredenzte den Sommerwein. Er sagte: »Siehst du den Mond dort über Soho?« Und sie sagte: »Ja, ich sehe ihn.« Und es gefiel ihm sehr, dass sie auch da auf einer Wellenlänge lagen. Was danach kam, war ein altbekanntes, immer wieder neu zu spielendes Stück: Zwei Liebende lernen sich kennen – und da ziehen wir den Vorhang ein wenig zu.

Das Taxi kam ziemlich spät. Die beiden küssten sich noch an der Tür und erinnerten sich bei dieser Gelegenheit eines Satzes von Somerset Maugham: »Es mag Liebe sein, was die Welt in Schwung hält, aber sicher nicht die Welt der Kriminalgeschichte.«

Doch die sollte am nächsten Morgen auch in Schwung kommen.

Donnerstag, 22. Juli

Als Nöstler gegen neun Uhr das Büro betrat, fand er einen Zettel vor, dass jemand in der Sache Linsemann angerufen habe. Auch eine Telefonnummer stand dabei, die er nun wählte. Es meldete sich eine Frauenstimme, die sich ein wenig aufgeregt auf die heutige Ausgabe der »Kembacher Zeitung« und die Aufforderung, sich bei der Polizei zu melden, bezog. Nöstler notierte sich die Adresse, es war nicht weit von der Weinkellergasse entfernt, und er versprach, in der nächsten Stunde vorbeizukommen. Er hinterließ einen Zettel, der besagte, dass er eine Zeugin besuche.

Als seine beiden Kollegen erschienen, war er schon unterwegs. Melzer erzählte von seinem Besuch beim Versicherungsagenten, und Maier, mit dem Zettel von Nöstler in der Hand, begab sich zur täglichen Beratung mit dem Alten und der Staatsanwältin, die nun wieder den Platz von Knorzig eingenommen hatte. Als man die neuesten Nachrichten besprochen hatte, sagte Maier: »Ich habe das Gefühl, dass wir ziemlich nahe an der Lösung sind, auch wenn ich noch nicht weiß, wie sie aussieht.«

Der Polizeirat meinte: »Na, dann hoffen wir mal auf die Zuverlässigkeit Ihres Gefühls.«

Vor einer Woche hatte die Geschichte begonnen – den Anfang kannten sie freilich nicht. Sie wussten nicht, was sich an jenem Donnerstagabend ereignet hatte, bis zu dem Punkt, als die Kette zugezogen wurde und eine alte Dame auf den Fußboden fiel. Immerhin wussten sie mittlerweile, wer es nicht gewesen war. Und Maier sollte mit seinem Gefühl recht behalten.

Nöstler hatte sein Ziel in der Niedergasse erreicht. Eine junge Frau öffnete ihm. Sie hatte ihre Haare hochgesteckt und sah aus leuchtend blauen Augen auf den Kommissar. So also sieht ein Kriminalpolizist aus, schienen die Augen zu sagen, und dann bat sie ihn in die Wohnung. Nöstler hatte den Namen am Türschild gelesen: Hilde Baumgarten. Der Name war ihm nie aufgefallen. Wieso auch, es gab ja seit der Wende einen häufigen Wechsel von Wohnorten. Die einen zogen der Arbeit in den Westen nach, die anderen bekamen ihre Immobilien wieder und verlebten nun die Renten im mietfreien Haus im Osten. Aber Frau Baumgarten gehörte offensichtlich weder zu der einen noch zu der anderen Kategorie.

»Also«, sagte sie, »als ich heute in der Zeitung las, dass die Polizei Hinweise zu dem Mord an der alten Frau Linsemann sucht, fiel mir ein, dass ich an jenem Donnerstag gegen acht Uhr von Arbeit kam. Ich arbeite als Haushaltshilfe bei Frau Dr. Kartusche, die Donnerstag immer Spätsprechstunde hat, also erst nach neunzehn Uhr zurückkommt, und bis dahin hüte ich ihren dreijährigen Sohn. Frau Doktor ist seit einem Jahr geschieden. Ihr Mann, ein Internist im Krankenhaus, behandelte wohl vor allem die jüngeren Krankenschwestern, wie Frau Doktor zu sagen pflegt, wenn sie mal von ihrem Geschiedenen spricht. Sie verdient natürlich gut, aber sie hat ja kaum Zeit, das Geld auszugeben. Und anspruchsvoll ist sie auch nicht. Ich kaufe fast nur bei Aldi für sie ein.«

Nöstler hüstelte ein wenig. Ihm lag nicht so sehr

daran, die Lebenssituation von Frau Dr. Kartusche zu erfahren. Was war das übrigens für ein Name, russisch, serbisch? Er wollte wissen, was der Haushaltshilfe an jenem Donnerstagabend aufgefallen war.

»Also«, sagte sie, »als ich an jenem Abend zurückkam, sah ich hier vor unserem Garten ein Auto stehen, so einen kleinen blauen Wagen, wenn ich es recht in Erinnerung habe. Da man ja die Leute kennt, die hier ein und aus gehen, wusste ich, dass ein solches Auto hier nicht hergehörte. Was das für eine Marke gewesen ist, ach, da fragen Sie mich zu viel. Ich kenne kaum Automarken. Es hätte ja auch sein könenn, dass sich jemand ein neues Auto gekauft hatte, man weiß ja nie. Und nun kommt das Verrückte. Als ich eben dabei bin, meine Haustür aufzuschließen, höre ich ein Geräusch hinter mir und sehe, wie eine Person in das Auto steigt. Das Besondere war, dass sie den Kragen hochgeschlagen hatte und einen tief herabgezogenen Hut trug, und das bei immerhin noch 24 Grad, wie ich kurz darauf am Thermometer sah. Ich dachte damals, hier will jemand nicht erkannt werden, vielleicht ein Liebhaber? Unsere Nachbarin ist ein loses Mädchen. Da kommen immer mal andere Herren, wenn ihr eigener Mann nicht im Haus ist. Der arbeitet in einer Brauerei bei München. Ich kümmere mich ja auch nicht um solche Dinge, aber man sieht natürlich manches. Erst vor Kurzem kam spätabends ein älterer Herr aus dem Haus der Nachbarin, so gegen dreiundzwanzig Uhr, und den kannte ich immerhin: Es war ein Stadtrat, aber den Namen will ich lieber verschweigen und ...«

Ehe die Haushaltshilfe weitere Geschichten aus dem Dekameron von Niederstein-Lustthal von sich geben konnte, fuhr ihr Nöstler schon in die Parade: »Haben Sie etwa auch die Autonummer gesehen?«

Die Haushaltshilfe schüttelte den Kopf. Nein, die Autonummer kannte sie nicht, aber dass es ein blaues Auto war, dessen war sie sich sicher.

Nöstler verabschiedete sich schnell. Ein blaues Auto, ein kleines blaues Auto. Wo nur hatte er erst kürzlich eines gesehen? Er musste nicht lange überlegen, dann wusste er es.

Als Nöstler ins Büro kam, waren seine beiden Kollegen ausgeflogen. Melzer hatte eine Nachricht in seiner bewundernswerten Sütterlin-Schrift hinterlassen. Der ist ein Jahrhundert zu spät auf die Welt gekommen, dachte Nöstler und las, dass sein Kollege einer Mitteilung nachging, die auf dem Schreibtisch als Aktennotiz lag: Zehn Uhr zwei, Anruf von Herrn Richter, hat Aussage zu machen im Hinblick auf Veröffentlichung in der »Kembacher Zeitung«. In diesem Moment kam Hauptkommissar Maier herein und ließ sich schnaubend an seinem Schreibtisch nieder.

»Wissen Sie, Nöstler, diese Knaben in der oberen Etage gehen mir auf den Wecker. ›Ergebnisse, Ergebnisse‹, tönt der Alte, und die Staatsanwältin, die Meister Knorzig wieder abgelöst hat, setzt die Brille auf und sieht mich an, als wäre ich ein lästiges Insekt. Wir wollen doch auch Ergebnisse ...«

Aber ehe Maier weiter sein Leid klagen konnte, unterbrach ihn Nöstler und erzählte von seinem Besuch bei der Haushaltshilfe und dem blauen Auto. Maiers Augen wurden immer größer, dann sprang er auf und sagte: »Los, Nöstler, wir machen uns auf den Weg, das kann die Lösung sein oder zumindest das entscheidende Indiz.«

Während die beiden in Maiers Auto davonfuhren, kam Melzer die Weinkellergasse herunter, von eben jenem

Herrn Richter. Richter war ein passionierter Jogger, wie er dem Kommissar verriet, jeden Abend und jeden Morgen, wenn es denn ging, so zirka zwölf Kilometer. Melzer schüttelte sich bei dem Gedanken, dass er des Abends noch zwölf Kilometer über Berg und Tal traben sollte – aber des Menschen Wille ist sein Himmelreich. Der Läufer Richter sah auch aus wie ein Läufer: dünn, man sollte besser sagen drahtig, braungebrannt. Und wie Nöstler bei Frau Baumgarten, so musste auch Melzer bei Herrn Richter sich in Geduld üben und erst einmal anhören, dass Richter kürzlich an einem Marathon teilgenommen und unter rund dreihundert Teilnehmern den sechzehnten Platz belegt hatte und sein größer Traum die Teilnahme am »Ironman« war. Nicht jedoch diese Leistungen im Extremsport waren der Anlass, dass Melzer ihn aufgesucht hatte. Und so erzählte Richter auf Melzers Fragen hin, dass er an jenem Donnerstagabend etwas gesehen hatte, das Melzer, der nicht wusste, was sein Kollege Nöstler bereits in Erfahrung gebracht hatte, vorkam, als hätte er das Ei des Archimedes gefunden, wie der kleine Meister Oettel es ausgedrückt hätte. Läufer Richter hatte aus einem blauen Auto eine weibliche Person aussteigen sehen, und während er auf sie zugelaufen sei, habe sie sich in einen dunklen Trachtenmantel gehüllt und die Heckklappe des Autos geöffnet, sodass ihr Kopf verdeckt war. »Das geschah so gegen zwanzig Uhr«, sagte der Extremsportler, das sei die Zeit seines abendlichen Trainingslaufes.

Eine Dame und ein blaues Auto, Maier und Nöstler würden staunen, wenn sie das hörten. Aber erst einmal waren Maier und Nöstler nicht da, und Melzer schüttelte mißbilligend den Kopf, weil er keine Nachricht vorfand. Er jedenfalls schrieb auf einen Zettel: Elf Uhr sechs, Rückkehr von der Befragung des Läufers Richter. Doch kaum hatte er sich an seinem Schreibtisch niedergelassen, kam schon der nächste Augenzeuge. Und das war der Versicherungsagent, mit dem sie ja vor zwei Tagen gesprochen hatten. Melzer, der vom Portier, wie er seinen Kollegen an der Pforte nannte, angerufen wurde, holte den Mann mit der Moritz-Locke aus dem Erdgeschoss ab und bot ihm einen Kaffee an. Aber Meissner lehnte dankend ab und sprudelte etwas atemlos, als hätte auch er gerade einen Marathonlauf hinter sich, die Nachricht heraus, dass ihm, als er die Aufforderung in der Zeitung gelesen hatte, doch noch etwas eingefallen war: An eben jenem Abend hatte er vor der Haustür den ehemaligen Postamtsleiter Schneider gesehen, der durch die schmale Verbindungsstraße neben den Gärten der Weinkellergasse auf die Viermannstraße ging – das war die Parallelstraße zur Weinkellergasse. Und dort stieg er, wie Meissner aus seinem Fenster sehen konnte, in ein Auto und fuhr davon. Das war so gegen neun Uhr abends gewesen. Meissner erinnerte sich an die Zeit, weil er durch seine Observation die »Bayern-Rundschau« im Fernsehen verpasst hatte, die er eigentlich jeden Abend anschaute, wenn er zu Hause war. »Bayern-Rundschau«, dachte Melzer, warum ausgerechnet die? Sind wir hier eine Kolonie des Freistaates? Vermutlich sind wir das, dachte er und erinnerte sich daran, dass sein Chef gelegentlich von einer bayrischen Überfremdung des sächsischen Territoriums sprach.

»Sie haben also den Herrn Schneider gesehen?«, fragte Melzer nochmals und Meissner nickte, während er sich seine Ringellocke zurückstrich. Nun sprudelten anscheinend die Quellen der Zeugenaussagen: blaues Auto hier, Schneider da.

»Ach«, sagte Melzer, »was hatte er denn für ein Auto?«

Und jetzt kam die Sensation: »Er hat einen blauen Twingo, den hat er ja bei mir versichert.«

»Und es kann nicht sein, dass er an diesem Abend zu Ihnen wollte?«, fragte Melzer noch.

Meissner schüttelte den Kopf und meinte: »Das kann nicht sein, dann hätte ich ihn ja gehört.«

Melzer bedankte sich bei dem Versicherungsmenschen und geleitete ihn ins Erdgschoss. Dann stieg er langsam die Treppe wieder nach oben. Aber schon auf dem ersten Treppenabsatz entschloss er sich, umzukehren und, ganz gegen seine Grundsätze, keine Nachricht in der bekannten Sütterlin-Schrift zu hinterlassen. Er war jetzt auf Mörderjagd, wie er lächelnd vor sich hin sagte.

Nöstler und Maier fuhren gemeinsam nach Kembach. Sie redeten kaum miteinander, aber jeder dachte: Sollte das die Lösung sein? Und wie zur Bestätigung ihrer Hoffnung stand vor der Kaßbergstraße 12 ein blauer Twingo. Nöstler klingelte an der Pforte, die in den kleinen Vorgarten führte, die Dame Jahnn kam an die Haustür und drückte den Öffner.

»Gleich zu zweit, was verschafft mir denn die Ehre?«, sagte sie, ohne dabei irgendein Gefühl zu zeigen. Sie bat die beiden Kriminalisten ins Haus und führte sie an der Bildergalerie ihrer Theaterlaufbahn vorbei ins Wohnzimmer, das beide schon kannten.

»Darf ich Ihnen etwas anbieten?«, fragte sie, aber Hauptkommissar Maier schüttelte den Kopf und sagte: »Frau Jahnn, wir kommen nochmals in der Sache Linsemann. Im Gegensatz zu Ihrer Aussage, dass Sie an jenem Abend hier im Haus waren, haben wir mehrere Hinweise darauf, dass Sie in Niederstein-Lustthal waren. Was können Sie uns dazu sagen?«

Die Jahnn schaute den Hauptkommissar an und meinte dann: »Ich kann nichts anderes sagen, ich war an diesem Abend hier.«

»Aber Ihr Auto wurde in Niederstein-Lustthal gesehen«, sagte Nöstler und bereute im selben Moment, dass er dieses Indiz verraten hatte. Doch die Dame Jahnn lächelte nur: »Es wird ja noch mehr Twingos geben, die hier in der Gegend herumfahren. Unser Buchhalter am Theater fährt auch einen blauen Twingo. Aber ich will damit um Gottes willen nicht sagen, dass er an diesem Abend in Ihrem Städtchen war.«

»Sie werden verstehen: Um jeden Verdacht auszuräumen, müssen wir Sie noch mal bitten, die Abläufe an jenem Donnerstag so genau wie möglich zu schildern. Wir wollen ihnen dazu Zeit lassen, vielleicht können wir morgen Vormittag alle Angaben durchgehen. Wir müssen Sie dazu ins Amt bitten, ist Ihnen zehn Uhr recht?«

»Nun, wenn ich sage, es ist mir nicht recht, werden Sie mich trotzdem in Ihr Amt bitten, also werde ich morgen um zehn Uhr da sein.«

Abgeblitzt, dachte Nöstler, ein Gespräch, das kein Gespräch war. Dabei habe ich das Gefühl, dass die Dame Jahnn uns nicht die Wahrheit sagt. Aber weshalb sollte sie die Linsemann umgebracht haben? Wegen des Sachsendreiers oder wegen irgendwelcher Geschichten aus der Vorzeit?

Als die beiden Kriminalisten wieder im Auto saßen und zurück nach Niederstein-Lustthal fuhren, sagte keiner ein Wort. Erst als sie wieder ín ihrem Zimmer saßen, sagte Maier, während er eine Tasse Kaffee auf der linken Hand balancierte: »Mir scheint, wir sind der Lösung doch ziemlich nahe gekommen. Natürlich kann es sein, dass es in unserer Gegend Dutzende von blauen Twingos gibt. Nöstler, fragen Sie mal bei der Kraftfahrzeugmeldestelle an. Im Grunde denke ich aber, dass die Jahnn an jenem Abend hier war. Ob das auch heißt, sie war die Mörderin, werden wir klären. Doch erstens müssen wir ihr das nachweisen, und zweitens müssen wir dazu ein Motiv finden. Der Teufel soll mich holen, aber ich denke, die Sache hat nur indirekt mit der Briefmarkensammlung zu tun. Wir müssen auch herausfinden, ob es nicht doch ein Indiz gibt, das uns den Hergang des Überfalls auf unseren Antiquar erklärt. Ich will mal zum Alten und zur Staatsanwältin, obwohl es für einen Haftbefehl noch zu früh ist, aber wenn es uns morgen gelänge, die Dame zu einem Geständnis zu bewegen, sollten wir ihr gleich eine Übernachtung anbieten. Nöstler, Sie gehen noch mal zu Buchstaub, Sie sind ja in diesen Besuchen schon geübt. Übrigens, wo ist eigentlich Melzer, keine Nachricht von ihm?« Maier schüttelte den Kopf.

Melzer war in der Zwischenzeit schon beim ehemaligen Postamtsleiter Schneider angekommen. Dieser öffnete ihm das Gartentor und scheuchte Leo, den Schäferhund, in einen Zwinger, dessen Tür er schloss.

»Nun«, sagte Schneider, »was kann ich für Sie tun? Aber kommen Sie doch erst mal ins Haus.«

Melzer wurde wieder ins Eckzimmer geführt, nur verzichtete Schneider diesmal auf die Zigarre.

»Also, Herr Schneider«, sagte Melzer, »ist Ihnen noch etwas eingefallen?«

»Nicht dass ich wüsste«, sagte Schneider mit etwas belegter Stimme.

»Nun, dann will ich Ihnen sagen, was Ihnen eingefallen ist. Sie waren an jenem Abend im Haus der Witwe Linsemann. Es gibt etliche Zeugen dafür.«

Melzer machte eine Pause, und Schneider strich sich über die Stirn, auf der plötzlich einige Schweißtropfen standen.

»Nun gut, ich kann es nicht leugnen. Ich war an jenem Donnerstagabend im Haus und in der Wohnung der Linsemann. Aber als ich in ihre Wohnung kam, war sie schon tot.«

Schneiders linkes Augenlid begann plötzlich zu flattern. Melzer blieb eine Weile stumm, dann forderte er den Postamtsleiter auf, die ganze Geschichte zu erzählen.

In der nächsten halben Stunde erfuhr Melzer, dass jener Grillabend schon einen Tag früher stattgefunden hatte. Schneider war an jenem Donnerstag gegen acht oder halb neun ins Auto gestiegen, denn er hatte vergeblich versucht, die Linsemann telefonisch zu erreichen. Er hatte, so erzählte er es wenigstens, der Witwe bis Donnerstagabend eine Bewertung der Island-Sammlung versprochen, die sie ja am Freitag oder Montag dem Vertreter der Auktion übergeben wollte. Die beiden Alben hatte er schon vor längerer Zeit zurückgegeben, aber mit der Bewertung war er im Rückstand. Nun, als zuverlässiger Mensch, nahm er seine Listen – seine Frau wollte er ja erst am nächsten Wochenende aus Berlin kommen –, setzte sich in seinen blauen Twingo und stellte ihn, da in der Weinkellergasse Parkverbot ist, in die Parallelstraße. Dann ging er in das Haus Weinkellergasse 67. Die Haustür war unverschlossen, auf der Treppe traf er niemanden und auch die Flurtür bei Frau Linsemann stand einen Spalt offen. Er klopfte an, klopfte erneut und ging dann in die Wohnung, wo auch die Tür zum Wohnzimmer geöffnet war. Dort lag die Witwe. Als er näher herantrat, sah er, dass sie tot war.

»Haben Sie nicht gedacht, dass Sie vielleicht nur bewusstlos sein könnte?«, fragte Melzer.

»Nein«, sagte Schneider, »ich sah die Schnur um ihren Hals und wusste sofort, dass sie umgebracht worden war.«

»Und?«, fragte Melzer.

»Ich geriet in Panik, ich wollte nicht in Mordverdacht geraten. Mir war vor Jahren schon einmal etwas Ähnliches passiert. Da geriet ich in den Verdacht, ein Einbrecher zu sein, weil ich morgens nach einem Einbruch als Erster ins Postamt kam und meine Fingerabdrücke überall zu finden waren. Also ließ ich bei Frau Linsemann alles, wie es war, und ging leise die Treppe wieder hinab. Ich traf niemanden, sah niemanden und fuhr nach Hause.«

Melzer schaute sich den schwitzenden Ex-Postamtsleiter an. Sah so ein kaltblütiger Mörder aus? Er wusste es nicht. Aber er sagte, was er sagen musste, dass man Schneider für den nächsten Tag ins Amt bitte, dass er die Stadt nicht verlassen dürfe und so weiter. Schneider nickte nur und strich sich unentwegt über die Stirn.

Melzer sagte nichts, als er an die Gartenpforte gebracht wurde. Er drehte sich noch einmal um und sah, wie Schneider stirnwischend zurück ins Haus ging. Dann machte sich Melzer auf den Weg ins Amt. Er hatte sogar vergessen, bei Fahrrad-Schuster nach einem Rad zu fragen, obwohl er das seiner Frau versprochen hatte. Der schwitzende Schneider ging ihm nicht aus dem Sinn.

Buchstaub öffnete die Tür, ohne seinen bekannten Halbsatz »Besuche bitte nur nach Voranmeldung« zu äußern, denn er hatte Kommissar Nöstler bereits gesehen. Nöstler wiederum hatte mittlerweile Erfahrung darin, die verschiedenen Bücherstapel zu umgehen und nicht zum Einsturz zu bringen. Kater Cicero saß auf dem

Weinregal und schaute mit seinen bernsteingelben Augen den Kriminalisten an.

»Schade, dass der Kater nicht reden kann, vielleicht könnte er uns eine Auskunft über den Eindringling geben, aber warten Sie, wie sieht denn Ihr Kopf aus?«, sagte Nöstler.

Buchstaub zeigte Nöstler seinen Hinterkopf, an dem sich jetzt eine kleine Beule befand, die mit einem Pflaster abgedeckt war. Nöstler lächelte ein wenig und sagte dann: »Sieht man sich das Objekt mal unter geografischen Gesichtspunkten an, dann haben sie ja das Horn von Afrika direkt auf dem Kopf und müssen sich denselben nun nicht darüber zerbrechen, ob deutsche Soldaten dort Dienst tun sollen oder nicht. Aber lassen wir die Politik beiseite: Sie haben Glück gehabt, ein Horn am Kopf vergeht. Sicherlich können Sie sich meine Frage schon denken: Ist Ihnen noch etwas eingefallen?«

Buchstaub lächelte, setzte sich, da das Horn ausgiebig besichtigt worden war, in den Sessel und meinte: »Lieber Nöstler, wenn mir etwas eingefallen wäre, dann hätte ich längst bei Ihnen angerufen, aber es ist trotzdem gut, dass Sie kommen, denn mir geht seit jenem Schlag etwas nicht aus dem Kopf: Für einen Moment, ehe ich niedergestreckt wurde, hatte ich das Gefühl, die Person gesehen zu haben. Sie war kleiner als ich und hatte das Gesicht unter einer Pudelmütze oder etwas Ähnlichem versteckt. Es kann aber auch sein, dass ich das gar nicht erlebt, sondern meiner Kriminalromanlektüre entnommen habe ...«

»Möglich ist alles, denn Sie sind ja ein Mann mit Fantasie, aber nicht nur möglich, sondern real ist, dass Ihnen irgendeine Person mit einem runden Stock auf den Hinterkopf geschlagen hat. Das ist keine Fantasie, sondern eben Realität, wenn sie denn nicht selbst mit akrobatischer Kunst sich dieses Horn von Afrika beigebracht haben. Doch meine Frage geht noch weiter. Wir haben ja damals schon bei dem vermeintlichen Besuch von Meister Oettel eine Sache nicht klären können: War der Mörder, der wohl mit dem Schläger gleichzusetzen ist, nun männlichen oder weiblichen Geschlechts?«

»Meine Güte«, sagte Buchstaub, »jetzt habe ich ganz und gar vergessen, Ihnen einen Tee anzubieten. Cicero schüttelt ob meines Versäumnisses ganz ärgerlich seinen Kopf, also einen Earl Grey?«

»Nun gut, da es sich nicht um Alkohol handelt, kann ich Ja sagen.«

Buchstaub holte die silberne Kanne aus der Küche, gab eine Prise Tee in das Goldsieb und stellte das Gefäß nebst einer schönen Tasse auf den Tisch. Er bedeutete Nöstler, dass es sich bei der Tasse nicht um chinesisches Billigporzellan handle, sondern um ein wertvolles Stück aus der Mingzeit. Nöstler wusste später nicht mehr so recht, ob es sich um die Ming- oder die Kungzeit gehandelt hatte. So verging die Zeit der Teezubereitung, und Buchstaub goss sich, wie sollte es anders sein, ein Glas Portwein ein, sein Elixier für alle Lebenslagen. Dann kamen sie auf den Überfall zurück. Buchstaub wollte sich in der Geschlechterfrage nicht festlegen, hatte er sich mit Oettel schon geirrt, so sollte es diesmal nicht zu einem Fiasko seiner privaten Detektivkünste führen. Ja, es konnte eine Frau gewesen sein, aber auch ein Mann war möglich. Diese Auskunft nutzte Nöstler wenig. Mehr Auswahl gab es ja kaum.

Buchstaub fragte dann ganz dezent nach den Büchern, die er dem Kriminalisten geliehen hatte, und Nöstler versprach, die Literatur in den nächsten Tagen zurückzubringen. Da waren sie jedoch bei einem Thema angekommen, das Nöstler seit dem Linsemann-Mord beschäftigte: den Hintergründen, den Urgründen der Briefmarkensammelei. Warum wurden die kleinen Bildchen gesammelt? Aus dem Beitrag einer großen deutschen Wochenzeitung, der ausgeschnitten in einem der geliehenen Bände lag, hatte Nöstler erfahren, dass es in Deutschland zweieinhalb bis drei Millionen Briefmarkensammler gab. Etwa siebenhunderttausend davon haben bei der Deutschen Post die jährlich erscheinenden fünfzig deutschen Sondermarken abonniert. Und über die Zahl der Auktionen und die Millionenumsätze hatten sie schon gesprochen. Ohne diese Sammelleidenschaft wäre wohl auch der Linsemann-Mord nicht passiert. So dachte er wenigstens. Und Kater Cicero stimmte zu, indem er mit seiner linken Vorderpfote mehrmals über seinen prächtigen Schnurrbart strich. Nun ja, dachte Nöstler, das ist in diesem Fall der Alltag: Wenn man glaubt, »eins waagerecht« in diesem Kreuzworträtsel gefunden zu haben, dann wird einem »eins senkrecht« bedeuten, dass man falsch lag. So verabschiedete er sich von Buchstaub und versicherte ihm, dass er nicht das letzte Mal gekommen sei, mit oder ohne kriminalistischen Hintergrund.

Auch Matthis Berg, der zweite Bürgermeister, hatte in der Zeitung gelesen, dass man noch immer nach Zeugen des Linsemann-Mordes suche. Sicherlich wurde hier wieder einmal gespart, dachte er. Keine DNA-Untersuchung! Eine alte Frau ist wohl kein Fall, bei dem man sich besonders bewegen muss. Aber er verwarf den Gedanken sofort wieder. Wenn er auch von den Problemen der Zwei-Klassen-Gesellschaft oft genug berührt wurde, er kannte Maier, er kannte Nöstler und wusste, dass beide ihren Job gut machten. Aber das war ja auch nicht sein Problem. Ihm stand ein Gespräch mit dem

Fraktionsvorsitzenden der CDU ins Haus, der einen Vorschlag für die Neuwahl des Bürgermeisters machen wollte. Berg konnte sich denken, was da aus dem Sack gelassen wurde. Ob er sich mit seinen Grünen und den ihnen nahestehenden Freien Wählern darauf einließ, musste man sehen. Der Vorschlag, von dem er natürlich schon gehört hatte, betraf den Juniorchef eines großen Autohauses, der bereits als Stadtrat wirkte. Berg war sich nicht im Klaren darüber, ob er diesen etwas überheblichen Mann unterstützen wollte. Nun, mit dem Amt wächst der Mann, und wenn er so klug war, wie er gelegentlich vermuten ließ, dann musste er ein Bürgermeister werden, den auch die Mehrheit der Einwohner wählen konnte. Und da trat er auch schon zur Tür herein.

»Hallochen, lieber Berg.«

Schon dieses »Hallochen« missfiel ihm, und er sagte ganz förmlich »Guten Tag«. Aber Auto-Irmsen merkte das wohl nicht und plapperte weiter: »Also da wollen wir mal sehen, wie wir die Stadt betreuen.«

Berg bot ihm einen Platz an. Auto-Irmsen holte sich gleich den nächsten Minuspunkt, als er meinte, man müsse dieses ganze altmodische Zimmer ein bisschen aufmöbeln, dieser Glasschrank aus Großvaters Zeiten und der Schreibtisch mit dem Plastik-Charme der DDR. Berg empfand diese ganze Rederei als unangemessen, und er dachte einen Moment darüber nach, sich doch selbst dieses Amt zuzumuten. Er ließ diese Überlegung aber schnell wieder im Unterbewusstsein verschwinden. Gespräche über Abfallgebühren und Bebauungspläne anstelle von Sting und Springsteen, nein, das war wohl doch nicht das Leben, das er wollte. Also ließ er den Wortschwall des »Youngsters« über sich ergehen, aber er würde darüber nachdenken, ob es nicht doch eine andere Lösung als Auto-Irmsen gab.

Nöstler hatte es übernommen, das blaue Auto zu suchen. Er fuhr deshalb in die Kfz-Zulassungsbehörde nach Johnsdorf, denn dorthin hatte das Landratsamt diesen Außenposten verlegt. Und Nöstler, dem man einen gewissen Sinn für Bürokratie nicht absprechen konnte, war doch ein wenig erstaunt, als er die bürokratischen Veranstaltungen in diesem Flachbau erlebte: Nummern ziehen aus verschiedenen Kästchen, dann Platz nehmen in einem großen Raum, wo die Nummern über den verschiedenen Schaltern aufflammten. Der Mensch ist eine Nummer, das hatte er schon immer gewusst. Dann bekam man wohl die begehrte Autonummer und konnte sich auch noch die Buchstaben und Zahlen aussuchen, die man für sein neues Auto wollte, also 4711 oder 007 oder den Geburtstag der Großmutter. Nöstler schüttelte ein wenig den Kopf, als er das Gespräch an einem Schalter mitbekam, bei dem ein älterer Herr unbedingt die Buchstaben NU wollte, weil er sich sonst mit dem Nummernschild nicht nach Hause traute, denn seine Schwiegermutter Nina Ute hatte es zur Bedingung gemacht, ihre Anfangsbuchstaben auf dem Schild zu sehen. Immerhin hatte sie einige Tausend Euro zum Kauf des Wagens gespendet. Nöstler erfuhr nicht, wie die Debatte ausging. Er zeigte einer der Damen hinter dem Schalter seinen Ausweis und wurde daraufhin in einen Nebenraum geleitet, wo ihn der Leiter der Behörde empfing.

»Twingo also, blau, das dürfte keine Schwierigkeiten machen.«

Er sah in seinem Computer nach und ließ dann ein Dutzend Seiten ausdrucken. »Warten Sie mal, Herr Nöstler«, sagte er, »wir haben hier in Kembach einhundertzwölf angemeldete Twingos, und davon sind vierundzwanzig blau. Ich gebe Ihnen auch gleich den Ausdruck einer Liste mit den Haltern. Früher hätten wir tagelang suchen müssen, heute ist das kein Problem«, sagte der Kfz-Chef, aber Nöstler hörte nicht mehr zu, denn er überflog die Liste, ja natürlich, da war auch der Name, den er suchte: Ingrid Jahnn, Kaßbergstraße. Unter den vierundzwanzig blauen Twingos gab es aber noch einen Namen, der ihm bekannt war: Lydia Oettel, Yorkstraße. War das nicht die Frau des Oettel-Zwillings? Und schließlich fand er auch noch einen Rentner namens Schneider, der einen Twingo dieser Farbe besaß. Ob alle Beteiligten in dieser Mordgeschichte blaue Twingos fuhren?

Wieder einmal schien sich das Karussell zu drehen: Kaum sah er die Schauspielerin Jahnn hinter Gittern, da tauchte eine Frau Oettel auf, die ja einen Namen trug, der in der Geschichte eine Rolle spielte. Nun, Nöstler würde das alles fein säuberlich zusammentragen und seinem Chef auf den Tisch legen, der sollte sich den Kopf zerbrechen. Oettel oder Jahnn oder Schneider, das war hier die Frage.

Nöstler hatte in seinem Nachdenken nicht bemerkt, dass ihn der Kfz-Mensch etwas gefragt hatte. Er entschuldigte sich für seine Abwesenheit. Aber die Frage, die ihm da gestellt wurde, konnte er nicht beantworten: nein, er wisse nicht, ob ihm die Liste da etwas nützen würde. Und so verabschiedete er sich mit freundlichem Dank.

Maier, dem nunmehr die Prüfung der Twingo-Besitzer drohte, saß im Zimmer des Theaterintendanten, der zufälligerweise auch Meier hieß, Meier mit ei, warum auch nicht, der Name war ja nicht gerade selten. Intendant Meier war hier seit vielen Jahren der Chef. In Theaterkreisen war er berühmt für seine Fähigkeit, junge, begabte Schauspieler und Sänger zu entdecken. Für die Sänger war sein Operndirektor zuständig. Der kam aus Wien, und es gab keine Person am Theater, die für so viele Anekdoten gut war. Neulich erst hatte er den Schauspielkritiker Walther, der auch die Opernpremieren besuchte, bei der Begrüßung umarmt und gesagt: »Lieber Dr. Walther, warum schreiben Sie eigentlich nicht die Opernkritiken, ich lese Ihre Sachen immer mit großem Vergnügen?« Und der Kritiker hatte darauf verwiesen, dass ja Prof. Dähne von der Hochschule in Leipzig ein junger begabter Opernkritiker sei. Aber der Operndirektor verzog nur das Gesicht und sagte: »Ich habe nichts dagegen, dass diese jungen Leute etwas lernen sollen, aber müssen sie denn immer an mir lernen?«

Das also erzählte Meier seinem Namensvetter, und als der Kaffee kam, fragte er nach dem Anliegen des Kriminalisten, der doch wohl nicht gekommen sei, um Theateranekdoten zu hören.

»Aha, die Dame Jahnn findet ihr Interesse. Was soll ich sagen? Sie gehört ja nicht mehr zum Ensemble, aber ich kenne sie natürlich. Unser Schauspieldirektor hat sie in den Ruhestand geschickt, als er hier anfing. Ob das so ganz richtig war, weiß ich nicht. Andererseits ist die Jahnn eben eine Aktrice der alten Schule, und sie hatte schon manche Mühe, den Anforderungen junger Regisseure gerecht zu werden«, plauderte er dahin. »Aber was wollen Sie denn eigentlich wissen?«

»Nun, ich weiß es selber nicht so recht. Ich will Sie davon in Kenntnis setzen, dass wir in einer Mordsache ermitteln. In Niederstein-Lustthal ist eine alte Dame ermordet worden, und die Jahnn war mit ihr befreundet. Gibt es da vielleicht dunkle Stellen in ihrer Biografie? Und, verzeihen Sie mir die Zuspitzung: Würden Sie der Jahnn einen Mord zutrauen?«

»Ach, Herr Hauptkommissar, wenn man so viel Theater gespielt hat wie ich und auch im Leben manches Theater gesehen hat, dann traut man eigentlich jedem alles zu. Es kommt nur auf die Umstände an. Und die Jahnn? Eitel ist sie, und dumm ist sie nicht. Was ihre Finanzen betrifft, so hat sie wohl eine ausreichende Rente, aber mehr auch nicht. Sie lebt ja am Kaßberg in dem Einfamilienhaus, das sie, wenn ich es recht erinnere, von ihren Eltern geerbt hat. Doktor Jahnn war ein bekannter Gynäkologe hier in der Stadt. Sie war nie verheiratet, lange Zeit war sie mit unserem ersten Bass liiert, aber der Mann starb sehr früh. Ja, was weiß ich denn noch von ihr? Wie gut kennt man seine Pappenheimer schon? Immerhin gehören zum Haus rund 350 Schauspieler, Techniker, Sänger und was alles sonst noch gebraucht wird. Ja, die Jahnn. Das ist wirklich schon fast alles, was ich weiß, es sei denn, Sie haben bestimmte Fragen?« Aber Maier hatte keine bestimmten Fragen, die war er schon losgeworden.

»Hatte sie hier außer dem Bass noch einen Freund oder eine Freundin?«

»Nicht, dass ich wüsste. Wie gesagt, man kennt eine kleine Gruppe von Mitarbeitern ein wenig näher, Leute, mit denen man täglich zu tun hat: meine Sekretärin, die Direktoren der verschiedenen Bereiche, die Vorstände der Ensembles und natürlich die Stars. Und zu diesem Bereich gehörte sie eben nicht.«

Maier trank seinen Kaffee aus und verabschiedete sich. Als er die Treppe hinabstieg, wusste er, dass es nur noch eine Möglichkeit gab: die intensive Befragung der Jahnn selbst. Und das sollte morgen früh geschehen. Also stieg er ins Auto und fuhr zurück ins Büro.

Dort saß Nöstler und aß ein gewaltiges Stück Käsekuchen. Vielleicht versuchte er, die Erfolglosigkeit niederzumampfen. Wenn jetzt kein Durchbruch kam, blieb nur der Schrank mit den ungeklärten Fällen. Man saß und harrte der Dinge, die da kommen sollten. Das war sein Leben, und die Szenerie dieses Lebens war dieser Raum mit der dunklen Holztäfelung, den drei Schreibtischen und dem Bild von einer Berggegend, das Nöstler einmal von einem Maler geschenkt bekommen hatte. Das Umfeld, die Welt, in der er und seine Kollegen lebten, war sehr normal.

Nöstler hatte nochmals die Witwe Müller besucht und berichtete nun davon. Man hatte sich ausgiebig über die ganze Mordgeschichte unterhalten und auch darüber, wie es zur Freundschaft zwischen den drei Frauen gekommen war, die sich ja erst so eng aneinandergeschlossen hatten, nachdem die Ehemänner Linsemann und Dr. Müller das Zeitliche gesegnet hatten. Und eben in diesem Zusammenhang, Nöstler suchte in seinen Notizen, erfuhr er von einem Streit, den die Müller in seinen Ausläufern mitbekommen hatte. Eines Tages, vielleicht vor drei oder vier Wochen, war man bei der Witwe Linsemann auf eine Partie Rommé verabredet, aber die Müller kam ein wenig zu spät. So hörte sie durch die angelehnte Tür die lauten Stimmen ihrer beiden Freundinnen. Sie blieb an der Tür stehen, um ein wenig zu lauschen, was da verhandelt wurde. Sie hörte, wie die Jahnn ziemlich heftig sagte, dass der verstorbene Linsemann sie gewaltig betrogen hätte, denn die Marken wären in jenem Karton gewesen, den sie ihm vor vier oder fünf Jahren zur Schätzung gegeben hätte. Abgesehen von ein paar kleineren Werten befände sich jetzt in dem Karton nur Massenware. Ob sie denn behaupten wolle, dass Fritz ein Dieb gewesen sei, rief die Linsemann mit zitternder Stimme. Aber in diesem

Moment brach das Gespräch ab. Die Witwe Müller hatte versehentlich mit dem Regenschirm an die Tür geklopft, und Frau Linsemann kam mit hochrotem Kopf aus dem Wohnzimmer geschossen. Als die Witwe Müller nach dem Grund des Streites fragte, wurde sie mit einer nichtssagenden Floskel abgefertigt, eben des Inhalts, dass die Schauspielerin Jahnn überall Gespenster sehe, vor allem solche, die ihr Hab und Gut davongetragen hätten. Anschließend beim Rommésspiel hatten sie wie immer gescherzt und gelacht, die Witwe Linsemann hatte den Champagner aus dem Kühlschrank gezogen, die leidige Angelegenheit war vergessen. Und hätte nicht Nöstler so insistierend alle Details erfragt, die Witwe Müller hätte die Sache wohl auch vergessen.

»Und, was sagt uns das?«, fragte Maier. »Wir sind doch wohl endlich auf der richtigen Spur. Auch wenn die Frau von Oettel zwei einen blauen Twingo besitzt, ich denke, wir können nun sagen: Die Spur führt in die Kaßbergstraße nach Kembach. Morgen wissen wir hoffentlich mehr. Und das soll uns eine Extraschicht am Samstag wert sein.«

Nöstler, der seine Zettel ordnete, fragte, ob man die Dame Oettel zwei über ihre Twingofahrten nach Kembach befragen sollte. Doch Maier winkte ab. Bei der habe man schon einmal gewaltig danebengegriffen, zu solch einer Befragung sei noch Zeit, wenn die Jahnn ausgesagt hatte.

Plötzlich ging die Tür auf und Meltzer trat ein. Er lächelte ein bisschen und Maier sagte: »Sie sehen ja aus, als hätten Sie das Ei des Archimedes gefunden.«

»Nun, so kann man es vielleicht nennen. Ich habe einen Verdächtigen.«

Dann erzählte er seinen beiden Kollegen, was er wusste. Nun war es an ihnen, Erstaunen zu zeigen. Also morgen auch noch Schneider im Verhör. Das war mehr, als man erwarten konnte, die Geschichte nahm Fahrt auf.

Nöstler bemerkte, während sie die Treppen hinuntergingen, dass wohl jedes Gewaltverbrechen aufgeklärt werden könne, wenn man nur nicht aufgebe. Maier schaute seinen Kollegen von der Seite an und setzte dabei ein ironisches Lächeln auf: »Lieber Nöstler, das ist in der Theorie richtig, aber Sie kennen ja ebenso gut wie ich das Schrankfach, in dem wir trotz oftmals langwieriger und aufwendiger Untersuchungen Fälle unter ›Unerledigt‹ ablegen mussten. Es sind zum Glück nicht allzu viele, aber ich ahne schon, dass uns morgen die Jahnn ein elegantes Alibi vorlegen wird. Und Schneider ... nun, wir werden sehen.«

Melzer machte sich auf dem Weg zum Fahrradladen, als dessen Chefin sich überraschenderweise seine Schulfreundin aus Niederlungwitz herausstellte. Melzer bekam nun endlich das Rad für seinen Jungen, und zwar zu einem Preis, der noch unter dem lag, was er auszugeben bereit war. Also Glück auf der ganzen Linie heute.

Das konnte Nöstler nicht von sich behaupten, denn er stellte fest, dass er seinen Hausschlüssel nicht dabeihatte und sein Weib unterwegs war. Er beorderte seine Gattin per Handy möglichst schnell zu ihrem gemeinsamen Hausstand und beschloss, in der Zwischenzeit in der »Grünen Gurke« ein Bierchen zu trinken.

Maier, schon auf dem Weg zu seiner Ranch, hatte den Pflichttermin mit dem Alten und der Staatsanwältin vergessen, also stellte er vorsichtshalber sein Handy ab, damit er nicht zurückgeholt wurde. Dann nahm er den Rasenmäher und schrubbte die Wegränder frei, wobei er weniger an Gras als an eine schwarzhaarige Dame dachte.

Freitag, 23. Juli

Da saßen sie also in ihrem Büro in der obersten Etage und harrten der Dinge, die da kommen sollten: Maier, Nöstler und Melzer. Melzer hatte einen Vernehmungsraum vorbereitet, denn hier war ja nur der Empfang der potentiellen Mörder vorgesehen. Der Hauptkommissar hatte seine morgendliche Runde mit dem Polizeidirektor und der Staatsanwältin hinter sich gebracht. Man stimmte seinen Überlegungen zu. Der Alte hatte eine richtige Frage gestellt: »Wenn wir schon einige Indizien haben, die auf die Schauspielerin als Mörderin hindeuten, wo liegt dann das Motiv? Warum dieser Mord unter alten Damen?«

Maiers Hinweis, es könne sich um eine verschleppte Eifersuchtsgeschichte handeln, wurde vom Alten mit einer Handbewegung abgetan. Das war wohl doch ein wenig zu weit hergeholt. Der Hauptkommissar konnte nur darauf verweisen, dass man das Motiv in dem demnächst stattfindenden Verhör werde erkunden müssen.

Danach fragte er Melzer, der die Kladde mit der eingehenden Post verwahrte, ob es noch Hinweise gegeben habe, die aus dem Aufruf in der Zeitung resultierten. Melzer suchte ein Blatt, auf dem er alles notiert hatte.

»Elf Uhr zehn: Anruf eines Herrn Köhler, der behauptete, den Mörder gesehen zu haben, aber der Mann war wohl etwas verwirrt, denn er behauptete, im Garten der Kempe-Schule beobachtet zu haben, wie ein junger Mann die Frau mit einer Eisenstange niederschlug. Vielleicht hat er einen Fernsehfilm mit der Wirklichkeit verwechselt.

Dreizehn Uhr vierzig: Eine alte Dame erscheint im Amt, die sich als Franka Lindner ausweist. Sie hat an jenem Abend gegen einundzwanzig Uhr eine Person aus dem Haus in der Weinkellergasse kommen sehen, die ihr deshalb aufgefallen war, weil sie Knickerbocker und einen Hut trug, der eher in den Frühling oder Herbst gehörte. Sonst hätte sie die flüchtige Begegnung wohl längst vergessen. Das Gesicht war unter dem Hut nicht zu sehen gewesen. Auf meine Nachfrage, ob Mann oder Frau, sagte sie: ›Selbstverständlich war es eine Frau, das sieht man doch am Gang und eben auch an diesem Hut.‹«

»Bingo«, sagte Nöstler. »Noch mehr?«

»Ja, noch die Anfrage einer Frau, Name notiert, die wissen wollte, wie die Mordgeschichte denn ausgegangen sei. Wahrscheinlich hatte sie den Inhalt jener Zeitungsmeldung missverstanden. Der Fall interessierte sie, da die verblichene Linsemann früher mal mit ihr in einem Gymnastikzirkel gewesen war. Das war alles«, sagte Melzer, nachdem er seine Akten wieder in die Kladde gelegt hatte.

Inzwischen war es kurz vor zehn. Zu dieser Zeit war die Jahnn einbestellt worden, aber es kam kein Anruf aus der Rezeption.

Nöstler blätterte in Frank Arnaus Briefmarkenlexikon, das auf dem Bücherstapel lag, den er Buchstaub zurückzubringen hatte. Eigentlich, dachte er, ist das ja kein schlechtes Hobby. Man sitzt gemütlich vor seinen Briefmarkenalben, während draußen in der Welt die Gletscher schmelzen. Man sah etwas von der Welt und hatte etwas für sein Geld. Man konnte sich aus den Niederungen des Alltags in die Gefilde der gezähnten und geschnittenen Marken zurückziehen. Vielleicht waren all diese Sammlerhobbys Fluchten: Fluchten aus einer unbefriedigenden Lebenssituation in eine Traumwelt. Oder war das Sammeln ein Äquivalent für Verluste in früher Kindheit, wie er in einem Taschenbuch über das Büchersammeln gelesen hatte? Vielleicht waren diese Sammler eine aussterbende Spezies, denn der kleine Meister Oettel hatte ihm gesagt, dass im Philatelistenverein kaum junge Leute Mitglied wären. Wie in so vielen Vereinen fehlte es an Nachwuchs. Andererseits gab es dicke monatliche Zeitschriften mit Verweisen auf Dutzende von Auktionen, es gab Geschäfte, es gab bei der Postverwaltung eine eigene Abteilung Philatelie. Es war, wie es der Nicht-Philatelist Briest in einem Roman von Fontane einmal ausdrückte, ein weites Feld.

Maier war verschwunden. Er holte sich in der Kantine ein belegtes Brot und Kaffee, denn es konnte wieder ein langer Tag werden. Melzer schrieb mittlerweile wohl das Protokoll des Nicht-Geschehens mit seiner Sütterlin-Schrift. Seine Hoffnung, dass er der Held des Tages werden würde, war schon ein wenig verblasst, aber zumindest war es ihm gelungen, für seinen Sprössling ein Fahrrad zu erwerben. Auch mit kleinen Erfolgen muss man heutzutage zufrieden sein, dachte Melzer.

»Also«, sagte Maier, als er wieder auftauchte, »es ist jetzt zehn Uhr fünfundzwanzig. Wenn es keinen Stau gibt und wenn die Dame nicht gerade verschlafen hat, dann müsste sie jetzt hier sein.«

Doch sie kam nicht. Maier bedeutete Nöstler, bei ihr anzurufen. Es meldete sich niemand.

»Vielleicht ist sie auf die Bahamas«, sagte Melzer in die Stille.

»Es müssen ja nicht gleich die Bahamas sein, da kann

sie den Sachsendreier auch nicht verkaufen. Ich denke, Melzer, Sie halten hier die Stellung. Nöstler und ich fahren jetzt nach Kembach. Vielleicht ist der Vogel tatsächlich ausgeflogen.«

Aber dagegen hatte Melzer einzuwenden, dass er doch den Postamtsleiter für zehn Uhr dreißig »einbestellt« habe, wie das in gutem Amtsdeutsch hieß. Und da kam auch schon der Anruf aus der Rezeption, dass ein Mann für Melzer da sei.

Unten stand Postamtsleiter a. D. Schneider. Er trug ein weißes Hemd mit blauer Krawatte und war ein wenig blass im Gesicht. Melzer gab ihm die Hand und bat ihn nach oben, wo seine beiden Kollegen den »Einbestellten« neugierig betrachteten. Schneider bekam einen Platz angeboten, auch ein Kaffee wurde ihm offeriert, den er jedoch ablehnte, und dann sagte Maier: »Also, Herr Schneider, nun erzählen Sie uns doch mal, was sich am vergangenen Donnerstag abgespielt hat!«

Schneider hüstelte ein wenig, dann erzählte er, was er bereits Melzer gegenüber kundgetan hatte. Als er in seiner Darstellung an den Punkt kam, wo er das Haus der Witwe Linsemann betreten hatte, unterbrach ihn Maier: »Sagen Sie, Herr Schneider, ist Ihnen jemand begegnet, vor oder im Haus? Hatten Sie eigentlich Ihr Auto dabei – Sie fahren doch einen blauen Twingo?«

»Ja, den Twingo hatte ich dabei, ich wollte nämlich anschließend noch zu Kaufland, die haben bis zweiundzwanzig Uhr geöffnet. Wer mir begegnet ist? Ich kann mich nicht erinnern, jemanden gesehen zu haben«, sagte Schneider und setzte dann seinen Bericht fort. Er sei also in das Haus Nummer 67 gegangen, die Haustür sei nicht verschlossen gewesen, und merkwürdigerweise habe auch die Flurtür offen gestanden. Auf seine »Hallo«- und »Frau Linsemann«-Rufe habe sich niemand gemeldet. Daraufhin sei er in den Flur getreten und habe die geöffnete Wohnzimmertür bemerkt. »Da lag sie also ... wie ich Ihnen schon gesagt habe«, und er wandt sich Melzer zu, der nickte.

»Und warum sind Sie einfach gegangen, ohne die Polizei zu informieren?«, fragte Nöstler.

»Ich weiß es nicht, ich wollte nicht in die Sache hineingezogen werden, denn es sah doch wie ein Mord aus«, sagte Schneider und nestelte an seiner Krawatte.

»Und das sollen wir glauben?«, fragte Maier.

Schneider zuckte mit den Schultern, und Schweißtropfen standen ihm wieder auf der Stirn.

»Bin ich nun verhaftet?«, fragte er.

Hauptkommissar Maier schaute ihn eine Weile an und dachte, der ist es ganz sicher nicht gewesen, der sieht nicht wie ein Mörder aus. Aber wie sieht denn ein Mörder aus? Und dann sagte er: »Herr Schneider, Sie können erst einmal gehen, wir werden Sie aber noch einmal vorladen müssen.«

Schneider wischte sich den Schweiß von der Stirn, dann folgte er Melzer, der ihn zum Eingang brachte. Als Melzer zurückkam, fragte ihn Maier: »Meinen Sie, das ist der Mörder?«

Melzer antwortete sehr weise: »Es ist alles möglich.«

»Da haben Sie recht, wir fahren also jetzt zur Schauspielerin Jahnn.«

Mit einer Handbewegung bedeutete er Kommissar Nöstler, das Briefmarkenbuch wegzulegen. Dann saßen sie in Maiers Peugeot. Es gab keinen Stau, die Straße war in beiden Richtungen frei, und bald standen sie vor dem Haus. Sie klingelten, aber niemand öffnete. Sie klingelten wieder, noch immer tat sich nichts. Das Tor zum Vorgarten war angelehnt, sie gingen auf das Haus zu. Auch die Haustür war nur angelehnt. Es war nichts zu hören, sie traten in den Flur. Keiner der Männer sagte ein Wort. Die Stille war fast ein wenig unheimlich.

Maier öffnete die Tür zum Wohnzimmer, alles war so, wie er es bei seinem letzten Besuch vorgefunden hatte. Mit einem Unterschied – auf dem blauen Teppich lag die Jahnn.

Maier sah sofort, dass sie tot war.

Der helle Morgenmantel, den sie trug, hatte sich über der Brust geöffnet und zeigte die faltige Haut der alten Frau. Die braunen Augen blickten starr, als wollten sie im Tod noch etwas fixieren. Maier beugte sich über die Frau, sah aber keine Wunde. Es schien eine Selbsttötung zu sein, aber das würde ihnen der Arzt sagen.

Maier rief über Handy Doktor Löser, Nöstler orderte die Kollegen von der Kriminaltechnik. Dann gingen sie aus dem Raum, um keine Spuren zu verwischen.

Nöstler schaute sich in der Küche um, ein benutztes Glas stand auf dem Tisch, daneben lag ein Kugelschreiber, aber kein Schriftstück, kein Brief.

Maier schaute in die anderen Räume: Im Schlafzimmer war alles penibel geordnet und aufgeräumt, nebenan war ein Arbeitszimmer mit Bücherwand – die Bibliothek schien in diesem Teil noch vom Vater der Jahnn zu stammen – mit etlichen medizinischen Werken, wie er sah. Und eines stand ein wenig schräg im Regal. Er griff danach. »Gifte und Vergiftungen in der Kriminalgeschichte«. Vielleicht hatte sich jemand Rat geholt.

Nöstler zog einige Schubladen auf und fand eine Mappe: »Engagement in Freiberg, in Döbeln, in Kembach.«

Dieses Fotoalbum wollte er sich genauer anschauen.

Im ersten Stock befand sich noch ein Raum, der wohl als Gästezimmer gedient hatte, und ein weiterer Raum mit Bügelbrett und Wäschetrockner für die Hauswirtschaft – alles in allem das Haus einer braven Bürgerin.

Während Maier durch die oberen Räume ging, hörte er die Klingel und erkannte die Stimme Doktor Lösers. Er ging die Treppe hinunter, da hatte sich der Doktor schon über die Tote gebeugt, schob ein Augenlid nach oben und schaute sich den Hals an: »Vermutlich Selbsttötung mit Gift, keine Fremdeinwirkung. Ich würde auf eine Überdosis Schlafmittel tippen. Aber das müssen die Kollegen in der Gerichtsmedizin bei einer Obduktion genauer feststellen«, sagte Löser und setzte sich auf einen Stuhl neben der Leiche.

»Na, wie sorgen wir für Sie, Doktor, jeden zweiten Tag ein Auftrag«, witzelte Nöstler, aber Maier sah seinen Kollegen kopfschüttelnd an.

»Entschuldigen Sie, man sollte bei solch einer Gelegenheit wirklich keine Späße machen.«

Sie gingen nach nebenan in die Küche, und Maier erzählte dem Doktor, was dieser noch nicht wusste, dass man die Jahnn mittlerweile in dringendem Tatverdacht hatte. Nun konnte man wohl die Akte schließen.

»Gibt es einen Brief oder ein anderes Schriftstück?«, fragte Löser. »Übrigens, nach der Leichenstarre zu schließen, ist die Schauspielerin schon seit gestern in den späten Abendstunden tot.«

Da klingelte es. Der Kommissar aus der Kembacher Polizeidirektion, der dort für die kriminaltechnischen Untersuchungen zuständig war, kam mit zwei Kollegen. Maier erklärte ihnen den Vorgang. Man würde sich am Nachmittag verständigen. Der Doktor und Maier gingen die schmale Treppe zum Hauseingang hinab: »Wenn es denn eine Selbsttötung war, ist es dann der Beweis ihrer Täterschaft?«, überlegte Doktor Löser.

»Nun, ich denke, das Motiv könnte sein, dass wir ihr

auf der Spur waren: blauer Twingo, Anwesenheit in Niederstein. Sie wusste, dass wir es wussten, und da hat sie sich davongemacht, wenn man das so sagen darf«, antwortete Maier. Am Toreingang verabschiedeten sich die Männer. Löser stieg in sein Coupé und die beiden Kriminalisten in Maiers alten Peugeot.

Antiquar Buchstaub war gerade dabei, aus den verschiedenen Bücherbergen die bessere philatelistische Literatur zu suchen, um für Kleinertz für die Auktion eine Liste fertig zu machen, denn der Mann hatte recht: Seine Klientel waren vor allem Büchersammler, die sich weniger für Müller-Marks Standardwerk »Altdeutschland unter der Lupe«, Kohls »Briefmarken-Handbuch« oder »Stehende Helvetia« von Hans H. Stocker interessierten. Diese Bücher waren auf einer großen Briefmarkenversteigerung besser zu verkaufen. Manches war allerdings auch für Laien von Interesse, zum Beispiel Karger-Deckers »Geschichte und Geschichten um Briefe und Briefmarken«. Buchstaub blätterte ein wenig in dem Band, als er draußen an der Tür die Klappe des Briefkastens hörte. Aha, die heutige Post war gekommen. Er stieg über einen Berg alter Schweizer Zumstein-Kataloge und hob das Bündelchen Karten und Briefe auf, das durch den Schlitz geworfen worden war, darunter zwei Bestellungen aus dem letzten Katalog der »Grünen Literatur«, der viele Interessenten gefunden hatte. Dann lag da noch das dicke Kuvert eines befreundeten Antiquars, das er gleich öffnete, denn Antiquar Gätjenes hatte meist etwas, das er für eigene Kunden suchte. Also diesmal »Gesamtausgaben«. Das musste man in Ruhe studieren. Unten auf dem Boden lag noch eine Karte mit einer Stadtansicht von Kembach. Als Buchstaub die Karte umdrehte, las er seine Adresse und nur das Wort

»Entschuldigung«. Merkwürdig, dachte er, wer entschuldigt sich denn hier bei mir. Ist es vielleicht der Schläger, der mir das Horn von Afrika verschafft hatte?

Das musste er doch gleich den Kriminalisten mitteilen, denn wenn es der Täter war, konnte man vielleicht aus der Handschrift auf ihn schließen. Buchstaub wählte die Nummer der Polizeidirektion. Dort wurde er mit Kommissar Melzer verbunden, der ihm sagte, die beiden anderen Herren seien unterwegs. Buchstaub bat darum, dass ihn Kommissar Nöstler möglichst bald zurückrufen solle. Er hatte zu Melzer kein rechtes Zutrauen, der Mann war ihm zu exakt.

Melzer notierte den Anruf elf Uhr einundfünfzig, damit er den Zettel seinem Chef übergeben konnte. Er war nervös, seine beiden Kollegen waren noch immer nicht zurück. Er schaute auf sein Zeitblatt. Zehn Uhr zweiunddreißig: Maier und Nöstler nach Kembach. Doch da öffnete sich die Tür, und beide standen im Raum.

»Das war's«, sagte Maier, »das ist das Ende vom Lied.«

Melzer schaute ihn an, und Maier erzählte ihm in ein paar Sätzen »dieses Ende vom Lied«.

Schließlich informierte er den Alten und lud dann seine beiden Kollegen zum Italiener ein. Der Anlass war sicher nicht erfreulich, aber Maier dachte, immerhin haben wir einen Mord aufgeklärt.

Sie saßen bei Rigatoni mit Lachs – die machte der Koch hier besonders gut – und tranken, Dienstzeit hin, Dienstzeit her, ein Glas Müller-Thurgau aus Radebeul. Was Maier einmal geschmeckt hatte, das aß er immer wieder. Dann müsse er doch bei der Nuckelflasche aus seiner Babyzeit bleiben, die habe ihm doch auch geschmeckt, lästerte Nöstler. Aber Maier meinte nur, dass er auch bei Witzen Traditionalist sei, die von Nöstler gehörten jedenfalls nicht zur besseren Kost.

»Wenn wir uns die Jahnn gestern geholt hätten, dann lebte sie vermutlich noch«, gab Melzer zu bedenken, aber auch diese Bemerkung wurde von Maier mit einer Handbewegung abgeschmettert.

»Was wäre denn gewesen, wenn wir sie vor Gericht gebracht hätten? Die Linsemann würde auch nicht wieder lebendig werden. Sagen wir mal so: Der Mörder ist durch unsere Jagd zur Strecke gebracht worden. So denke ich wenigstens.«

Nöstler wollte schon wieder einen Witz anbringen, er hatte heute seine heitere Stunde, aber er versagte es sich angesichts der Stille, die sich ausbreitete, als sie ihren Espresso tranken.

Eine halbe Stunde später bekamen sie die Überraschung ins Amt geliefert.

»Ein Brief für Herrn Hauptkommissar«, sagte die Dame in der Rezeption, und Maier nahm das Kuvert. Es hatte nur eine Anschrift, keinen Absender und trug den Stempel eines Briefdienstes – nicht gerade die passende Postsache zum Abschluss einer philatelistischen Geschichte.

Maier öffnete den Brief oben im Zimmer. Er umfasste sechs eng beschriebene Seiten und war in einer zierlichen Handschrift geschrieben.

Maier las vor:

Sehr geehrter Herr Kommissar,

Sie waren mir auf den Fersen, wie es im Kriminalroman heißt. Sie hatten Witterung aufgenommen, und die Spur führte dorthin, wohin sie gestern kamen. Doch ich kann heute mit einer gewissen Befreiung auf die ganze Geschichte zurückblicken.

Ich habe die Linsemann getötet. Aber es war nicht

meine Absicht, ich war lediglich fest entschlossen, die Marken in meinen Besitz zu bringen.

Vor gut einem Jahrzehnt, als mein Vater gestorben war, ordnete ich seine Papiere und fand dabei einen Karton mit Briefmarken in Tüten und Alben. Was verstand ich von Briefmarken? Nichts. Ich nahm den Karton und brachte ihn zu Fritz Linsemann, der mir versprach, die Marken zu sichten und mir eventuell beizustehen, sie an einen Händler zu verkaufen. Er verkaufte den ganzen Nachlass mit meiner Zustimmung für zirka zweihundert Mark an einen Händler in Kembach.

Mein Vater hatte die Marken bereits von seinem Vater geerbt, sich aber nie damit beschäftigt. Sein Hobby waren Havanna-Zigarren und nicht Briefmarken. Fritz Linsemann war der erste Kenner, der die Marken sortierte. Ich wäre auch nie auf den Gedanken gekommen, dass Linsemann etwas aus meinem Karton entwendet haben könnte, wäre ich nicht zufällig auf ein Tagebuch meines Großvaters gestoßen, das ich beim Aufräumen des Dachbodens fand. In diesem Tagebuch las ich die Eintragung: »Habe heute eine kleine Sammlung Sachsen-Marken bei einer Haushaltsauflösung gekauft, wo ich eigentlich nur einen schönen Biedermeierstuhl erwerben wollte. Unter den rund dreißig Marken fand sich auch ein Sechserstreifen mit dem berühmten Sachsendreier.« Weiter hinten hieß es im Tagebuch: »War mit dem Sachsendreier-Streifen bei einem Briefmarkenhändler in Lössbach. Der lachte nur, als ich ihm die Marken zeigte und sagte, seines Wissens habe es nie einen Sechserstreifen gegeben, denn der Sachsendreier war eine Marke, die zur Frankierung von Drucksachen genutzt wurde, und zwar nur in einem kurzen Zeitraum. Außerdem hätte es sich dann um eine

Sendung ins Ausland handeln müssen. Es könne also nur eine Fälschung sein. Fälschungen dieser Marke seien sehr beliebt, und als Kuriosum sollte man sie durchaus aufheben.«

Soweit also das Tagebuch. Das alles klingt ziemlich unwahrscheinlich, aber die unwahrscheinlichsten Dinge passieren nicht auf der Theaterbühne, sondern im Leben, sagte unser alter Intendant.

Nun wusste ich, dass Linsemanns Sechserstreifen aus dem Konvolut meines Mannes stammte und dass er wohl keine Fälschung war, sondern ein höchst seltenes Original. Ich schickte der Linsemann einen Brief mit diesen Tagebuchauszügen und rief sie an, aber sie lachte lauthals am Telefon und behauptete, der Sechserstreifen habe sich schon immer in der Sammlung ihres Mannes befunden.

Ich war empört über ihre Reaktion, habe aber trotzdem mehrfach das Gespräch mit ihr gesucht, um sie zur Rückgabe der Marken zu bewegen. Sie ließ mich jedes Mal abblitzen. So entschloss ich mich, ihr das unrechtmäßig einbehaltene Stück abzunehmen.

Die Linsemann hatte der Müller und mir von einer neuerlichen Reise nach Berlin erzählt. Mein Plan war ganz einfach. Ich wollte in ihrer Abwesenheit in ihre Wohnung eindringen. Schließlich wusste ich, dass in der Tür nur ein einfaches Schloss war, das sich mit einem Dietrich öffnen lassen müsste. Verkleidet habe ich mich, falls mich jemand sehen sollte. Und es war mir sehr recht, dass man dann Oettel verdächtigte, ich hatte bei meiner Verkleidung gar nicht an ihn gedacht.

Ich klingelte ja nur an der Tür der Linsemann, um mich zu vergewissern, dass sie wirklich abwesend war. Zu meinem Erstaunen öffnete sie jedoch, registrierte zwar mit Verwunderung meine seltsame Aufmachung, bat mich aber dennoch ins Wohnzimmer. Sie schaute mich freilich ein wenig seltsam an, vielleicht sogar ängstlich, und setzte sich in gebührenden Abstand von mir auf eine Stuhlkante. Also wiederholte ich meine Vorwürfe und forderte sie auf, mir den Sachsendreier auszuhändigen. Aber sie lachte nur, sagte, ich müsse verrückt geworden sein, die Marken wären nie und nimmer von meinem Vater, und niemals im Leben würde sie sich auf mein Ansinnen einlassen.

Hier war also ein Vermögen, das rechtmäßig mir gehörte, und diese Person verweigerte mir, was mir zustand! Hunderttausend Euro soll der Streifen mindestens wert sein!

Schließlich wies sie mir sogar die Tür! Da überkam mich ein heißer Zorn. Als sie sich erhob, um mich zur Tür zu geleiten, kam ich hinter ihr zu stehen und sah die goldene Kette an ihrem Hals. Ich zog daran und zog, bis nur noch ein Röcheln aus ihrer Kehle kam. Dann lag die Linsemann auf dem Boden, tot.

Ich öffnete, ohne meine Handschuhe abzulegen, den Sammlungsschrank und entnahm den Band Sachsen. Schnell fand ich das Objekt unseres Streites: den Sechserstreifen des Sachsendreiers! Ich steckte die Marken in ein Kuvert, steckte es in meine Manteltasche, schloss den Schrank, warf noch einen Blick auf die Linsemann und verließ die Wohnung.

Das ist schon beinahe die ganze Geschichte.

Dann jedoch machten mich Ihre Besuche nervös. Dahinter musste der Antiquar stecken, und dem wollte ich einen handgreiflichen Hinweis geben, dass er seinen Mund zu halten habe.

Als Sie gestern kamen, wusste ich, dass alles verloren war. Ich will in meinem Alter nicht noch ins Gefängnis!

Aber niemand soll den Streifen bekommen. Ich habe ihn im Kamin verbrannt!

Jetzt werde ich noch diesen Brief zum Kasten bringen, ehe ich das Schlafmittel nehme.

Nun wissen Sie alles.

Als Maier zu Ende gelesen hatte, saßen die drei Kriminalisten eine ganze Weile still.

Das Ende der Geschichte, das Ende vom Lied, dachte Nöstler.

»Dann können wir also die Akten schließen«, sagte Melzer.

Maier erwiderte: »Ein paar Seiten werden wohl noch dazukommen.«

Eine alte Frau wird wegen einer Briefmarke umgebracht. Der Mörder, auch eine alte Frau, nimmt sich das Leben. Zwei Tote, eine simple Geschichte. Dahinter stecken Betrug und Habgier, dachte Maier, aber das sind ja wohl die Eigenschaften, mit denen wir in unserem Beruf immer wieder konfrontiert sind.

Jedes Mal, wenn sie einen Fall abschlossen, hatte Maier solche Gedanken. Er erhob sich, ehe er in weiteres Philosophieren über seinen Beruf verfiel, und sagte: »Ich will mal den Alten informieren.« Und das tat er dann auch.

Der Alte war kaum erstaunt über den Selbstmord der Schauspielerin, oder er versteckte sein Erstaunen.

»Wissen Sie, Maier«, sagte er, »es klingt zynisch, aber diese Lösung erspart uns eine Menge Unannehmlichkeiten. Was wäre denn geschehen? Wir hätten Anklage erhoben. Ob es ein Geständnis gegeben hatte? Wir wissen es nicht. Man hätte vielleicht auf Totschlag plädiert, bestenfalls auf Körperverletzung mit Todesfolge. Und dann wäre die Jahnn ins Gefängnis gekommen, sechs oder acht Jahre, und nach zwei oder drei Jahren wieder entlassen worden. So also hat sie gebüßt. Zwei alte Damen starben wegen einer Briefmarke. Es ist ein Jammer, dass der Sechserstreifen den Flammen übergeben wurde. Das ist ja, als würde man ein seltenes Bild verbrennen. Nun gut, bringen Sie alles zum Abschluss! Oberstaatsanwalt Knorzig informiere ich gleich.«

Damit war Maier entlassen. Später telefonierte er mit dem Kembacher Leiter der Kriminaltechnik. Es war alles so, wie man es vermutet hatte. Eine Selbsttötung durch Gift, mit welchem, würde durch die Obduktion festgestellt werden. Wahrscheinlich handelte es sich aber um eine Überdosis von Barbituraten.

Die Behauptung der Jahnn, die Briefmarken verbrannt zu haben, wurde durch Aschereste im Kamin bestätigt. Das also war der letzte Gruß des Sachsendreiers.

Nöstler hatte auf Anweisung von Maier die Redakteurin Behrendt in der Lokalredaktion über das Ergebnis informiert – immerhin hatte sie mit ihrem Zeitungsaufruf einen Anteil an der Lösung des Falls.

Dann waren Nöstler und Melzer ins Wochenende verschwunden. Das Polizeiamt leerte sich zusehends.

Nur Maier kramte noch in seinen Papieren, ehe er gegen siebzehn Uhr in den »Goldenen Schwan« zur wöchentlichen Stammtischrunde ging. Kaum hatte er sich niedergelassen, kam sein Weizenbier, und er hörte, wie man das Thema Nummer eins dieser Woche diskutierte, den Mord an Ruth Linsemann. Doktor Löser hatte wohl aus dem Nähkästchen geplaudert. Der Entomologe Altner lächelte ein wenig aus den Augenwinkeln, strich sich über das schüttere Haar und sagte: »Wir wussten ja alle, dass es etwas mit dem Sachsendreier zu tun haben musste, nur hätte wohl keiner an solche Verwicklungen gedacht. Das Leben ist doch manchmal komplizierter, als es gemeinhin scheint.«

»Das ist wohl eine Erkenntnis aus dem Insektenreich?«, lästerte Buchstaub, der noch immer am Hinterkopf seinen weißen Klebeverband trug. Altner winkte ab, er ließ sich nicht provozieren.

»Ach, ich denke, es ist eine Erkenntnis aus dem Menschenreich, dass Habgier und Verbrechen eng beieinanderliegen. Das beginnt bei so simplen Sachen wie einem Ladendiebstahl und endet, wie man sieht, im Mord.«

Maier, der einen gewaltigen Schluck von seinem Weizenbier getrunken hatte, verschluckte sich fast, da er auf diese These antworten wollte: »Nicht jeder kleine Dieb endet als Mörder, und lassen Sie uns bloß nicht in die Nähe von Lombroso und seinen Theorien kommen. Ich habe schon immer geglaubt und glaube noch immer, dass Verbrechen meist etwas mit der sozialen Situation des Menschen zu tun hat. Das ist kein nostalgischer Rückblick in vergangene DDR-Zeiten – dort wurde ja das Verbrechen immer auf die gesellschaftlichen Verhältnisse reduziert, besonders auf die Verhältnisse im Kapitalismus. Aber ganz abwegig ist solch eine Überlegung nicht. Dort, wo Geld alles ist, wo sich Ethik und Moral davongestohlen haben, da hat eben auch das Verbrechen seinen Platz. Ich denke aber, wir leben in einem Land, wo es noch, ich sage ›noch‹, die Fundamente einer Moral gibt. Geld ist für manche Leute doch nicht alles.«

»Das war ja fast eine Regierungserklärung«, meinte der Bankdirektor, der bei der Erwähnung des Geldes etwas abwehrend die Hände hob. »Ich denke, hier kam vieles zusammen: Neid bei der Jahnn und Habgier bei der Linsemann, und beiden fehlte die Einsicht, eine nun einmal gegebene Situation mit Vernunft zu betrachten. Der Starrsinn zweier alter Frauen mag da auch mitgespielt haben.«

»Da wir gerade beim Mitspielen sind«, sagte Doktor Löser, »was sich der FC Erzgebirge in seinen Vorbereitungsspielen geleistet hat, das war zweite Kreisklasse, so als hätte der FC Barcelona gegen San Marino null zu null gespielt. Die Jungs müssen endlich aus der Sommerpause aufwachen, sonst sind sie bald aus der zweiten Bundesliga verschwunden.«

Nun war man also beim beliebten Thema des Stammtisches. Die Damen Linsemann und Jahnn schienen schon vergessen. Nur Maier war nicht so recht in Stimmung und verabschiedete sich, ehe man zum Steakessen überging, mit dem Hinweis, noch einige Schreibarbeiten zu den Ereignissen des heutigen Tages erledigen zu müssen.

In Wirklichkeit hatte das noch Zeit. Maier wollte jetzt einfach keine Manöverkritik, er wollte seine Ruhe.

So wunderte er sich nicht wenig, als er auf dem Hof seiner Ranch ein Auto sah, nein, keinen blauen Twingo, ein kleines grünes Auto, und am Rande der Schonung, die sein Grundstück umgab, stand eine Person, die ihm nicht unbekannt war. Sie kam auf ihn zu und umarmte ihn.

»Bei Somerset Maugham habe ich mal gelesen: ›Es mag Liebe sein, was die Welt in Schwung hält, aber sicher nicht die Welt der Kriminalgeschichte.‹ Wenn ich freilich auf die vergangenen sieben Tage schaue, dann zweifle ich an diesem hübschen Bonmot. Wären wir zusammengekommen, wenn es den Mord an der Linsemann nicht gegeben hätte?«, sagte Ulla, die ihren Kommissar noch immer in den Armen hielt.

»Und mit Liebe soll es weitergehen. Also auf nach Verona! Hast du schon den Flug gebucht?«, fragte er. Er schaute sie an, und sie nickte. Dann gingen sie über den weiten Hof zum Haus, wo Maier das Telefon klingeln hörte. Aber als sie ins Haus traten, nahm er den Hörer nicht ab.

Der philatelistische Hintergrund dieser Kriminalgeschichte entspricht in den Fakten der Realität. Nur in einem Fall wurden Fiktion und Wirklichkeit miteinander verknüpft: Dass es den Bogen des Sachsendreiers gibt, wie er beschrieben wird, ist Tatsache, von einem Sechserstreifen ist dem Autor nichts bekannt, aber er wurde eben als künstlerisches Element gebraucht.

ISBN 978-3-360-01953-0

Umschlaggestaltung: Buchgut, Berlin
Druck und Bindung: CPI Moravia Books GmbH

Ein Verlagsverzeichnis schicken wir Ihnen gern:
Das Neue Berlin Verlagsgesellschaft mbH
Neue Grünstr. 18, 10179 Berlin
Tel. 01805/30 99 99
(0,14 Euro/min. aus dem deutschen Festnetz, abweichende Preise für Mobilfunkteilnehmer)

Die Bücher des Verlags Das Neue Berlin erscheinen in der Eulenspiegel Verlagsgruppe.

www.das-neue-berlin.de

SACHSEN
DREI
PFENNIGE
FRANCO.